田中啓文

漫才刑事《デカ》

実業之日本社

JN243196

実業之日本社文庫

目次

第一話　ふたつの顔を持つ男

「望遠鏡でラーメン見たかて、大きく見えるだけで匂いも味もわからんやろ。せやから、俺が言いたいのは、いくら高くて美味《おい》しいごちそうでもな……」

「つまりおまえはラーメンを望遠鏡で見たない、と言うとるんやな」

「ちがうがな。そんなこと言いたいんとちがう。さっきから言うてるやろ。ラーメンはほんまは食べへんのや」

「ラーメンは食べへんのか。わかった、おまえは望遠鏡が食べたいんやな」

「アホか。そんなわけないやろ。あんなもんどうやって食べるねん。——遠いところにあったらどんな美味しいものも価値がない、ということが今の俺の心境というかやな……」

「なるほど。おまえはラーメンも望遠鏡も食べたないんか。ああ、望遠鏡で見てるうちにラーメンが伸びるからやな」

「なんべん言うたらわかるんや。ラーメンと望遠鏡はもののたとえや。そんなものないねん。わかった？　ラーメンも望遠鏡もないねん」

「ということはおまえはラーメン鏡をやな……」

「もうごっちゃになってるやん。もうええわ」

「どうもありがとうございました」

わけのわからない漫才だが、客席からはかなりの笑いが起きていた。舞台袖に戻ってきた「くるぶよ」のふたりを待っていたのは、腰元《こしもと》興業のマネージャーと担当部長だった。

「いやあ、よかったで」

部長がぱっかんぱっかんと拍手をしながら言った。

「きみらがけっこう伸びてきてるゆうから今日観《み》にきたんやが、ほんまやな。久しぶりに見せてもろたけど、だいぶ腕上げたな」

「ありがとうございます！」

色白で小太りのツッコミ担当がはじけそうな笑顔で言った。突き出た腹に、ズボンもはじけそうである。

「どっちがネタ書いてるんやったかな」

「それはこの……」

彼は、かたわらに立つ相方を指差し、

「ケンが全部書いてくれてます。それをふたりで、ああでもないこうでもないと……」

「じつは、きみらの出演をもうちょい増やそうと思とるんや。大きな劇場の出番も入れる。東京の仕事も行ってもらう。そろそろテレビも考えてる。——どや」

「東京？　テレビ？　うはああ、願ってもないことで、もちろん……」

太った方が舌なめずりせんばかりに叫ぶ言葉をケンと呼ばれた方が途中でさえぎり、

「すんまへん。ぼくは家庭の事情がありまして、あんまり手を広げることはできませんねん」

ちりちりのパーマをかけた長髪に、レンズに渦巻き模様を描いた丸眼鏡《めがね》をかけたケンがぺこりと頭を下げた。頬《ほ》っぺたにも太い水性サインペンで大きな渦巻きが描かれており、ボケであることはだれの目にもあきらかだ。ボケどころを見つけるとボケてボケてボケ倒す天性のボケ職人である。

「家庭の事情？　人事資料によると、きみはご両親も早《はよ》うに亡くしてるし、兄弟もおらんし、独身の一人暮らしやないか。どんな事情があるのや」

「それは……まあその……とにかくぼくは今のままでええんです。小さな劇場の出番と、あと営業があれば。テレビとかは今のところ考えてまへん。もし出していただけるんやったら、ブンくんだけお願いします。ほな、ちょっと急いどりますんで……」

彼はぺこりと一礼すると、小走りに楽屋のほうに消えた。あとに残った三人は、

「欲のないやっちゃなあ。いまどき珍しいわ」

部長が感心したように言うと、マネージャーは顔をしかめ、

「なさすぎますねん。もっと貪欲にやってもらわんと……せっかくのチャンスを断るやなんてありえません。喉から手が出るほど仕事欲しがってる若手いっぱいおるのに……。ブンもそう思うやろ」

ブンは肩を落とし、

「あいつが全部ネタ書いてますから、しゃあないですわ。ぼくも最近、ピンでの仕事が増えてきたから、ちょうどいいんです。たまにふたりで漫才させてもろて、あとはピンでがんばる……そういうスタンスでぼくらはやってます」

部長がため息をつき、

「おもろいんやけどなあ……」

◇

大阪府警難波《なんば》署刑事課の壁に掛けられた鳩時計《はとどけい》が「ぽぽ、ぽぽ、ぽぽ、ぽぽ、ぽ……」と鳴いた。五時半だ。鳩が鳴き終えるのと同時にひとりの刑事が席から、

「お先」

と言って立ち上がった。

「高山《たかやま》、今日もしあいとったらこのあと飲み……」

「悪いがあいてないんだ。――じゃ」

と言って部屋を駆け足で出て行った。あまりの速さに、だれにも後ろ姿しか見えなかったほどだ。バタンと戸が閉まってしばらくしてから、皆がため息をつき、

「速きこと風のごとしやな」

「速すぎやがな。まるでボルトや。廊下をダッシュしていきよったで」

「毎日あの調子や。なにが待ってるんやろな」

「彼女か」

「さあなあ……」

「けど、あれで仕事のほうはきちんとこなしよるからな」

「それがまたむかつくねん。――ほな、そろそろ飲みに行こか」

「いや、まだカタブツさんが戻ってないで」

「班長は本店（府警本部）の会議やろ。もうじき戻ってくるはずや。待っとこか」

「そやなあ、置いていかれた、ゆうてあとでゴネられてもかなんさかい……」

そのとき、スピーカーから女性の声が聞こえた。

「浪速区《なにわ》難波北五丁目〇－〇こしもとビル七階事務所より一一〇番通報。同ビル六階『こしもとお笑い劇場』の楽屋で傷害事件発生。被害者は……びっくり太郎《たろう》こと緋栗《ひぐり》太郎」

一同は顔を見合わせた。

◇

日勤を終えた交通課巡査の城崎《しろさき》ゆう子《こ》は、難波署の玄関階段を重い足取りで上っていた。一日中立ちっぱなしで、ふくらはぎがパンパンだ。いくらまだ若いといっても、三日に一度は署の近くにある「もみみん」で脚のマッサージを受けないとむくみが取れない。疲れが澱《おり》のように身体《からだ》に溜《た》まっている。

（今日はどうしようかな。昨日も「ペン軸鼠《じくねずみ》」の単独行ったからなあ……）

彼女は「こしもとお笑い劇場」のイベントに行くかどうか迷っていた。今日は、六時から「新世代VS旧世代？　お笑い世代交代！」という若手とベテランが八組出演するイベントがあり、ゆう子の好きな若手の「鼻水鬼《はなみずき》」が出演するのだ。

ゆう子は食べることが大好きである。しかも、質も量も妥協しないタイプなのだ。難波署の署員のなかでもエンゲル係数がだんとつに高いことには自信がある。そんなゆう子が「三度の飯」と同じぐらい好きなのが「お笑い」なのだ。大きな劇場は高いので、もっぱら小さな演芸ホールでの格安ライヴに通う。漫才だけでなく、コントも新喜劇も落語も……笑芸はなんでも好きだが、最近はとくに若手の漫才にはまっている。彼らは自分たちでネタを考え、稽古し、舞台にかける。ダダすべりすることもあるが、大ウケすることもある。そんな刹那に賭ける熱いほとばしりがなんとも心地《ここち》よいのだ。ゆう子が一般企業に就職せず、警察官になったのは、なにか熱いことをしたい、というそれだけの理由からだった。今でも失敗ばかりしているが、とにかくどんなことでも体当たりでぶつかっていこうと思っている。若手漫才師たちの体当たり的な笑いが、ゆう子には自分と重なるような気がしていた。もちろん、勤務のしんどさからのストレス解消の意味合いがいちばん大きいのだが……。

そんなことを思いながら階段をよっこらよっこら上っていたとき、

「うわあっ！」

ちょうど同じコースを駆け下りてきただれかとぶつかったのだ。避けようとしたが、相手が信じられないほどスピードを出していたので避けきれなかったのだ。ふたりはもつれ合うようにごろごろと階段を落ちていき、地面に着いたときにやっと止まった。

「痛たたたた……」

腰を押さえて立ち上がったゆう子は、相手がだれであるか確認もせずに怒鳴った。

「なにやってんの！　危ないでしょうが！　死ぬとこやったやないの！」

相手も痛そうにあちこちさすりながら、

「す、すいません。急いでいたもんで……」

「急いでるときこそゆっくりせんとあかんやん。急がば回れて言うやろ……」

「ごめんなさい。じゃあ……」

その男は、大きな布製のかばんを引っつかむと、点滅信号をすさまじい速さで渡り、向こうの歩道を繁華街のアーケードに向かって走っていった。

「あっ、逃げた。まだ許したわけやないのに！」

ゆう子は叫んだが、男は振り返りもしなかった。

「ほんまにもう……」

膝や脚、腕などをざっと確かめてみたが、どこも怪我《けが》はしていないようだ。

「今の、たしか捜査係の高山さんやよね。怪我してたら慰謝料ものやわ」

ゆう子は、自分も五十パーセントの責任があるにもかかわらず、そう毒づいた。このあたりの思考は完全に「大阪のおばはん」化している。おばはん化に年齢は関係ないのである。

「なんかケチついた。今日はお笑いはやめて、スーパーで缶ビールと売れ残り弁当五、六個買うて、タイガースの試合見よ」

歩き出そうとしたゆう子は、道になにかが落ちているのを見つけた。拾い上げてしげしげと見つめる。

「おんやあ……?」

ゆう子にはそれがなんであるかすぐにわかった。

◇

刑事課捜査係の片筒鉱太郎《かたづつこうたろう》警部補が刑事部屋に入ってきた。

「傷害だそうだな」

「はい、お笑いの劇場の楽屋で芸人が襲われました。ほかのもんはもう現場に向かっとります」

里見《さとみ》巡査長が言った。

「そうか……」

そう言うと、片筒は周囲を見回し、

「おい、ボッコちゃんはどこだ」

「さっき猛スピードで出て行きました。帰宅したんやないですか」

「定時は過ぎてるといったって、まだ十分しか経《た》っとらん。いくらなんでも早すぎる」

「あいつはいつも、この時計が五時半になった瞬間に部屋を出よりますからね。――携帯で呼び出しましょか」

片筒はぶすっとした顔で、

「もういい。おまえと行く」

「わかりました」

里見は立ち上がると、背広を羽織り、片筒に続いて刑事部屋を出た。

ずんぐり丸い里見と並ぶと、片筒の背の高さがいやがうえにも目立つ。片筒鉱太郎は、プロレスラーと見まがうばかりの偉丈夫だった。当年四十五歳。柔道三段、剣道四段、胸板も肩も腕も太股《ふともも》も、筋肉が巌《いわお》のように盛り上がっている。ギリシャ彫刻のように彫りが深い顔立ちで、白髪の混じりはじめた髪をうしろに撫《な》でつけ、口もとと顎にひげをたくわえている。先々月まで所属していた浪速《なにわ》署の組織犯罪対策課では、こわもてで鳴らしていた。どんな組員も、彼が通ると道を譲ったという。そのころのあだ名は「浪速署のハルク・ホーガン」だったそうだ。たしかに彼が事件現場に姿を見せると、いあわせたものたちはどこからともなく「宇宙空母ギャラクティカのテーマ」が聞こえてくるような錯覚に陥る。とにかくどこにいても目立ちまくる存在であり、若いころから「尾行」が大の苦手だったというのもうなずける。

しかし、この二カ月間、彼と接してきた里見たち捜査係のメンバーは、片筒がじつは謹厳実直を絵に描いたような真面目《まじめ》な性格であることを知っていた。曲がったことは許せず、ホテルのロビーなどで額縁が少しでも歪《ゆが》んでいるのを見ると、まっすぐに直したくなって困るらしい。深夜、まったく車もひとも通っていない交差点でも赤信号ならぜったいに渡らない。以前も、夜中に信号のところで二時間立っていたことがあるそうだが、その信号機は故障していたことがあとで判明した。

だから近頃は皆、彼のことを、片筒ならぬ「カタブツ」というあだ名で呼んでいる。もちろん面と向かってそう言うものはいない。

「それにしても、あいつは幽霊みたいなやつだな。いるのかいないのかわからん」

階段を降りながら片筒がそう言ったので、里見刑事は、

「ボッコちゃんですか。そうなんです。あいつにはほんま困っとるんですわ。事件がないときは定時に退社してもええ……たしかに規則のうえではそないなってますけど、終業時間が来てもしばらくは皆と雑談して、事件発生の報がないと確かめてから退社するべきやと、ぼくなんかは思いますけどね」

ここぞとばかりに、その場にいない同僚の悪口を言った。刑事は、自分が警察官であることを一般人に知られぬよう、警察署のことを「会社」と呼ぶ。出勤は「出社」、帰るのは「退社」である。

「いや……それは規則だからかまわんよ」

そこはええんかい！　里見は心のなかでツッコミを入れた。

「けど、今日だけやったらよろしいけど、毎日ですよ」

「毎日でも、規則にのっとってさえいれば問題ない。事件があるときはちゃんと居残ってるんだろう？」

「それはまあ……そうですけど、あいつが定時に帰るせいで、残ってる我々が貧乏くじを引くことになるわけで……」

「おまえは現場に出動することが貧乏くじだと思っているわけだな」

「い、いえ、とんでもありまへん」

「あの男とは一度ゆっくり話さねばならんと思っているんだ。いまだにどんな人間なのか皆目わからん。きみはやつと親しいのか」

「いや……うちの署内であいつと親しいやつなんかおりまへんやろ。人付き合い悪いし、口べたやし……」

「それはいかんな。刑事という仕事には人付き合いはたいへん重要だ。他人とのかかわりをおろそかにしていては、必要な情報を聞き込むことはできないからな。それに、口べたというのも、けっしてほめられたことではないぞ。お高くとまっているように見られるからな。刑事たるもの、一般市民には親しみをもたれ、そのなかにすんなり溶け込んでいかねばならない。そのためには、会話能力も大事になってくる」

「そうですやろ。我々も、もうちょっと愛想ようせえ、ていつも言うてますんや。あいつ、こっちから話しかけんかったら一日中一言もしゃべらんのちゃうか、て思うぐらい無口ですねん。付き合い悪いし、愛想も悪いし、それこそお高くとまっとるんとちゃいますか。標準語しかしゃべらんゆうのも気に食わんのですわ」

「私も関東の生まれだから標準語だが、それが気に入らんのかね」

「とととととんでもない。自分は高山のことを言いましたんや。係長の標準語はそれは耳触りも良うて……」

「きみは口を開くと失言するようだな。しばらく黙っていたまえ」

「は、はい、そういたします」

里見は口をぐっと引き結んだ。

パトカーに乗るとかなり遠回りになり、歩いたほうが早い場所だったが、ふたりは駐車場に向かった。このあとの展開次第では、車が必要となる可能性があるからだ。里見が運転を受け持つ。サイレンは鳴らさない。ほかのパトカー数台がすでに現場に到着しているからだ。路上へ出ようとしたとき、

「おい、止めろ」

片筒が言ったので、里見は急ブレーキを踏んだ。片筒は助手席の窓を開けると、そ

こに立っていた初老の男に、

「おい、神保《じんぼ》！」

呼びかけられて、白いポロシャツを着たその男はびくっとして後ずさりした。明らかに、やましいところがあるものの反応だった。彼は、片筒に気づくと、露骨な愛想笑いを浮かべ、

「これはこれは、ハルクの旦那やおまへんか。えらいお久しぶりだんなあ。わし、なんにも悪いことしてまへんで」

「それにしては、やけにビビッてたじゃないか」

「ハルクの旦那に声かけられたら、だれでもビビりますわ」

そう言って男は禿《は》げ上がった頭をつるりと撫でた。

「そのあだ名はやめろと言っただろう。――挙動不審だな。まだ、やってるのか」

「な、なにをだす？」

「もちろんアレだ」

「あ……ああ、アレだすか。あんなもんはとうの昔に足洗いました。今ではきれいなもんです」

「嘘《うそ》をつけ。おまえの腰のあたりが汚れてるじゃないか」

神保と呼ばれた男は、ハッとしてズボンの腰を見た。そこを手で数回はたくと、

「べつに汚れてないように思いますけどなあ。善良な市民にカマかけるような真似《まね》はやめてもらいまひょか」

「おまえが善良だったら、この世にワルはひとりもいないよ」

「ご冗談を……。ほな、わし、大事な用がありまっさかい、これで失礼しまっさ」

「挙動不審だな。少し乗っていくか」

「め、めっそうもない。罪もない人間を大阪府警はひっぱるんだすかいなあ。権力の横暴やおまへんか」

「利いた風な口を聞くな」

里見が、片筒の脇腹をつつき、

「班長、事件が……」

「あ、そうだったな」

片筒は神保に、

「残念だが私も急用だ。また、近々会おう」

「願い下げですわ。二度と旦那の顔は見とうおまへん」

「そうかな。おまえが望まなくても会うことになるんじゃないか?」

「せやから、わしはもうなんにもしてまへんて。——ほな、行きまっさ」

神保は足早に立ち去った。里見はふたたび車を発進させた。

「あいつ、だれですねん」

「知らんのか。神保義則《よしのり》……このへんじゃ有名なあたり屋だ」

あたり屋というのは、車のまえに飛び出してわざとぶつかり、示談金をせしめる手口の詐欺師である。

「あいつは三十年もまえから難波界隈《かいわい》であたり屋を繰り返す常習犯だ。せいぜい一万か二万ぐらいをせしめるだけで、追加の治療費やらなにやらを要求することもないから、あまり表沙汰にもならない。捕まっても軽い詐欺罪か脅迫罪なのですぐに出てくる。私が浪速署にいたころも、交通課の連中にしょっぴかれてるところをしょっちゅう署内で見たものだ。あたり屋は暴力団とつながっているものもいるから、私もときどき取り調べに加わったよ」

「へええ、そうでしたか。けど、足洗《あろ》たて言うてましたけどな」

「あいつにはほかにできることはない。たぶん死ぬまでやめないだろう」

車内の話題は自然と「ボッコちゃん」のことになった。

「彼は独身だろう。寮住まいか」

「そうです。俺が二〇一で、あいつは二〇五です」

「毎日あんなに早く帰って、なにをしてるんだ」

「さあ……何回か飲みにも誘ったんですが、そのたびに『用事がある』ゆうて断ってきよるんで、最近は誘うのをやめました」

「部屋でじっとインターネットかゲームでもしてるのかもな」

「それが……部屋におらんのですわ。ノックしても応答がないし、携帯にかけても出えへん。どこかへ出かけとるみたいで……」

「ふーむ……電話に出ないというのはよろしくないな」

刑事というものは、つねに居場所を明らかにしておかねばならない。携帯電話を持ち歩き、急な呼び出しがあってもいつでも駆けつけられる状態でいる必要がある。

「そうなんです。我々も困っているんです」

「よし、明日にでも注意をしておこう。——ただ、署内でもなかなかつかまえられんからな」

「なんせボッコちゃんですから」

「そうだな……」

「ボッコちゃん」というのは星新一《ほししんいち》のショートショートから名付けられた……わけではない。本名は、高山一郎《いちろう》。どこにでもあるような名前である。体つきも中肉中背。髪の毛は短く刈り込んでいるが、これも刑事にはありがちだ。顔立ちもこれといって特徴がない。どこにでもあるような、平凡な顔だ。仕事はそつなくこなすが、これといった目立った活躍はしない。趣味もないらしいし、とにかく没個性なのである。ボッコちゃんというのは、ボッコセイを意味するあだ名なのだ。

「あそこのビルですわ」

すでに近くを通っていたパトカーや白バイ警官、交番勤務の制服警官などが現場に到着しており、ビルの入り口には黄色と黒の立ち入り禁止テープが張られている。一階は書店になっているらしく、裏の搬入口に回ると大量の書籍が床に積み上げられ、数人が仕分け作業を行っていた。その奥にあるエレベーターで六階に向かう。これは荷物の搬入出用のもので、劇場に来る客が乗り降りするものとは別だ。扉が開くと、通路には先に着いていた部下の刑事たちや、制服警官が現場の保存を行っていた。

「なにかわかったか」

里見に、本店の刑事が来るまで現場の指揮をするよう命じてから、片筒は先に来てすでにあれこれざっと調べをすましたらしい津貝《つがい》という部下にきいた。

「犯人のガキは劇場から出とらんようです」

彼は、相手がだれでも「ガキ」をつけるので、「ガキの津貝」と呼ばれている。

「ほう……」

彼の説明によると、このビルは七階建てで、腰元興業という大手芸能プロダクションの持ち物である。一階から四階まではテナントとして書店が入っている。五階は書店の倉庫として使われており、六階に「こしもとお笑い劇場」という最大二百名ほど収容の演芸ホールがあり、七階が事務所になっている。劇場や事務所に行くには、書店用のエレベーターではなく専用エレベーターに乗る必要がある。ほかには非常階段と片筒も利用した業務用の大型エレベーターがある。

事件が起きたのは午後五時過ぎぐらい。今日は六時から「新世代VS旧世代？　お笑い世代交代！」というイベントがあり、五時少しまえ頃から出演者が楽屋に集まりだした。

「出演者は全部で八組十二人です。楽屋は、大楽屋ひとつと小楽屋ふたつ。小楽屋の片方は女性専用で……」

「ちょっと待て。どうして八組で十二人なんだ？　漫才というのはふたりで一組だろう」

「漫才ちゅうたかて、トリオ漫才もありますし、ピン芸人もいてますから」

「ピン芸人？　なんだ、それは」

津貝は呆《あき》れたように、

「ピン芸人、ご存知やないですか。ほら、ひとりで漫談したりしよるガキ……」

「漫談？　うーむ……落語のようなものか」

「いやあ、班長はお笑いのこと、なんにも知らんのですか」

「悪いか。私はこどものころ両親から、将来はひとに笑われない人間になれ、と言わ

れて育った。それで警察に奉職するようになったのだ。もちろん、他人のことを笑うなどもってのほかだ

「それでは大阪ではやっていけまへんで」

「そんなことはない……と思う……」

「これが今日の出演者リストですわ」

津貝が示した紙には、

1. 祈禱師《きとうし》サブレ
2. 横川《よこかわ》ひよよ・さよよ
3. リョーカイみっちゃん
4. 根性ババ男
5. 鼻水鬼（佐藤《さとう》ケンモツ・吉田《よしだ》ンテ）
6. びっくり太郎
7. くるぶよ（くるくるのケン・ぶよぶよのブン）
8. Wのヒデキ（藤堂秀樹《とうどうひでき》・西村英樹《にしむらひでき》）

とあった。六番目に出るはずだったびっくり太郎が被害者なのだ。彼は芸歴三十五

年、年齢五十六歳という大ベテランのピン芸人だが、もともとは「びっくりしゃくり」という漫才コンビを組んでいた。数年前に相方のしゃくり治郎《じろう》が病死したために、しかたなく最近はピンで仕事をしていた。

「知らんなあ……」

「そうですか？　コンビを組んでたころはかなりの人気ぶりでしたで。最近はテレビなんかにはほとんど出る機会がなかったみたいやけど、営業やら小さな演芸場では活躍してたらしいですわ」

「いや、私は漫才のことはまるで知らんのでな」

「ああ、落語派ですか」

「そういうわけじゃない」

片筒は面倒くさそうに、

「言っただろう。私は、お笑いには一切興味がない。幼いころから、観たり聞いたりした記憶がほとんどないのだ」

「はあ……」

津貝は感心したように唸《うな》ると、

「関東生まれとはいえ大阪で育った人間としてはかなり珍しいほうだっしゃろな」

「かもしれん」

「今日の出演者のなかでも、ひよよ・さよよなんかはテレビでもおなじみの人気者です。若手では、鼻水鬼ゆうコンビは有望株で、いくつかのお笑いコンクールでええとこまで行ってますわ」

「詳しいな」

「これぐらい、ちょっとお笑いに興味ある人間やったらだれでも知ってまっせ」

「刑事には無駄な知識だと思うがね。——びっくり太郎の説明を続けてくれ」

「びっくり太郎は、いまどき珍しいぐらいの昔気質《かたぎ》の芸人で、そういうところが好きや、ていうものもおれば、煙ったいいうて敬遠するガキもおったそうです。挨拶とか楽屋での行儀とかにもうるさかったらしいです」

「いいことじゃないか」

「第一発見者は劇場スタッフの遠山《とおやま》と北浦《きたうら》いうガキで、出番はまだまだ先なのに早めに楽屋入りした被害者のためにお茶を持っていったら、びっくり太郎が床にあおむけに倒れていたそうです。びっくり太郎が楽屋に入ったのは四時五十五分ごろ。これは一階の業務用エレベーター横の受付が確認している。お茶を運んだのは五時十分前後だそうなので、事件があったのはその間ですな」

「たった十五分のあいだか。意識はなかったのか」

「いいえ、見つけたときはまだ意識はあったみたいで、遠山はあわてて救急車を呼んだんですが、その救急車のなかで意識不明になって、今もその状態らしいです。楽屋にはほかにだれもおらんかったそうで……」

「うーむ……意識不明か。どんな風に襲われたんだ」

「首を絞められたようだんな。喉に指の跡があったそうですわ」

「悲鳴とか物音を聞いたものは？」

「いてまへん。声をあげる間もなく、いきなりギューッといかれたんだっしゃろな」

ということは、やはり漠然と、十五分のあいだに襲われた、としか言いようがないわけだ。

「楽屋は三つだったな」

津貝は、片筒を先導しながら、

「大楽屋ひとつと小楽屋ふたつで、全部、廊下のこっち側に並んでます。反対側は男性用トイレ、女性用トイレ、給湯室、あとスタッフルーム兼物置部屋となってます。廊下の突き当たりから舞台袖に出られます。小楽屋のうち、舞台袖に近いほうはびっくり太郎がひとりで使うてました。今日のイベントは、ベテラン四組と若手四組が交互に出演して競い合うような趣向ですけど、ベテラン四組のなかでもびっくり太郎が飛びぬけて芸歴が古いさかい、特別扱いやったんでしょうな」

「なるほど」

「もうひとつの小楽屋は女性芸人専用になってました。今日の出演者のうち、横川ひよよ・さよよとリョーカイみっちゃんの三人ゆうことですな。残りは全部、大楽屋を使うことになってたようです。出演者のうち、事件当時に楽屋入りしていたのは、びっくり太郎のほかには、祈禱師サブレ、横山ひよよ・さよよ、鼻水鬼の片割れの吉田ンテ、それとくるぶよの片割れのぶよぶよのブンの五人です。あとのガキは、営業があったり、ほかに仕事があったりして、出番ぎりぎりに入る予定だったようです」

「リハーサルとかはないのか」

「今日は漫才やピン芸だけのイベントなので、それは劇場スタッフだけですませたらしいです。——現場を見はりますか。とりたててなんにもおまへんけど」

「そうだな。ひと目見ておこうか」

　ドアは開放されていた。すでに所轄の鑑識はざっと作業を終えていた。廊下からのぞいてみたが、たしかになにもない。ハンガーラックに舞台衣装らしいものが一着吊《つ》るされている。小さなポーチが椅子のうえに置かれている。壁と一体になったテーブルには、ピーナッツやベビーサラミ、柿の種などのつまみが入ったコンビニの袋があった。血も流れていないし、格闘のあともない。片筒はそこを離れて、

「結局、容疑者は全部で何人だ」

「今からご説明しまっさ」

びっくり太郎は、出演者のなかではもっとも早く楽屋入りした。とにかく普段から、出番がトリであっても一番に楽屋入りするのがポリシーだそうなので、彼を知るものはべつに驚かない。どうして一番に楽屋入りするのかときかれ、

「今は皆、出番ぎりぎりに駆け込んできて、舞台済ませたらすぐに帰りよる。これでは会話というものがないわな。先輩の話を後輩が聞く。そういうなかで、芸人の伝統いうもんが生まれるんや。古参のわしが早うに来てたら、ほかの連中もちょっとは早う来んとしゃあないやろ。――けど、それだけやないで。一番乗りゆうのは気持ちええやろ。なんでも一番がええねん。楽屋入りも一番、競馬もボートレースも一番、お笑いも一番や」

そう答えたという。

「結局、ゲンかつぎで一番に楽屋入りしてた、ゆうことだっしゃろな。せやからびっくり太郎の楽屋には、芸人もスタッフも自由に出入りできたわけです」

「スタッフは何人いる」

「支配人を入れて、十二、三人です。普段はひとつ上の階の事務所にいてますが、イベントのあるときは必要に応じてこのフロアに降りてきます。事件発生時には六人がこの階にいたと思われます。それと、芸人のマネージャーのガキがふたり。そんなもんでっしゃろ」

「すごい人数だな。芸人もスタッフも全員、だれにも見られないようにこっそりびっくり太郎の楽屋に侵入することはできたはずだ。——客はどうだ」

「客はおりまへん。直通エレベーターは五時半にならんと動かさんことになってたそうです。だもんで、客はまだ一階にいてたはずです」

「我々が乗ってきた業務用エレベーターを使ったかもしれない。下に受付はあったが、出入りするものをきっちりチェックしてるわけではなかろう」

「でも受付の担当者は、犯行時間前後に業務用エレベーターは一度も動かなかった、と言うとります。動いたのはびっくり太郎がこの階に来るために乗った一回やそうで……ただ、そのエレベーターが降りてきたとき、男がひとり出てきたらしいです」

「だれだ、そいつは」

「わかりまへん。受付も、スタッフのだれかやろ、ぐらいで、ちゃんとは確認してないみたいです。白かグレーのポロシャツ着たやつやったような気がする、とか言うてますけど、自信はないそうです」

「そいつが怪しいな」

「けど、被害者が上がりに使うたエレベーターで降りてきたやつでっせ。犯人やとしたら、あまりにすばやすぎまへんか」

「そうともいえまい。エレベーターがこの階に着き、被害者は自分の専用楽屋に入る。

そこに待ち伏せしていた犯人が飛びかかって首を絞め、そのままダッシュで廊下を走り、エレベーターに乗り込む……」

「うーん……」

片筒も、この推理が現実的ではないとは思っていたが、犯罪の場合、予想や常識を超えたことが起こりうるのである。可能性は排除しないほうがいい。彼はべつの刑事に、受付に行ってその男の特徴をもう少し思い出させるよう指示してから、

「その男を除けば、容疑者は五人の芸人と六人のスタッフ、あとはマネージャーふたりにしぼられる、ということか」

津貝は、片筒を大楽屋に案内した。

「ここに芸人とマネージャー、スタッフを集めてあります。事件発生時にこのフロアにいたものはほぼ全員です」

「おまえにしては上出来だな」

「ところがそうでもおまへんねん。自分の手柄やない、というかなんちゅうか……」

「おまえの話は要点がぼけているし、理屈が通っていない。会話術というものをもう少し……」

「まあまあ、どうぞなかへ」

彼は大楽屋のドアを開けた。十二畳ほどの広い部屋だ。半分が床が高くなった畳敷

きで脚の短いテーブルがふたつ置いてある。残りの半分はフローリングで、壁に鏡が貼られ、七、八人分の化粧前になっている。十数人が畳のうえであぐらを掻《か》いたり、椅子に座ったりしている。飲み物を飲んだり、スナック菓子を食べているものもいる。「禁煙」という張り紙が数カ所にあるが、なぜか灰皿も置かれていて吸い殻が入っている。「楽屋泥棒に注意！　出番のとき貴重品はマネージャーに渡すこと」とか「一般人を連れてこないこと。楽屋の規律が乱れます」といった張り紙もある。傷害事件が身近に起こったということで、いずれの顔も暗く、部屋の空気は重い。

「大阪府警難波署の片筒だ。ひとりずつ自己紹介してもらおうか。あと、何時に楽屋入りしたかも教えてくれ」

皆は顔を見合せ、たがいに譲り合った。結局、一番年嵩《としかさ》らしいふたりの女性が、

「うちは、横川ひよよ、本名吉田由美《よしだゆみ》と申します。漫才師をしとります。楽屋入りしたのは五時ちょっとまえぐらいです。女楽屋に直行しましたんやが、だれも来てませんでした」

「うちは相方の横川さよよです。本名は唐沢瑞枝《からさわみずえ》です。ひよよちゃんと一緒に楽屋入りしました」

「だれか部屋を出入りしたものはいるか」

「だれもいてません。私らもずっと楽屋におりました」

「わかった。――じゃあ、つぎ」

スルメを食べていた顔ののっぺりと長い若者が、

「ぼく、鼻水鬼の吉田ンテといいます」

「本名はなんだ？」

「本名です」

「嘘つけ。芸名だろう」

「ちがいます、本名なんです」

「ンテ、なんていう名前は聞いたことがないぞ」

「ンテは芸名やけど、吉田は本名なんです」

「それはわかってる。そういうのを芸名というんだ。――きみ、警察が質問しているときぐらいスルメを食べるのをやめたまえ」

「あっ……すんません。ぼく、スルメ大好きなんで、あるとどうしても食べてしまうんです」

「何時に楽屋入りした」

「たぶん……五時まえです。まだ、この大楽屋にはだれも来てませんでした。ぼくがここでスルメ食べてたら、マネージャーのふたりが来られて、そのあとサブレ兄さんとブン兄さんが一緒に来られました」

「廊下で、びっくり太郎かほかのだれかを見かけなかったか」

「いえ、だれも見てません」

続いて、神主のような衣装にサングラスをかけた若者がおちゃらけた口調で、

「祈禱師サブレです。本名は大垣三郎《おおがきさぶろう》です。ピン芸人やっとります。サブレ・サブレ・サブレー！　これ、一押しのギャグです。ご存知ありませんか」

片筒は苦虫を嚙《か》み潰したような表情で、

「ない。――きかれたことにだけ答えればいい」

「はーい。どーもちょみまちぇーん」

「ふざけるな！　いくらお笑い芸人でも、不謹慎なことはつつしめ！」

片筒はドスの利いた声を出し、祈禱師サブレはびくりと身体を引いた。

「す、すいません。――えーと、ぼくが楽屋入りしたのは五時五分過ぎぐらいです。くるぶよのぶよぶよのブンさんと同じエレベーターでした。楽屋には吉田がいてました」

片筒が、それでよい、というようにうなずくと、色白で小太りの若い男が、

「ぼくはくるぶよのぶよぶよのブン、本名宮崎文太郎《みやざきぶんたろう》です。サブレくんとエレベーターでたまたま一緒になったので、楽屋入りは五時五分ということになりますか」

ぶよぶよという芸名がぴったりだな、と片筒は思った。頭を七三に分け、黄色いT

シャツを着ているのがぽっちゃり感を強調している。

津貝が、

「芸人さんは、先輩の楽屋に挨拶に行く習慣があるて聞いてるけど、そういうことはなかったんか？」

全員がかぶりを振った。皆、まだ時間が早いので、あとで行くつもりだった、と言った。

「このなかで、びっくり太郎と面識のないもんは……？」

二人が手を挙げた。吉田ンテと祈禱師サブレである。

「我々ぐらいのほんまの若手はなかなか太郎師匠クラスのベテランと同じ舞台に出る機会はありませんねん。今日は、若手とベテランの競演ゆう趣向やから特別ですわ」

吉田ンテが言うと、祈禱師サブレも、

「プライベートでも、お会いしたことがありません」

ぶよぶよのブンは、二度ほど昼飯に連れて行ってもらったことがあるという。芸歴の長いひよよ・さよよはもちろんよく知っている間柄らしい。

二名のマネージャーもそれぞれ自己紹介した。芸人が十二人も出るイベントなのにマネージャーがふたりだけというのは変ではないか、と片筒が言うと、腰元興業ではひとりのマネージャーが十人ぐらいの芸人を担当しているし、そもそも若手の出番にいちいちマネージャーはついてこないので、これがあたりまえだという返事だった。

「班長、だいたいだんどり終わりました。もうすぐ本店の連中さんが到着します」

里見刑事が入ってきて、そう言った。

「ご苦労」

殺人未遂事件ともなると、所轄である難波署だけではなく、大阪府警本部から刑事課や鑑識員がやってくる。彼らが登場すると、所轄は主役を譲ることになる。その後、所轄署に捜査本部が置かれるかどうかは、初動捜査の結果をみて、府警本部が判断することになるのだが、所轄署としてはそうなるまえにだいたいの目星をつけて、解決してしまいたいところだ。

そのあと、六人のスタッフもいちいち名前を名乗っていった。そのなかに、第一発見者の遠山と北浦がいた。片筒はそのふたりに質問した。

「被害者が倒れているのを見つけたとき、なにか気づいたことはなかったかね」

「い、いえ……なにも……」

「まさかと思うが、犯人がまだ部屋のなかにいた可能性はないかな」

「そんな怖いこと……でも、たぶんだれもいなかったと思います」

たしかに隠れるところのない狭い部屋だ。また、ふたりで楽屋に行ったわけだから、第一発見者が犯人という線もないようだ。十三人の自己紹介がすべて終わったとき、片筒はまだ自己紹介していない男がひとりいることに気づいた。

「きみは……?」

「はああいっ! ぼくは、くるぶよの片割れのくるくるのケンとゆう漫才師です!」

男は、きつきつに巻かれたゼンマイがほどけるように勢いよく答えた。

◇

なるほど、名前どおり、右の頬っぺたに蚊取り線香のような渦巻き状のマークが水性サインペンで描いてある。黒縁の丸眼鏡のレンズにも同じマークが描かれているので、どんな目をしているのかわからない。本人も、ものが見えにくかろう、と片筒は思った。ちりちりのパーマをかけた長髪に、派手な赤いジャケット、Tシャツの胸には聖徳太子を抱きかかえている青年の絵が描かれ、その下に「青年よ、太子をいだけ!」と書かれている。

「ぼくはねえ、五時四十分ぐらいに遅れて着きましたんやが、エレベーター降りた途端、どえらい騒ぎになってましたんで、そのままここにいてますねん。せやから、ぼくは容疑者からは外れますわなあ」

「はたしてそうかな?」

片筒はケンの目をじっと見つめながら言った。彼の経験では、目を凝視すると後ろ暗いところがあるものは視線をそらすものだが、今回は片筒の頭がくらくらしてきた。渦巻き模様を見つめすぎたせいだ。

「首を絞めておいてから、業務用エレベーターで逃げ、何食わぬ顔で戻ってきたのかもしれない」

「ほえー、なんでそんなことする必要がありまんのや。それにぼくが来るまでは業務用エレベーターは動いてなかった、て受付が証言してたっちゅうやないですか」

「そんなこと、よく知ってるな。それはそうだが……非常階段があるだろう」

「このビルは、イベントが終わる時刻には書店は閉店しとりますさかい、エレベーターが満員やからゆうて階段で帰ろうとする客が書店のほうに出て行かんように、この六階の非常階段の扉だけ施錠しとりまんねん。あれは……消防法違反でんな。警察にはぜったい内緒にしとかなあきまへん。——あ、皆さん、警察のひとでしたっけ」

そのとき、津貝が横合いから、

「こいつですねん！　このガキですねん！」

と言いながらくるくるのケンを指差した。

「このガキが、びっくり太郎が襲われたゆうのを聞いてすぐに、業務用エレベーターの運転を止めさせて、非常階段の各階の出口にも見張りをつけるように事務所に進言しよったそうですねん。そのおかげで、事件発見後はだれもこのフロアから出て行ってないことはまちがいおまへんのや」

片筒はじっとくるくるのケンを見つめたが、レンズの渦巻きのせいですぐに顔をそむけた。見つめているとその渦巻きが回り出すのだ。津貝はなおも続けた。

「このガキは、居合わせた芸人とスタッフに、警察が来るまでこの場から動かないように指示して、そこにいるメンバーの名前を確認しよった。それから事務所に電話して、残ってるスタッフはこの階に降りてくるな、専用エレベーターを動かすな、一階にいる客には事情で開演が延びるゆうことだけよう伝えろ、遅れて来た芸人も一階で待機させとけ、と三分ぐらいの間にてきぱき言いつけよったらしいんです。——おい、くるくるのケン、そやな？」

ケンはそっぽを向いた。

「そして、現場が保存できるように、全員をこの大楽屋に集めて待機させたところに、わしらが到着した……とこういうわけですわ。すごいと思いまへんか。このガキのおかげで少なくともこいつがここに来たあとはだれもこのフロアから出ても入ってもいない、ということが確認できとりまんのや。——なあ、おまえ、刑事になったらええんとちゃうか？　はははは」

津貝は笑ってケンの背中を叩《たた》き、ケンは軽く頭を下げた。片筒は、

「たしかに、うちの班に欲しい人材だな。——きみはなぜ、初動捜査の一連の流れを把握しているんだ？」

「あ……はいはい、その話？　ぼくはテレビの刑事ドラマが大好きですねん。『太陽にほえろ！』『相棒』『西部警察』『あぶない刑事《デカ》』……よろしいなあ、ええなあええなあ。それで……」

津貝が大笑いして、

「なんや、そうかいな。ドラマの刑事のガキは皆、男前やさかい、わしらみたいなもんが来てがっかりしたんとちがうか？　ははははは」

「両津勘吉《りょうつかんきち》は、刑事さん寄りでっせ」

「ほんまやな……あ、アホ！」

片筒はなおもケンの顔を凝視したが、渦巻きマークのレンズの奥の目からはなんの感情も読み取れなかった。

「それと……刑事さんに申し上げます」

ケンは長い髪をふぁさっと掻き上げた。

「なんだ」

「劇場スタッフの六人は、犯行時刻の前後は皆、照明や音響のチェックのために舞台に出とりまして、お互いがお互いを見張っている形になってたらしいんで、容疑者からは外せると思いまんのやが」

片筒がスタッフを見渡し、

「それは本当か」

六人は一斉にうなずいた。

「途中で抜けたものはいないか」

だれもいなかった。

「あと、マネージャーのふたりも、ずっとこの部屋にいてたそうです。いっぺんも外へ出てません」

「トイレにも行かなかったのか」

すると、マネージャーたちは、

「たまたまですわ。四時五十五分から五時十分までの短い時間でしたんで」

「ということは、残るは……」

片筒は、男性芸人三人のほうに目をやり、

「きみたちはどうだ。ずっとこの楽屋にいたのか」

ブン、サブレ、吉田ンテの三人が目配《めくば》せをしあっているのに気付いた片筒が、

「口裏を合わせようとしても無駄だぞ。嘘をついてもどうせあとでバレる。正直に言うことだな」

すると、三人は堰《せき》を切ったように、

「このひとが……ブンさんが二回ぐらい出ていきよりましたで」

「あれはトイレや」

「二回もですか」

「そや。一回目はおしっこで二回目はウンコや」

「警察のまえでウンコて言いなはんな」

「ウンコはウンコやろ。——サブレ、おまえこそ出ていったやないか。けっこう長かったで」

「缶コーヒー買いに行きましたんや。戻ってきたとき持ってましたやろ」

「マネージャーに買いにいかせたらええやんけ」

「用事しとるさかい悪いと思たんです」

「コーヒー買うだけであんなに時間かかるんかい」

「千円札がなかなか入らんかったんです」

「まあまあ、兄さんがた、落ち着いて」

「なーにーが落ち着いてじゃ！　——そう言うたらなあ、吉田。おまえもおらんときあったなあ」

「ぼ、ぼくですか。そそそうでしたっけ。——ああ、はいはい、あれは携帯に電話掛かってきたから……」

「ここでしゃべったらええやないか」

「うるさいでしょ」

「なんやと、わしらの声がうるさいちゅうんか」

「ちゃいますよ。ぼくの電話がうるそうて兄さんがたに迷惑かと思て……」

「思い出した。あのとき、おまえ出ていきしなに、俺に思いっきりドーンてぶつかったやろ。腹立つわあ」

「今ごろ怒られたかて……」

「ほんまに電話やったんか。履歴見せんかい」

吉田ンテはしぶしぶスマホの画面をみんなに示した。たしかに五時八分に着信があり、三十秒ほどしゃべっている。

「相方の佐藤ケンモツからでした。今度のイベントのチケットの手売りの件でした」

片筒は、

「よし、そいつが下に来ていたら裏を取ろう。――つまり、きみたちは三人とも、犯行時間にこの楽屋から廊下に出たことがあったわけだ」

「ちちちちがいまっせ。ぼくはそんなことしてません」

「ぼくもちがいます」

「右に同じ」

この三人のうちのだれかだろう、と片筒は見きわめをつけた。ひとりずつ別室に呼んで、厳しく追及すれば……そう思ったとき、

「どうです、そろそろ客入れしてよろしいか」

大楽屋のドアが急に開き、サスペンダーをした太った男が入ってきた。里見が顔をしかめ、

「スタッフはしばらく事務所にいてくれ、て言うたでしょう」

「そんなこと言われたかて、開場時間とうに過ぎてるのにお客さんずっと待たせてまんのや。そろそろ片付いたんとちがいますか。もう、ホール開けさせとくなはれ」

片筒が、

「私は難波署の片筒だが、きみはだれだね」

「私だっか？　私はこの『こしもとお笑い劇場』の支配人をしております柿ノ宮《かきのみや》と申します。お客さん、一階でいらいらしてはると思いますねん。開場したらんと暴動が起きまっせ」

「馬鹿な。殺人未遂事件だぞ。今日の公演は中止だ」

「はあ？　なに言うとるんや、あんた。勝手なことを言わんといてや。公演中止したらチケット完売しとるのに全部払い戻さなあかんがな。そんなことしたらえらい損や。

私、会社からクビ切られるわ。どないしてくれまんねん」

「知らん。とにかく捜査が全部終わるまではここを使用することは許さん」

「いつ終わりまんのや」

「わかるわけがない。明日か明後日か……」

「ええええええっ！」

柿ノ宮はおおげさに後ろに倒れるようなポーズをして、

「アホなことを！　一日でも大損やのに、明日も明後日もて……超大損や。警察のほうで補償してくれまんのんか」

「するわけないだろう！　殺人未遂があったんだぞ。もし被害者が死んだら殺人事件に切り替えなければならないんだ」

「殺人がなんぼのもんやねん。損するほうがずっと恐ろしいわ。公演がのうなったら、出演するはずの芸人のギャラもゼロだっせ。こいつら飢え死にしまっせ。ああ、可哀《かわい》そうやわあ」

「それこそ、会社が補償してやればいいだろう」

「はははは。うちはそんな会社と会社がちがいまっさ。くそっ、びっくり太郎のせいや。あいつが首絞められたりするから……」

呆《あき》れて口がきけなくなった片筒に替わって津貝が、

「とにかく事務所に戻ってくれ。捜査の邪魔や」

　柿ノ宮が不承不承楽屋を出て行ったあと、スタッフのひとりがおずおずと手を挙げた。第一発見者の遠山だ。

「あの……さっきは言いそびれてたんですが……」

「なんだ。言ってみろ」

「ぼくが抱き起したとき、太郎師匠が口をぱくぱくさせて、なにかを言おうとしてはるような気がしたんです。せやから、耳を口に近づけたら……」

「なにか言ったのか」

「よく聞き取れなかったんですが……はい」

「なんと言ったんだ」

「でも……聞き違いかもしれないし……だれかに迷惑がかかったらいけないから、やっぱりやめときます」

「馬鹿もの！」

　片筒の怒鳴り声は大楽屋全体をびりびりと震撼《しんかん》させた。

「きみの証言が犯人の手掛かりになるかもしれんのだ。まちがっていようと、勇気を持って言うべきだろうが！」

「は、はい。——じつは、太郎師匠は……『アタリヤ』と……」

「なに?」

片筒は耳を疑った。里見も目を丸くして片筒の方を見ている。

「それは本当か!」

「ほ、ほんとです。でも……聞き違いかも……」

北浦が、

「私はなにも聞いてませんけど……」

「だから、マジで小さなかすれた声だったんだって。ぼくは嘘はついてません」

片筒は腕組みをして唸った。びっくり太郎が使った業務用エレベーターから降りてきた男は、「白かグレーのポロシャツの男」だったという。あたり屋の神保もたしか、白いポロシャツを着ていたではないか。しかも、どことなく挙動不審だったことが思い出された。

「すぐに神保を探し出すんだ。いいな」

片筒は里見にそう指示した。

「はい!」

里見は、手配のため足早にその場を去った。

事件はこうして急展開を迎えた。三人の男芸人のだれか……という見込みだったのが、あたり屋神保犯人説がにわかに浮上したのだ。

「ちょっとおしっこ行ってきます。漏れそうなんで……」

吉田ンテが言った。片筒が顔をしかめ、

「取り調べが一段落するまで、もうしばらく我慢しろ」

「それが我慢の限界というか……あの、大きいほうも催してましてて……ここでしても
ええんやったら……」

片筒は舌打ちをして、入り口に立っていた制服警官に、

「ついていけ」

吉田ンテが、

「え？　横で見られてたらウンコできまへん」

「だれがおまえのウンコを見るか。ドアのまえで待機するだけだ」

吉田ンテと警官が大楽屋を出て行ったあと、

「その、神保というのはどういうひとですのん？」

くるくるのケンがきいてきた。答える義務はないが、片筒は教えてやろうという気
持ちになった。ケンというこの芸人が、刑事としての素質も備えているように思えて
いたからだ。あたり屋神保について説明すると、ケンはうんうんとうなずきながらメ
モでも取りそうな熱心さで聞いていた。

そのあとは本部の刑事たちが来るまでさしあたってすることはない。

「ああ、本店のガキが来てしまうまえにこっちでスカーッと解決したかったなあ。あいつらに手柄横取りされるかと思たら、けったくそ悪いわ」

津貝がそう言った。彼らが来てしまったら、今まで調べたこともすべて教えてやらなければならないし、神保のことも隠すわけにはいかない。

「そんなことはない。事件の解決が最優先だ。本店だの支店だのと言ってる場合ではないのだ」

「そらそうですけど、でも……」

津貝はなにか言おうとしたが、片筒の鉄壁の真面目さのまえにあきらめたようだった。

「サブレ、おまえ、なにしとんのや」

自分のバッグをひっくり返しているサブレに、ブンが言った。

「いや……財布がないねん」

「なんやて？　おまえ、まさか、例の楽屋泥棒やないやろな」

「わからん。さっきコーヒー買いにいくときまではたしかにあったんやけど……あとでもっぺんよう探してみるわ。まあ、大した額は入ってなかったけどな」

そう言うと、彼は椅子にどすんと座った。

「びっくり太郎師匠、おもろいひとやさかい、助かってほしいなあ……」

横川ひよよがしみじみと言った。すると、相方のさよよも、

「さいな。えらいゲンかつぎでな、かならず靴下は左足からはく、とか、部屋に入るときは右足から、とか、電車に乗るときはまえから三番目の車輌《しゃりょう》とか、いろいろジンクスがあって、全部決まってはるねん」

マネージャーのひとりが、

「それと、勝負事が好きでしたねえ。麻雀《マージャン》、パチンコ、競輪、競馬、あとはボート。——あ、こんなこと警察のひとのまえで言うたらあかんわ」

ブンがスルメを食べながら、

「縁起をかつぐいうのも、勝負事のためやったんかなあ」

すると、もうひとりのマネージャーが、

「いや、昔の芸人さんはみんなゲンかつぎやったで。お客さんは勝手なもの。いつ来てくれるかわからへん。芸人は、その勝手なお客さんが来んと干上がってしまう。せやからゲンをかつぐんや、てみんな言うてはったわ」

横川ひよよが、

「いろんなゲンかつぎあったなあ。芸人は『する』ゆう言葉が縁起悪いゆうて、『あたる』ゆう言葉に言い換えたもんや」

「へえ、どういうことですか」

祈禱師サブレがきいた。

「すり鉢のことをアタリ鉢とか、スルメのことをアタリメとか、摺《す》り鉦《がね》のことをあたり鉦とかな。楽屋独特の『忌み言葉』ゆうやっちゃ」

「ああ、今でも言いますよね」

「太郎師匠は、たしかにスルゆう言葉は極端に嫌《きろ》てはったな。うちらが、スルメください、て言うたら、アホ！　アタリメじゃ！　ゆうて必ず訂正しはった」

「そういえば、あの師匠、スルメ……あ、いや、アタリメ好きでしたなあ。いつも仕事場に来るまえにコンビニに寄って、いろいろ買うてきはるんやけど、かならずアタリメは入ってた」

片筒は、さっき見たびっくり太郎の楽屋の様子を思い浮かべた。コンビニの袋があった。ピーナッツ、ベビーサラミ、柿の種は入っていたが……。

彼は、ふとブンが食べているスルメに目をやった。

「きみ……そのスルメはどうしたんだね」

「え？　吉田ンテが持ってたやつですけど……」

すると、ケンが言った。

「太郎師匠の楽屋にコンビニの袋はありましたか」

「ああ、あった」

「レシートは入っていましたか」

片筒が津貝に顎をしゃくると、津貝は大楽屋を出ていったが、すぐに戻ってきた。手には一枚のレシートを持っている。片筒は受け取って、読み上げた。

「ピーナッツ、柿の種、ベビーサラミ、ソフトスルメ……」

そのときドアが開いて、さっきの警官が吉田ンテを羽交い絞めにした状態で部屋に押し入れた。

「こいつ、逃げようとしました！」

「ち、ち、ちがうねん。こいつがぼくのウンコを見ようとしよったんや！」

「そんなことするかあっ！」

怒鳴りつける警官を制して、片筒が言った。

「きみ、このスルメはどうしたんだ」

予想外の質問だったのか、吉田ンテの顔が蒼白《そうはく》になった。

「こ、買うたんです」

「どこで」

「えーと……コンビニで」

「どこの」

「えーと……えーと……どこのコンビニやったかなあ。袋見たらわかるんですけど捨てでしもたし……」

「どこに捨てた」

「そこのゴミ箱に」

「入ってないぞ」

「おかしいな。あ、一階のゴミ箱やったかもしらん」

「一階にゴミ箱はない」

吉田ンテの顔が蒼《あお》ざめている。

「丸めてバッグに入れたんかも。たぶんそうですわ。あとで探しときます」

そのとき、じっとやりとりを聞いていたくるくるのケンが言った。

「今、探さんかい」

「い、今ですか……」

吉田ンテは楽屋の隅に置かれたボストンバッグにそろそろと近づき、ファスナーを開けて、なかに手を突っ込んで、

「ないみたいです。コンビニで捨てたんやったかなあ……」

ケンがいきなり吉田ンテのバッグをひったくると、逆さまにした。中身がばらばらとこぼれ落ちた。

「ああっ、やめろやっ!」

化粧道具や雑誌、歯磨きセットなどに混じって、財布が落ちた。吉田ンテは、さっとその財布をつかんで隠そうとしたが、祈禱師サブレが叫んだ。

「それ……俺の財布やないか！」

そこにいた全員が、吉田ンテの顔を見た。くるくるのケンが、

「思てたとおりやったな。——吉田、おまえ、電話かかってきて廊下に出るとき、サブレに思いきりぶつかったそうやな。そのとき……サブレの財布を掏《す》ったやろ」

「ぼぼぼく知らん」

「おまえはスリの常習犯や。ちゃうか。たぶん最近の楽屋泥棒もおまえやろ」

「証拠あるんか！」

「その財布が証拠やんけ」

「これはその……出来心や。サブレ兄さんにぶつかったとき、兄さんが財布落としはったんで、拾うてあげて、あとで返すつもりやったんやけど……その……ちょっとお金が欲しかったんで……」

サブレが拳を振り上げて、

「なんやと、こら！」

その拳をくるくるのケンがつかんで、

「出来心のはずないやろ。ぼくは、こいつがスリやと思たから、バッグをひっくり返

してみたんや。案の定やったなあ」

片筒が感心したように、

「どうして彼がスリだと思ったのかね」

「簡単な推理ですねん。びっくり太郎師匠はゲンかつぎで、スルメをアタリメ、すり鉢をあたり鉢に言い換えてはった。それがもう口癖みたいになってはったんでしょう。まだ意識のあるときに、自分を襲ったのは『スリや』と言おうとしたのに、うっかりいつもの癖で、『あたりや』と言うてしもたんです」

「じゃあ、あたり屋の神保は……」

「犯人やないと思います。でも、そのひとがここに来ていた可能性はおますけどな」

ケンは吉田ンテに向き直ると、

「おまえは、太郎師匠よりあとに来たのやない。だれよりも早うこのフロアに来てたんや。楽屋泥棒をするためやろ。そのあとに来た太郎師匠の楽屋で、おまえは師匠の首を絞めた。けど、大好きなスルメをうっかりこの楽屋に持ってきてしもた」

「ほんま、うっかりやったわ……」

吉田ンテはうなだれた。

「廊下を通ってたら太郎師匠が楽屋から呼びはってな、きみ、知らん顔やな、若手か、て言いはったから、今日、一緒に出していただく鼻水鬼の吉田ンテと言いますて自己紹介したら、そうか、よかったらどれかひとつ持っていき、てコンビニの袋を見せてくれはったんや」

吉田ンテは喜んで、

「スルメいただきます」

と言うと、

「アホンダラ！　楽屋ではアタリメて言わんかい」

と叱られたという。スルメをポケットに入れて、大楽屋に戻ろうとした吉田ンテに、突然、びっくり太郎が言った。

「ちょっと待て。——きみの顔に見覚えがあるぞ」

「え……？　ぼくは今日、はじめてお目にかかると思いますけど……」

「思い出した。きみ、去年、新世界《しんせかい》でわしの財布掏ったスリやないか！」

「い、いえ、そんなことは……」

「まちがいない。ジャンジャン町《まち》でドーンと行き当たりよって、財布つかんで人ごみにまぎれて逃げていったやろ。ぜったい顔、忘れへんで、てあのとき誓ったんや。その面長でのっぺりした顔はまちがいない、あのときのスリや」

「ちがいます、ぼく、ちがいます」

「嘘つけ。おまえのことを警察に通報したる」

「そ、それだけはやめてください。もう二度としませんから……お願いします」

「あかん。あのとき掏られた財布にえべっさんのキーホルダー入ってたんや。あれなくしてから、さっぱりツキが来ん。おまえのせいや。——支配人に話してくる」

びっくり太郎は楽屋から出て行こうとした。このままでは身の破滅である。吉田ンテは追いすがり、そこでもみ合いになった。

「気がついたら……師匠が倒れてた。頭が真っ白になって……そのままここに戻ったんやけど……まさか意識不明になってるとは思わんかった」

大楽屋は静まり返っていた。しばらくして、くるくるのケンが言った。

「なんでスリとか楽屋泥棒するんや。金がないからか」

「そうや……金が欲しかったんや。あいつに……あたり屋の神保に払う金がどうしても必要やった」

片筒が驚いて、

「神保は、おまえに会いにここに来たのか」

「そうです。三年まえに阿倍野《あべの》で車運転してたらあいつが急に飛び出してきて……警察に言わんといたる、示談にしたる、二万払《はろ》たら黙っといたる、て……ぼく、ＡＣＢ漫才コンクールの準決勝に行くところで、めちゃくちゃ急いでたから、ついその話に乗ってしもたんです。そしたらあとで、頭痛がひどなった、医者に行くから治療費寄越せとか、後遺症で働けんようになったから生活費くれとか……しょっちゅう電話してきて、もし払わんかったら当て逃げのこと会社にバラす、そうなったら解雇だな、って脅すんです。いろんな新人賞レースに残るようになってきたところだったし、そのたびに金を工面して渡してたんですが、だんだん向こうの要求もエスカレートしていって……。なんとかしないとって焦りまくったんですが、会社からの給料はまだスズメの涙ほどで、街金融も貸してくれず、親や相方にも相談できなくて、結局、ぼくの選んだ方法はスリや楽屋泥棒で小銭を稼いで、あいつに渡すことでした」

彼はまわりの芸人たちに、

「なんで相談せんかったんや、一言言うてくれてたら……ってそういう顔してるけどな、相談できるわけないやろ！　みんなライバル同士、敵同士やないか。弱み少しでも見せたらすぐに蹴落とされるに決まってる！　せやから……せやからぼくは……」

泣き出した吉田ンテに、くるくるのケンが言った。

「おまえが相談すべきやったのは警察や。そうしとれば、ここまでひどいことにはならんかったのに……」

吉田ンテはなにも応えずに泣き崩れていた。片筒の携帯が鳴った。

「なに？　神保を確保した？　わかった、すぐに逮捕状を取る。――ちがう、殺人未遂容疑じゃない。脅迫容疑だ」

電話を切って片筒はため息をついた。片筒はくるくるのケンの肩を叩くと、

「解決できたのはきみのおかげだ。くるくるのケンくん、きみの本名はなにかね」

「ぼくの本名は……」

ケンは渦巻きの描かれた眼鏡のフレームに手をかけると、

「石原裕次郎《いしはらゆうじろう》です」

片筒を除く、その場に居合わせた全員が、どどーっとコケる仕草をした。

「な、なんだ、どうしてみんな倒れてるんだ」

片筒がひとり、きょとんとしているなか、くるくるのケンは髪の毛を掻き上げながら大楽屋を出ると、廊下を去っていった。彼を見送りながら片筒が、

「芸人にもたいしたやつがいるものだ。一度彼の漫才を観にいかねばならんな……」

そうつぶやいたとき、またしても携帯が鳴った。

「なんだ……？　びっくり太郎が意識を回復した？　命に別状ない？　うん、わかった。――犯人は吉田ンテ？　そんなことはとうにわかっとる！」

そのとき、本部の刑事たちが業務用エレベーターを降りてこちらに向かってくるのが見えた。

◇

（ああ……ヤバかった。まさか劇場で傷害事件があるとはなあ。ぜったいバレると思た。危機一髪やったなあ……）

業務用エレベーターで一階まで降り、書店に入ってそのトイレで長髪のカツラを取り、服を着替え、頰の渦巻き模様を水を含ませたスポンジで念入りに消した。渦巻き模様の眼鏡を外すとき、

（おかしいな……こないだ新調したくるくる眼鏡がどこにもない。落としたんかな。まえに使ってたやつがあったからよかったけど、眼鏡かけてなかったら見破られてたかもしらん）

もとの姿に戻ったくるくるのケンは、胸を撫でおろしながら男性用トイレを出た。

（それにしても、ようバレんかったわ。あいつら……ほんまにアホやな。目ぇも頭も悪すぎるで。普通、気づくやろ）

彼は片筒係長や先輩の里見刑事、津貝刑事たちの眼力を疑った。

（けど、よかった。仕事やめんですんだ。どっちも……）

本棚のあいだを縫って出口へと向かう彼の背中に、

「こらっ、公務員は副業禁止や！」

そんな声が投げつけられた。びくーん！　心臓が跳ねあがった。恐る恐る振り向くと、立っていたのは交通課の城崎ゆう子だった。その手に握られていたのは、渦巻き眼鏡だった。

「ど、どうしてそれを……」

「さっき階段でぶつかったときに落としていったんや。それを私が拾ったの。すぐにわかったわ、くるぶよのケンちゃんの小道具やて」

高山は大慌てで口に人差し指を当てると、

「しーっ！　しーっ！　しーっ！」

しかし、ゆう子はそれを無視して、

「私、お笑いファンで、今日も『お笑い世代交代！』観にいくつもりやってん。びっくりしたなあ、いやあ驚いた。まさか現職の刑事がお笑い芸人やってるとは……」

「しーっ！　しーっ！　しーっ！　しーっ！」

またしても高山はゆう子を黙らせようとしたが、かえって周囲の注目を浴びる結果になった。

「頼む。黙っといてくれ」

「バレたらクビやもんな」

「なんでもおごったる。ラーメンでもかつ丼でも焼肉でもカニ鍋でも……」

「ほな、ラーメンとかつ丼と焼肉とカニ鍋は？」

「全部か。そ、それは食いすぎやろ」

「あ、そう。それやったら片筒係長に……」

「あああ、わかった。全部食うたらええ。せやから……頼むわ」

「ああ、おもろ。ええネタつかんだわあ。これで当分、ごちそう食べれるわ」

「当分て……一回だけとちがうんか」

「当たり前やろ。こんな重大事をしゃべらんといたるんやで。せやけど、あんた……なんで刑事と芸人なんて変な二足のわらじを履いてるん？」

「それはやな……まあ、話せば長いことなんや」

「ふーん、わかった。ゆっくりそこの『つるてんしょん』のうどんでも食べながら話聞こか。もちろん、あんたのおごりで」

「え？　『つるてんしょん』、高いがな」

「嫌なんか。嫌やったら今から片筒さんとこに……」

「わーかった。わかった。もうええ。うどん食お」

「わかったらええねん」

先に立って歩き出した城崎ゆう子を見ながら、高山は、

（どえらいもんにぶつかってしもた。こら、あたり屋よりタチ悪いで……）

そんなことを思いながら、とぼとぼとゆう子のあとに続いた。

第二話　着ぐるみを着た死体

「短刀直撃にきくけどな、なんで刑事が漫才師してるん？」

大量の粉チーズをかけたスパゲティナポリタンを頰張りながら、城崎《しろさき》ゆう子《こ》が言った。

「短刀直撃やない。単刀直入や」

ケチャップでべたべたになっているゆう子の口を見ながら、高山一郎《たかやまいちろう》は訂正を入れた。谷町筋《たにまちすじ》にある純喫茶「メリケン」のいちばん奥のテーブル。ここなら知り合いに見られる心配は少ない。

「短刀直……撃やなかったっけ。短刀直入？」

「言うとくけど、おまえは短い刀の短刀やと思てるやろけど、単純の単やからな。単刀ゆうのは、一本の刀ゆう意味や。一本の刀でズバッと斬り込むみたいに、いきなり核心をついた質問をする、ゆうことやからよう覚えとけ」

今日はお互い非番である。予定としては一時から「なんばキング座」という腰元興《こしもと》業のホールに行けばよいだけだから、それまでは難波《なんば》署の敷地内にある独身寮でゆっくり昼寝でも……と思っていたところに城崎ゆう子から呼び出しの電話がかかってきたのだ。

「ふーん、私ずっと短い刀やと思てたわ。けど、短い刀でズバッと斬り込む、ゆうことでもかまへんやん。なにがあかんの」

「あかんことはないけど……」

ゆう子はナポリタンを食べ終えると、紙ナプキンで口を拭き、ビーフカツサンドに取りかかった。

「ここのビーフカツサンド、めっちゃ美味《おい》しいねんで。揚げたて熱々でな、マスタードとケチャップの塩梅《あんばい》がちょうどええねん」

「知ってる。けど、アホみたいに高いやろが」

「そんなん関係ない。どうせあんたが払うんやもん」

高山はため息をついた。いったいいつまでこの女にたかられ続けるのだろう。そう思って高山はゆう子の顔を見つめた。

「あんた、なにじっと見てるん？　もしかしたら恋してるとか」

「アホか。よう食うなあ、と思て呆《あき》れてただけや」

「よう食べるやろ。けど、痩《や》せてるやろ。私、太らん体質やねん。燃費悪いねん」

たしかにゆう子はほっそりしており、そのスタイルだけ見たら、これほど大食いだとはだれも思うまい。

「そのうちにドーンと太るわ」

「あんたの相方みたいにか?」

「お、おい……」

高山は口に人差し指を立てた。だれも聞いていないと思うが、注意するにこしたことはない。今はカツラもかぶっていないし、眼鏡《めがね》もかけていないし、渦巻きメイクもしていない。つまり、刑事としての姿なのである。

「かまへんやん。こういうことは、あんまりこそこそ隠したらバレるねんで。あっけらかーんとしといたほうがかえってバレへんもんや」

「おかげで俺の財布がすっからかーんや」

高山のボケにゆう子は表情ひとつ変えず、

「あんた、ピザ食べへんの? 冷めたらまずなるで。私が食べたろか」

手を伸ばそうとするゆう子を押しとどめ、

「これは俺が食う。だれがやるか」

ゆう子はピザをにらみつけたが、

「まあええわ。自分の分、頼んだらええんやから」

「お、おまえ……まだ食う気か」

「そんなことどうでもええねん。私が知りたいのは、あんたが刑事と芸人の二重生活をしてる理由や」

高山は大慌てで立ち上がり、ゆう子の顔のまえで「しーっ、しっー、しーっ」を連発した。

「しーっ、しーって、こどもにオシッコさせてるんやないで。公務員は特別の場合を除き副業したらあかんのや。それも、ちゃんと許可を受けなあかん。あんたが大阪府警から許可もろて芸人してるとは考えられへんもんな」

「頼むから黙ってくれ。それでのうても、おまえの声は大きいんや。店中に丸聞こえやがな」

高山は半泣きで言った。

「黙っててほしかったら、ちゃんと理由を教えてもらおか。——あ、すいません、ピザもう一つ」

「なんでおまえに言わなあかんのや」

「知りたいやん。昼は刑事、夜は芸人してるやなんて、普通では考えられへんもん。——刑事課のひとらは知ってるん？」

高山はかぶりを振った。

「ほな、芸人さんらは？」

もう一度かぶりを振る。

「まさか……相方さんも？」

うなずく。

「うわあ……びっくりやな。よう今までバレへんかったなあ」

「気づいたんは、おまえがはじめてや」

「刑事も芸人もアホばっかりやな。——警察に入ったんと芸人になったんと、どっちが先なん？」

「ほぼ同時やな」

しかたなく高山は話しはじめた。

「俺の父親は刑事になるのが夢やったんや。警察学校には入ったんやけど、身体《からだ》が弱かったんで交番勤務のときに退職して、相撲取《すもうと》りになった」

ゆう子は食べていたカツサンドを噴き出した。

「汚いなあ」

「ごめん。——けど、身体が弱いのになんでまたお相撲さんに？」

「それは俺にもわからん。背は高かったし、体重もそこそこあったからなあ。あと、顔が北の湖ゆう力士に似とったらしいわ。近所のひとから、あんた、『顔だけ北の湖』

やなあ、いっぺん新弟子検査受けてみたらどや、て言われて、冗談半分で受けたらほんまに合格してしもたんやて」

「受けるほうも受けるほうやけど、通すほうも通すほうやな」

「案の定、三年で辞めて……」

「三年も、ようやったな」

「それで、ちゃんこ料理の店を開いたんや」

「それはわかる」

「店の名前は『ちゃんこ鍋・鬼刑事』や」

「それはわからん」

「店名のせいで、まるで流行《はや》らんかった。まわりからは、味はええんやから名前を変えろ、てさんざん言われてたみたいやけど、頑として変えんかった。よほど刑事に未練があったんやろな」

「奥さんが……あんたのお母さんが一番腹立ててたんとちがう？」

「それが、おふくろはけっこう気に入ってたみたいなんや。看板の大門《だいもん》刑事の似顔絵を描いたんもおふくろや」

「大門て……『西部警察』の？」

「そう」

「ちゃんこの話聞いたら、なんかちゃんこ鍋食べとうなってきたな。この店、なんか鍋もんないかいな」

「喫茶店に鍋もんがあるか！　俺にツッコませるな」

「しゃあないな、シチューにしよ。すいません、ビーフシチューひとつ」

「――で、刑事の夢を断たれた親父《おやじ》は、俺に英才教育を施しはじめたんや」

「へー、どんな？」

「俺は、小さいころから、友だちのことを『アイキン』、喧嘩《けんか》のことを『ゴタ』、喧嘩で負けたやつを『ガイシャ』、学校のことを『母屋』、近所の交番を『ハコ』、そこにいる制服警官を『あひる』と呼ぶようにしつけられとった」

「そんな古臭い言葉、今、だれも使うてへんやん」

「テレビは『太陽にほえろ！』とか『部長刑事』とか古臭い刑事ドラマばっかり見せられた。アニメとか歌番組が見たいのに、毎日、強盗や殺人や発砲や爆発や……殺伐としたドラマでええかげん嫌になったわ。あと、初動捜査の方法とか拳銃の撃ち方、警棒の使い方、手錠の掛け方、指紋の取り方、無線の使い方、尋問のやり方……」

「めちゃくちゃやな」

「本も、刑事の出てくるマンガか、あとは大人向けのミステリーや。推理能力を鍛えるためや、て言うとったわ。こどものころは、そういう親父を恨んでたけどな……そんな親父が、俺が二十歳のときに病気で死んだ。今わの際に、苦しい息のもとで俺を枕もとに呼んで、『一郎……わしがでけなんだ夢をおまえが代わって果たしてくれ。頼む。おまえはなんとしてでも刑事になるんや。刑事になってくれ……』……そう言うたあと、息を引き取った。刑事になってくれ……それが親父の最期の言葉やった。それで俺は大学を卒業したあと、警察学校に入学した。交番勤務での実績が認められて試験を受けさせてもらい、やっと二十六歳のときに難波署刑事課の刑事になることができた」

「はーん……なりとうてなったわけやないんや。お父さんに言われて、しかたなくなっただけなんや」

「最初はそうやったけど、今では刑事ゆう仕事に誇りを持ってるよ。ひとの命を救ったり、犯罪を未然に防いだり……人助けにもなるし、世の中の裏側を見ることもできる。ほかの仕事では味わえんおもろい体験も多い。一生の仕事やと思てるね」

「ほな、お笑い芸人のほうは？」

「おふくろがものすごいお笑い好きやったんや。とくにプライム・クライムの漫才にはまってな、ずっと追っかけをしてたみたいやねん」

「プライム・クライムゆうたら大物やん」

「そうや。自分でも高校のころ、同級生と『プランクトン・クランクトン』ゆうコンビを結成してな、文化祭とかいろんなところで漫才を披露しとったらしいわ。そのうちに、テレビの素人《しろうと》参加番組の常連になって、本家のプライム・クライムにも、『おまえらの漫才、おもろいわ。卒業したら腰元興業入れ。俺らが口きいたる』て言われたそうや」

「すごいやん！」

「俺もそう思う。その言葉を頼りに、高校卒業してすぐに腰元のお笑い養成学校に入学した。そこでもすぐに頭角を現して、在学中からラジオの仕事が来たりしたんやけど、相方やった子が、将来が不安や、ゆうて辞めてしもたんや」

「ようある話やな」

「おふくろは、プロの芸人になる気満々やから、いろんな相方とやってみたんやけど、元の相方みたいにはいかんかった。五人目と解散したところであきらめて、ピン芸人になろうとしたんやけど、これもうまいこといかん。結局、五年目で芸人を断念して、京都に行って芸者になろうとした」

「はあ？　あんたとこの親、どっちも変わってるなあ」

「芸人も芸者もよう似たもんやと思たんやろな。けど、芸者になるには普通はまず舞《まい》妓《こ》になって芸事やら仕来たりやらを三年ぐらいかけて置屋で仕込まれる。おふくろはもう二十五歳やったから、舞妓になるにはちょっと遅いけど、それやったらいきなり芸妓《げいこ》になったるわい、ゆうて置屋に住み込んで修業をはじめたんや。でも、どうもちがうなあ……て思い出したらしい」

「なにがちがうかったん」

「笑いの要素がない、て気づいたんや。おふくろがやりたかったのは、ひとを爆笑させることやったのに、芸者は踊ったり、三味線弾いたり、歌ったり、お酌したりするだけで、客を笑わせたりせえへん」

「あたりまえやがな。――そろそろデザートにしよかな」

「そうせえ。――おふくろは、芸者ゆうねんから芸を見せて客を笑かす仕事や、と勝手に思い込んだんや。こんなもんやめや！　ゆうて腹立てて芸者は辞めたんや」

「よう調べんと、始めるほうが悪いわ。腹立てたらあかんやろ」

「しゃあないから大阪に戻ってきて、親父がやってた『ちゃんこ鍋・鬼刑事』で働くようになったんや。理由は店の名前が面白かったから……や」

「そやろな。――すんませーん、ケーキセットとアイスクリーム」

「それからふたりは結婚して、俺が生まれたんやけど……おふくろはどうしてもお笑い芸人の夢が忘れられず、その夢を俺に託したんや」

「なんかさっき聞いたような話やな」

「それで、俺に英才教育を施しはじめた」

「ますます、さっき聞いたのとおんなじや」

「幼稚園に上がるまえから俺はボケを徹底的に教え込まれた。頭でボケるんやない、身体でボケるんや、いうて、日常生活のありとあらゆることでボケさせられた」

「なんのこっちゃ」

「たとえば朝起きたとき、『おはよう』言うたら怒られるねん。『そこは、おやすみなさいやろ!』言うて。歯磨きするときも、まずは鼻を磨くとか、口を閉めたまま磨くとか、目を磨くとか、なにかひとボケせんと叱られる。朝ご飯もいちいち、ご飯にジャム載せて『やっぱり熱いご飯にはイチゴジャムが最高に合うな』とか言わなあかんのや」

「言うたらほめられるの?」

　高山はかぶりを振り、

「『いや、イチゴジャムやと思たらマーマレードかい!』まで行かんかい! て怒られる」

「めちゃくちゃやな。──しんどいやろ」

「しんどい。ご飯も美味しくないし、とにかく早う出かけとうて、速攻で飯食うて、行ってきます! 言うたら、『そこは、ただいまやろ!』て怒鳴られる。そのあとに親父の『ひとりで行くな! 刑事はふたり一組が基本やぞ!』いう追い打ちがかかるねん」

「ツッコミのほうは勉強せんかったん？」

「おふくろは、おまえはボケ一筋で行け、ツッコミは私らがやったげるから、とにかくボケに専念しい、ゆうて、ツッコミはさせてくれへんかった。ボケとツッコミは両立せえへん、ボケは徹底的にボケて、ツッコミは徹底的にツッコむべきや、ゆう主義やった」

「………」

「小さいころから劇場に連れていかれて、いろんなお笑いを見せられたなあ。それこそ若手から大師匠まで。あと落語とか新喜劇とか……。家でも、古い芸人のビデオをさんざん見せられて、『どこがおもろかったか三十字以内で言うてみ』……これがつらかった」

「まるで試験勉強やな」

「たいがいは『間がよかった』でＯＫなんやけどな。そのあと、親父に『相棒』と『砂の器』のビデオを見せられるねん。これまたつらい」

「そらそやろ」

「おふくろは、なんとか俺を芸人にしようとしてたんやけど、親父に遠慮して、はっきりとは言わんかった。けど、親父が死んで、俺が警察学校に入ってしばらくしたころ、おふくろも病気になった。医者が、危篤やから家族全員集めろて言うたけど、家族ゆうても俺しかおらん。病院のベッドのうえで、おふくろが今わの際に、苦しい息のもとで……」

「またしても、さっき聞いたような話やな」

「俺を枕もとに呼んで、『一郎……私がでけなんだ夢をおまえが代わって果たしてくれ。頼む。おまえはなんとしてでも芸人になるんや。間違うたらあかんで、芸者やない、芸人や。芸人になってくれ……』……そう言うたあと、息を引き取った。芸人になってくれ……それがおふくろの最期の言葉やった」

「お母さん、あんたが刑事を目指してること知ってるんやろ。なんでそんなこと言うたんや」

「もう忘れてしもとったんかな。俺も、『いや、俺、警察に……』てあわてて言うたんやけど、そのままガクッと死んでしもたから、反論のしようがなかった。横にいた医者にも肩叩《たた》かれて、お母さんの夢を叶《かな》えてあげたまえ、とか言われるし……」

「けど、普通は刑事と芸人は両立でけへんやろ。どないしたん」

「俺も悩んだけど、親父の夢を叶えたらおふくろの夢が潰れるし、おふくろの夢を叶えたら親父の夢が潰れる。どっちか片方だけ、ゆうのは息子として申し訳ないやろ。なんとか両立させることはでけへんか、と思てな」

「ほんで、腰元興業の養成所に入ったんか」

「それはさすがに無理や。警察に勤めながら養成所には通われへん。どうしたもんかと思てるときに、今の相方のぶよぶよのブンと知り合うたんや。あいつがラーメン屋でバイトしとって、俺がたまたまその店に食べにいったとき、ピンと来たんや」

「なにがピンと来たん？」

「俺が『煮玉子ラーメンの煮玉子抜きに煮玉子トッピングで』て言うたら、即座に『お客さま、たいへん申しわけございませんが……』て言うから、そういうややこしい注文は困る、て言うんかなあと思たら、『当店では煮玉子ではなく味玉と呼んでおります』……いや、そっちかい！　て思わずツッコんでしもた。『残念やなあ。俺が食べたいのは煮玉子やねん。なんとか煮玉子にならへんか？』てきいたら、『はいー、めんどくさいお客さんおひとりご来店！』て応えて、店長にめっちゃ怒られよった」

きいてみると、腰元興業の養成所を出て漫才師をしていたのだが、相方と大げんかして解散したばかりだという。

「ボケが弱すぎるねん。ぼくにはもっともっと強烈なボケが必要や。でないと、ぼくの強烈なツッコミを受け止められへん。けど……そんなやつ同期のなかにはおらへんし……」

そう言ったので、高山は思わず、

「それやったら俺と組まへんか」

と言ってしまったのだ。

「向こうは、ゆうてもプロの芸人やねんから、ラーメン屋で一回会うただけの素人と漫才したりせえへんやろ」

「そこが、あいつのアホなとこやねん。最初は上から目線やったんやけど、俺が暇なときに書き溜《た》めてた台本見せたら、うわっ、おまえがこれ書いたんか、天才ちゃうか、てコロッと態度が変わってしもてな。ちょっと試しにやってみたらすっかり俺のこと気に入って、どうしてもコンビ組んでくれ、て言い出しよった」

「なんかラーメンの話聞いたら、ラーメン食べとうなってきた。この店、ラーメンないやろか」

「喫茶店にラーメンがあるか！　俺はボケやねん。ツッコミとうないねん」

「うわっ、メニュー見てみ。ラーメンあるやん。すんませーん、ラーメ……」

「やめとけ。デザート注文したやろ」

「そうかて……」

高山が、家庭の事情で、昼間はできないし、夜も急に用事が入るときがある、それとテレビとか大きな劇場の仕事はNGで、小さな劇場ぐらいしか出られない、と言っても、それでもかまへんから一緒にやろ、頼むわ……とブンは懇願した。高山の才能に惚《ほ》れ込んでしまったのだ。

「それやったら……いうことでコンビ結成したんや」

「まあ、はじめは大劇場とかテレビなんか出られるとは思てないからなあ」

「このままやったら見るひとが見たらバレてしまうから、カツラと眼鏡とメイクで別人になって、芸名も本名と関係ないくるくるのケンにした。それで、俺が書いたネタでとりあえず『こしもとお笑い劇場』のオーディション受けてみたら、一発で通ったんや。もちろん一番下のクラスやけどな。それからぼちぼちプロの芸人として活動するようになって、今に至る……ていうわけやねん。俺があんまり仕事広げられへんから、ブンもピンネタ増やしてひとりの出番を増やしてる。急に事件が起きて、俺が行かれへんようになってもなんとか対応してくれてる。あいつには感謝してるねん」

「ツッコミがピンの仕事やなんて、なかなかでけへんで」

「ブンは才能あるんや」

「相方には、どこに住んでるて言うてあるのん？　住所は教えてる？」

「アホ。警察署内独身寮や……なんて言えるかい。実家やけど、事情があって住所は言えんていうことにしてる」

「あのな、私が言うのもおかしいけど、相方にだけは二重生活打ち明けたらどうなん？　いろいろ迷惑もかけてるわけやろ。ちゃんと説明したらわかってくれるで」

「アイスクリームとラーメンを交互に食べながら真面目《まじめ》なこと言うな。——あいつがうっかり口を滑らせたら、それで俺の刑事生命は終わりや。即刻クビやろな」

「バレたら芸人辞めて刑事に専念したらええやん」

「無理や。警官が許可なく長期間の副業をしとったことがわかったら、すんまへんそっちを辞めますさかい、ゆうても解雇されるやろ。悪うて停職や。少なくとも刑事課からは外されるやろな。そんな責任、あいつに背負わせられるか？　これは俺ひとりが抱えておくしかないんや」

「そうかなあ……。ほな、バレたら、刑事辞めて、芸人に専念したら……」

「アホ！　あいつ、わしらにずっと黙ってたけど刑事やったんやて、こわー、いうて袋叩きにされて、放り出されるわ。それに、俺は刑事ゆう仕事を天職やと思てる。絶対に辞めへん」

「ほな、芸人を……」

「辞めへん。芸人も天職やと思てる」

「天職て、普通は一個やけどな」

「はじめは母親に言われていやいや就いた仕事やけど、ひとを笑わせるのはめちゃくちゃ楽しいし、やりがいある。落ち込んでるひとを救うこともできる。今は芸人ゆう仕事に誇りを持ってるよ」

「これであんたの『家庭の事情』はだいたいわかった。まあ、勝手にしたらええわ。けど、いつかはバレると思うで」

「バレるそのときまで、俺は両方の仕事を均等にがんばる。貧乏やったけど大学まで行かせてくれた両親にはほんまに感謝してる。せやから俺は、父親にも母親にも恩返しせなあかんのや。世の中に、二つ、三つの仕事を掛け持ちしてるひとなんかなんぼでもおるやろ。俺も単に、刑事と漫才師を掛け持ちしてるだけや」

「いつまで続くか、見ものやな。できるだけ長いこと続けられることを祈ってるわ」

「お、応援してくれるんか」

「そやない。私があんたにタカる期間が長いほうが得やろ」

「お、おまえ……ずっと俺におごらせるつもりか。怖いやつやなあ……」

「あったりまえやん。私もこれまで、いろんなひとの弱みを握ってきたけど、こんなにええ弱み握ったのははじめてや。絶対に放さへんでえ」

高山は今日何度目かのため息をついたが、ちらと時計を見て、

「あ、もうこんな時間か。――ほな、俺、行くわ」

伝票を手に立ち上がった高山にゆう子は、

「ちょちょちょっと……どこ行くのん。このあと締めに串カツ食べにいこ、て思てたのに」

「どこの世界に、締めに串カツ食うやつがおるんや。最初に言うたやろ。俺、今日は仕事や、て」

「きょうは非番やん」

「警察が非番の日は芸人のかきいれ時や」

「漫才出番あるん？」

「あ……うん……まあ、とにかく仕事やねん」

高山は言葉を濁し、

「ついてくるなよ。おまえがいたら、仕事やりにくい」

「もう！　べつにええやんか」

「あかん」

高山はそのまま伝票を持ってレジに行ったが、会計を見て、

「ぎゃあっ」

と叫んだ。

◇

高山一郎ことくるくるのケンは、千日前《せんにちまえ》にある「なんばキング座」のE楽屋に入っ

た。「笑いの神殿」ことなんばキング座は腰元興業最大の劇場であり、客席数は九百席にもおよぶのに、昨今のお笑いブームのためかつねに満席である。ケンがここにいるのはもちろん出演者としてではない。この劇場に出られるのは、テレビで活躍しているような大物漫才師や落語家に限られている。

「遅かったやないか」

色白で小太りの男が言った。相方の、ぶよぶよのブンである。芸名のとおり、全身がぶよぶよしている。

「すまんすまん。けど、まだ余裕やろ。今から着替えて、外に出るだけや。十分もあったらいける」

ケンはバッグを化粧前に置くと、壁際に置かれた段ボールケースから大きな着ぐるみを取り出した。それは、最近人気の漫才師キシリ・トールを模したものだった。彼ら「くるぶよ」の今日の仕事というのは、この着ぐるみを着て、なんばキング座のまえの路上に立ち、通行人や来場者と一緒に写真を撮ったり、公演の宣伝をしたりすることなのだ。人気芸人をキャラクター化したこの着ぐるみは、現在、百種類以上あり、多忙な芸人本人に代わっていろいろなイベントに引っ張りだこだ。以前は着ぐるみ専門のアクターを雇っていたのだが、経費がかかりすぎるとの理由から、どケチな腰元興業は暇で金のない若手にその役をやらせることにした。若手ならほぼタダに近い金額で使えるからだ。もちろん、全身が入るタイプの着ぐるみはきちんと研修を受けたものでないと操れないが、芸人着ぐるみは頭部だけで、首から下は普通の衣装なので着こなすのはそれほど難しくはない。今から夜まで、ふたりはキシリ・トールに扮《ふん》して劇場まえで通行人の呼び込みや客たちの送迎に徹するのだ。この仕事なら、顔が出ないから、ケンの正体がバレる心配はない。キシリ・トールがよくやるギャグやキメポーズを真似《まね》するのみで、しゃべりはないから、簡単な練習をすれば芸人ならだれでもできる。

「そやけど、今日はスリムドッカンブラザーズ師匠が一緒やねん」

「どういうこっちゃ?」

スリムドッカンブラザーズといえば、スリム健四郎《けんしろう》とドッカン大作《だいさく》による大人気漫才コンビである。スリム健四郎は名前のとおり痩せ細っており、もともとプロレスラーだったドッカン大作は逆に肥えている。激しく動く派手なネタはもちろん、その対照的な外見も人気の理由だったが、もう年齢的にもベテランの域に達している。なので、ドッカン大作も以前ほどの体格ではないが、「ドッカン、ドッカン、ドッカン!」と相撲の突っ張りのような仕草で舞台狭しと動き回るギャグは今でも爆笑を生む。

「明日からスリムドッカン師匠の芸歴四十周年記念公演があるやろ。その宣伝に、師匠方が着ぐるみ着て劇場まえでパフォーマンスするらしいわ。スリムドッカン師匠より遅れたらめっちゃ怒られるやんか」

「そういうことか」

一旦は納得したが、よく考えてみるとおかしい。

「スリムドッカン師匠やのうて、スリムドッカン師匠の着ぐるみが出るだけやろ。それやったら気ぃ使うことないがな」

「そやないねん。スリムドッカン師匠がスリムドッカン師匠の着ぐるみを着るねん」

「はあ……？」

ケンは首を傾《かし》げた。

「おまえ、アホになったんとちゃうか。もともとアホやったけど……」

「ぼくはアホやない！　カシコや！」

「カシコは『カシコや』とは言わん」

よくよく聞いてみると、「芸歴四十周年ライブ」の宣伝をスリムドッカンブラザーズの着ぐるみがしているのだが、ひとがたくさん集まったところで、なかに入ってたのは本物でした……というネタばらしをすればドッとウケるだろう……というサプライズ企画なのだそうだ。

「なるほどなあ。ほな、急がなあかんな」

「やっとわかってくれたか。さあ、急げ急げ」

ブンはすでに、トールの衣装をつけ、専用の靴を履いている。あとは肌色の手袋をはめ、頭部をかぶるだけだ。頭部はデフォルメしてかなり大きく作ってあるから重いが、それ以外は動きやすい。持ち上げた頭部をかぶろうとしたブンはその手をとめて、

「おい、なにしとんねん」

「なにがや」

「顔見えへん仕事やぞ。なんでカツラつけてるねん」

高山がちりちりパーマをかけたロングヘアのカツラをつけ、渦巻き模様をレンズに描いた眼鏡をかけ、頬《ほ》っぺたにも渦巻き模様を描き出したのを見て、ブンはとがめたのだ。

「ええやないか。万が一、かぶりもの脱がなあかんことになったとき、素顔ではだれかわからへんやろ」

本当は、だれだかわからないことを心配したのではなく、だれだかわかってしまうことを危惧したのだ。ふたりだけならそんなことはないが、スリムドッカンブラザーズとのからみがあったら、そういう展開になる可能性もある。

「ま、ええけど……」

ブンはじっと高山を見つめ、

「おまえ……ほんまに変わったやっちゃなあ」

ふたりが階下に降りると同時に、狸村《たぬきむら》という腰元興業の社員が飛んできて、

「早うせえ。スリドカ師匠、もうスタンバッとるんや」

狸村は、名前は狸だが、顔は狐《きつね》そっくりなのだ。三十代だが、若手芸人には横柄な口をきく。ふたりが劇場のまえに出ると、そこにはステージ（といっても四角い赤絨《あかじゅう》毯《たん》のうえにスタンドマイクが置いてあるだけだが）があり、そのまわりにはたいへんな人だかりができていた。口上師を務める芸人が、さっきからさんざん、

「三時より、劇場まえでスリムドッカンブラザーズ四十周年記念イベントの告知を本人が行います。お時間のあるかたはぜひお集まりください」

という告知をしまくったためである。

「時間が来たらスリドカ師匠の着ぐるみが出て行く。口上師が記念公演の告知をする。客は、なんや、本人が来ると思てたら着ぐるみかい！　となって帰りかけるやろ。それをうまく押しとどめるのがきみらの仕事や。すかさずぼくらがチラシを撒《ま》く。そういうだんどりやから、頼むで」

ふたりはうなずいた。

◇

「あと、スリドカ師匠がかぶりものを取って、本物でした……てなったときに、客が逆に押し寄せるかもしれん。そのときの交通整理も手伝え」

ふたりはうなずいた。

「おまえらがなんぼえらい目に遭うてもかまへんけど、スリドカ師匠がもみくちゃにされて怪我《けが》でもしたら記念公演まえに大損失やからな」

ふたりはうなずいた。

「それと……」

狸村は少し言いにくそうに、

「これは、言うてええことかどうかわからんけどな……もし、もしもやで、スリドカ師匠が揉《も》めはじめたら、うまいことあいだに入って収めてくれ」

「揉める、て……どういうことでっか」

かぶりものに遮られたくぐもった声でケンがきくと、

「あのふたり、最近えらい仲悪いんや」

狸村は声をひそめて、

「四十年まえにコンビ組みはったときはどちらも金のない、夢しか持ってない若者やった。けど、それから漫才師としてブレイクしはって、えらいブームが来た。それから山あり谷ありの紆余曲折《うよきょくせつ》を経て、ようよう芸歴四十年を迎えてみたら、いつのまにかふたりの格差がどえらく開いとったんやな」

　そのあたりのことはもちろんケンも知っている。昔は、ドッカン大作のほうが太った外見やら『ドッカン、ドッカン、ドッカン！』のギャグやら明るいキャラで大人気で、ピンの仕事も多かった。スリム健四郎はその陰に隠れ、舞台でもテレビでもあまりしゃべらない感じで、露出も少なかった。ドッカンは女優と結婚し、豪邸も建てて、マスコミに話題を振りまいた。スリムは一般人と結婚し、家も地味だ。しかし、その後ドッカンは離婚し、莫大《ばくだい》な慰謝料で借金地獄に陥り、豪邸も売却した。妻子に暴力を振るっていたことも裁判で暴露され、イメージも悪くなって、出演番組も大幅に減った。副業として派手に展開していたちゃんこ鍋チェーンも不渡りを出した。一方スリムは、副業の焼肉チェーンが成功し、実業家としての土台を築いたうえ、陰気で知的なキャラの面白さが認知され、ピンの仕事が急に増えた。バラエティ番組の司会にも抜擢《ばってき》された。毒舌が好評で視聴率も高いという。

「これが十年まえやったら、ドッカン師匠がメインでスリム師匠は添え物ゆう感じやったと思うけど、今ならそれぞれ対等や。五分と五分のええ四十周年記念公演になると思うたんやけど……」

　狸村は肩を落とし、

「楽屋でもぶすっとして黙ったままやし、打ち合わせのときも目ぇも合わさん。おたがいに相手の揚げ足を取ったり、カチンと来るような物言いしはるし、さっきももうちょっとで摑《つか》み合いになるとこやった。四十周年のイベント告知でそんな姿見せられへんから、そんな雰囲気あったらぜったいにとめてくれよ」

ふたりがうなずいたとき、

「ああ、来はった来はった」

狸村がそう言ったので、ケンとブンもあわてて立ち上がった。ロビーの奥にある社員通用口から、スリムとドッカンの着ぐるみが現れた。三島《みしま》という女性マネージャーに先導されて、ふたりはゆっくりとこちらに近づいてくる。ケンたちが着ているような、頭だけかぶるタイプの着ぐるみではない。スリムドッカンブラザーズは、その特徴的な体型と奇抜な衣装が売りでもあるので、全身を覆うタイプのものを使っている。製作費もかなり高額だろうと思われた。やはり、その大きさといい出来映えといい、ケンたちのものとは迫力や存在感がまるで違う。頭の部分も、ケンたちの着ぐるみの二倍はあるだろうから、首にかかる負担も半端ではないだろう。足の裏にはローラースケートのようなものが仕込んであり、移動を助けるようになっている。スリムとドッカンの着ぐるみは、肩を組んで、いかにも仲良しな様子で歩いており、

(このふたりが、さっきまで摑み合いしそうなほど揉めてたとはだれも思わんやろな……)

　ケンはそう思った。着ぐるみに慣れていないせいか、足もとが危うく、うまく歩けていない。スリムのほうはほとんど滑っているに近い。ふたりのまえを通り過ぎようとしたので、ケンとブンは挨拶したが、無視された。歩くのに精いっぱいで、それどころではないのだろう。狸村と三島マネージャーが左右から支えるようにして、スリムとドッカンはマイクのまえに立った。口上師を務めていた芸人がインカムで、

「さあ、お集まりの皆さん、お待たせいたしました。このたび芸歴四十周年を迎えられたスリムドッカンブラザーズ師匠の登場でございます。盛大な拍手でお迎えください」

　客たちは一瞬、うわーっというどよめきを上げたが、すぐに、

「なんや、着ぐるみかいな」

「本物が来ると思とったわ」

「さすが、腰元興業やな。まんまとだまされたわ」

　なかには帰ろうとする客もいるので、ケンとブンは彼らに近づき、帰らないで！　と拝むようなポーズをする。着ぐるみのなかには本物が入っているのだから帰られたら困るのだ。しかし、それは言えない。

「皆さん、どうしました？　なにか、がっかりしてるみたいにも見えますけど、もっと喜んでください。本物のスリムドッカン師匠ですよ！」

口上師がわざと「本物」を強調して客をあおる。

「本物て……どこがやねん。着ぐるみやないか」

「え？　そうですか？　ぼくには本物に見えるんですけど。だって、顔もそっくりやし、ギャグも……ドッカン師匠、お願いします！」

ドッカンの着ぐるみは、スリムの着ぐるみと肩を組んだまま、左手だけで相撲の突っ張りのような仕草をした。

「ほら、ドッカン、ドッカン……のギャグもやってはります。間違いない、やっぱり本物や！　まあ、ちょっと手ぇ抜いてはりますけど……」

ちらほらと笑いが起きた。口上師は、耳に手を当てて、着ぐるみの声を聞いているようなふりをして、

「師匠方がわざわざここに来られたのは、なにか皆さんにお知らせしたいことがあるんですね？　ふん……ふんふん……ふんふんふん、なーるほどわかりました。それではぼくが師匠方に代わって申し上げましょう。皆さん、スリムドッカンブラザーズはこのたびめでたく結成四十周年を迎えました。それを記念いたしまして、明日から、このなんばキング座で一週間にわたり記念公演を行います。珠玉の漫才はもちろん、コントやトークコーナーもたっぷりございます。日替わりの特別ゲストも超豪華なので、ぜひぜひお越しください……と、師匠はそうおっしゃっておられます」

狸村が客たちに公演のチラシを配りはじめた。ケンとブンもそれをサポートする。

「けど、師匠……こないしてぼくがいちいち師匠方に代わって皆さんにお伝えするのん、じゃまくさいですわ。そろそろ自分で伝えてもらえませんか？　頼んますわ、師匠。ねえ、師匠……」

　口上師が、だんどり通り、スリムドッカンブラザーズの着ぐるみをぐいぐい引っ張った。このあと、ふたりは着ぐるみを脱ぎ、うわっ、本物や……と客を驚かせて大喝采を浴びる、というのが手順だったが、ここで予想外のことが起きた。スリムの着ぐるみがその場に前のめりに転倒したのだ。突然のことだったし、手も突かない、ごろん、という派手な感じだったので、客のなかには、ギャグだと思って苦笑したものもいた。三島マネージャーが飛び出して、

「師匠、大丈夫ですか！」

　と助け起こそうとしたが、なぜか「あれ？」という顔をした。

「師匠……師匠！」

　マネージャーが背中の部分を左右に開いた。ジッパーのない、切れ込みが入っているだけの構造なのだ。そのあたりで異変に気付いた客たちが騒ぎ出した。

「おい、ほんまに倒れたんとちがうか」

「ヤバそうやな。着ぐるみのなかて、暑いし脱水症状になったり呼吸困難になったり

する、て聞いたことあるで」

「送風機がついてるタイプもあるけどな」

「おまえ、詳しいな。――けど、ケチな腰元興業がそこまでするやろか」

「早う救急車呼んだほうがええんとちがうか」

口々に勝手なことを言い合いながら、倒れたスリムの着ぐるみに近寄ってくる。ケンはガードマンよろしく彼らを制止しながらも、スリムのことが気がかりだった。

「あっ……！」

三島マネージャーが叫んだ。まさか……死んでるのか……？　ケンは振り返り、スリムの着ぐるみに駆け寄り、マネージャーに言った。

「どないしたんです」

マネージャーは着ぐるみの内部を指差しながら、

「か、空やわ……」

ケンもなかをのぞきこんだ。着ぐるみにはだれも入っていなかった。

◇

大騒ぎになった。だれも入っていない着ぐるみがここまで歩いてこられるわけがない。しかも、その状態を大勢の観客が目撃しているのだ。

「どういうことや」

頭部を外したブンがきいた。

「わからん……」

同じく頭部を外したケンはそう応えるしかなかった。そして、

（メイクしといてよかった……）

と思った。通行人たちも足をとめ、なにごとかとスリムの着ぐるみをしげしげ見つめている。

「と、とにかくスリム師匠を探せ。このなかにおらんのやから、どこかにいてはるはずや」

血相を変えた狸村がケンとブンに指示した。客のなかには、まだ演出だと思っている連中がいて、

「おい、どないなったんや」

「スリムはどこ行ったん？」

「アホ。こんなもん、ようあるマジックやないか。ほら、箱のなかに入って消えてしまうやつ……」

「けど、私、ずーっと見てたよ」

「そのうちどこかから『まいどー』ゆうて出てくるて。もうちょっと待っとこ」

「そやろか。——でも、ドッカンはどこ行ったん？」

その言葉でケンも、ハッとした。そうだ……ドッカンの着ぐるみの姿がない。今の今までたしかにいたのだ。

「ドッカン師匠も探さなあかん。——おい、三島、ドッカン師匠連れてこい」

女性マネージャーはおろおろして、

「連れてこい、て言われてもどこにいてはるのか」

「携帯鳴らしてみい」

「携帯は私が預かってますねん」

「楽屋に戻ってはるかもしれん。確認してこい」

「はいっ」

三島は小走りで社員通用口に向かった。ケンは、そのあたりにいる客や、スタッフなどに、

「ドッカン師匠の着ぐるみ、見かけまへんでしたか」

とたずねて回ったが、全員が全員かぶりを振った。スリムの着ぐるみにだれも入っていない、という騒ぎが大きすぎてそちらにばかり注目していたため、ドッカンの着ぐるみの動きにはだれも気をとめていなかったのだ。ケンは、まるで狐につままれた

ような気分だった。彼自身も、スリムとドッカンの着ぐるみが社員通用口から現れて劇場まえまで到達するのを見ている。ほんの五、六分まえのことだ。それが今は、スリムの着ぐるみは空っぽで転がっており、ドッカンの着ぐるみは消えてしまった。

（俺としたことが……目のまえで起きたことやのに、なにがあったのかわからんとは……）

刑事としてのプロ意識が頭をもたげたケンに、ブンが話しかけてきた。

「ケン、どない思う？　警察に言うたほうがええんとちゃうか」

「うーん……そやなあ……」

まだ警察が動くような事態ではない。ただ……衆人環視のなかで芸人がいなくなったというだけだ。もしかしたら楽屋かどこかでぴんぴんしているのかもしれないが、なんの理由もなくこんなことが起こるわけがない。なんと答えればいいのかケンが迷っているとき、狸村の携帯が鳴った。

「はい、狸村……おう、三島か。どうやった。――な、な、な、なにーっ！」

周囲が驚くような大声を出した。ケンは狸村に駆け寄り、

「どないしました」

狸村はその場に座り込み、呆然《ぼうぜん》とした表情で携帯を握りしめている。

「なにがあったんです」

「楽屋で……ドッカン師匠の着ぐるみが見つかった」

「ああ、やっぱり楽屋に戻ってはったんや。騒ぎに巻き込まれたくなかったんやな。——で、ドッカン師匠は?」

「見当たらんらしい。けど……」

狸村は涙声で、

「ドッカン師匠の着ぐるみのなかに……スリム師匠が入ってた」

「え? ほな、お互い入れ替わってた、ゆうことですか? そういうギャグのつもりやったんかな」

「知らん。——スリム師匠、死んでたそうや」

◇

難波署から片筒《かたづつ》班が到着した。なんばキング座の周囲はサイレンを鳴らす警察車両でいっぱいになった。パトカーから降りたった片筒鉱太郎《こうたろう》警部補は、ボディビルダー並の分厚い胸板をぐいと反らせ、巨大な劇場を見上げた。

「これが日本一のお笑いの聖地か」

そして、道を挟んで反対側にあるビルに視線を移した。その六階にある「こしもとお笑い劇場」で先週、傷害事件が起きたのだ。あのときは、「くるぶよ」という漫才コンビの片割れ、くるくるのケンという芸人が探偵顔負けの推理力を発揮してくれたおかげで事件が解決した。劇場正面は封鎖され、数人の制服警官が野次馬の整理や観客の誘導を行っている。夜の公演は中止になり、劇場スタッフが客への説明に追われていた。片筒は、赤い絨毯に目をやり、

「ここで、その……なんとかいう芸人の着ぐるみが倒れたのだな」

かたわらの里見《さとみ》刑事に言った。すでに事件の概略は報告を受けていたのだ。

「スリム健四郎です」

「ふむ……」

「ご存知やないですか？　めっちゃくちゃ有名でっせ。テレビにもしょっちゅう出てますわ」

「見たことがない。私がお笑いにうといのは知っているだろう」

「それはわかってますけど、なんせあのスリムでっせ。ＣＭも出てるし、お笑い知らんひとでもたいがいは知ってるような……」

「知らんものは知らんのだ。いかんのか」

「い、いや、そういうわけやないですけど……ほな、相方のドッカン大作も……」

「知るわけがない。——おい、おまえ、ちょっと舞い上がってるな」

「へ……？　なんのことです？」

「有名芸能人がからんでいる事件だからといって浮かれているようでは困る。気持ちを引き締めろ」

「いや……ぼくはそんなこと……」

「相手が有名人だとかお笑い芸人だとかは捜査になんの関係もない。我々警察は、目のまえの事件を粛々と解決に導く努力をするだけだ。クリご飯だろうがなんだろうが……」

「あの……クリご飯やのうてスリムドッカンです」

「とにかく大阪の人間は、有名人をまえにすると興奮して我を忘れてしまう。気を付けるように」

「は、はい」

　里見刑事は、

（なんでそんなことで怒られるねん……）

という表情で片筒のあとに続いた。楽屋はすべて三階にある。エレベーターを降りたところに楽屋ロビーがあり、大きなソファーが置かれている。大型テレビと熱帯魚の水槽があり、普段はベテラン芸人たちの憩いの場となっているのだろうが、今は殺人があったばかりというのでだれもいない。水槽の先の廊下に大小の楽屋が並んでいる。新喜劇のメンバーが使用する大楽屋から個室までさまざまである。通常使われるのは大部屋二つ、中部屋二つ、小部屋四つほどだが、大きなイベントや大がかりな稽古のときはそのまた先にある大型楽屋を使用することもある。今回の事件の現場はG楽屋といって、廊下の一番奥にあり、普段は使われない部屋である。すでに、先に到着していた難波署の刑事や鑑識員たちが忙しそうに働いている。彼らを見回して、片筒は言った。

「ボッコちゃんの姿が見えんが……あいつはどうした」

「今日は非番ですねん」

「馬鹿もの！　殺人だぞ。呼び出せばいいだろう」

「それが……何遍電話しても出まへんのや」

「電源を切ってるのじゃあるまいな」

「さあ……あいつこそ浮かれとるんとちがいますか？　この大事なときにこの場におらんやなんて捜査係の刑事として失格ですわ。いっぺん班長からバシッと言うたほうが……」

「ひとのことは放っておけ。そんな暇があったら自分の仕事に傾注しろ。おのれの頭のうえの蠅《はえ》も追えないくせに、陰口を叩くな」

「――は、蠅？」

歩き出した片筒を追いかけながら、里見は何度も自分の頭を手で払った。G楽屋のドアは開放されていて、ふたりはなかをのぞいた。巨大、といっていい着ぐるみが床に倒れており、その周りが白い紐《ひも》で囲まれていた。この着ぐるみのなかにスリムの死体が入っていたのだ。死因は、首を絞められたことによる気道閉塞で、おそらく紐のようなものを首に巻きつけられたのではないか、とのことだった。簡単な検死に基づいた死亡推定時間は二時から三時のあいだぐらいだそうだ。

「もうひとつ質問ですけど、最後にドッカン師匠を見たのはいつ、どこでですか」

取り調べをしているような男性の声が聞こえてきた。

「劇場まえのマイクのところよ。あんたも見てたでしょう」

これは女性の声だ。

「あれはドッカン師匠の着ぐるみです。師匠がほんまになかに入ってたかどうかはわかりません」

「そんなわけのわからんこと……でも、それやったら、楽屋に打ち合わせに行ったときやったかなあ。そのときはまだ着ぐるみ着てはらへんかった」

「スリム師匠はいてはりましたか」

「スリム師匠、今日は用事で遅れるさかい楽屋入りはギリになる、ゆう連絡がメールであったんよ。ほら、あのふたり最近仲悪うて、顔突き合せたら喧嘩になるやろ。せやから、スリム師匠、気ぃ遣いはったんとちがう？」

　片筒は里見に、

「だれが取り調べしてるんだ」

「さ、さあ……」

　声の聞こえるほうに行くと、べつの楽屋のなかでスーツを着た女性と見たことのある若い男が話をしている。

「お、おまえは……！」

　片筒が叫ぶと、男はぺこりと頭を下げ、

「一週間のご無沙汰でした。くるくるのケンです」

「それはわかっている。なにをしているんだ」

「ぼくもたまたま、事件現場に居合わせましたんで……」

「またか！」

「皆さんが来はるまえにちょっとでも関係者から事情聴取して、お手間を省こうかと……」

　片筒はぶすっとして、

「素人がいらぬことをするな」

　とは言ったものの、前回のことがあるので一応、

「で……なにかわかったのか。念のため聞いてやる。言ってみろ」

なにしろ不思議な事件である。どういうことが起きたのか、まだわからないのだ。

「三島マネージャーによると、二時に楽屋に行ったとき、ドッカン師匠はひとりで椅子に座ってはりました……」

まだ、スリムは来ていなかった。マネージャーとドッカンは簡単にひととおりのだんどりを打ち合わせしたあと、

「着ぐるみの着付けをお手伝いしましょうか」

「いらんいらん。この着ぐるみ、何回も入ったことあるし、ぼくもスリムくんもひとりでできるわ」

「そうですか。あんまり早う降りてきていただいてバレても困りますので、二時五十分にお迎えにまいります。それまでに着ぐるみに入っとってください。よろしくお願いします」

そう言って楽屋を出た。三島は約束どおり、きっちり二時五十分にG楽屋に行った。スリムもすでに到着しており、ふたりとも着ぐるみに入った状態で椅子に座っていた。三島は、着ぐるみのふたりを先導してエレベーターに向かい、一階に降りると、ロビーの奥にある社員通用口からロビーに出た。

「きみが楽屋を出て、つぎに迎えにいくまでの約五十分間に、楽屋に出入りしたもの

がいるかどうかわかるかね」

片筒が直接、三島にたずねた。三島が答えるより早く、くるくるのケンが言った。

「ぼくは今日出演してる芸人に、楽屋挨拶に行ったかどうか聞いて回ったんですけど、いつも使うてない一番奥の部屋やったし、劇場出番やのうてイベント告知に来てはるだけやったんで、みんな、スリドカ師匠が来てはることも知らんかったみたいです」

ちゃんと調べているのだ。

「芸人以外の出入りはどうだ」

三島が一瞬口ごもり、

「あの……おふたりの楽屋へは、私のほかはだれも入らないように指示してありましたので……」

「それは……ふたりの仲が悪かった、ということかね」

片筒がずばりきくと、

「はい……最近は会えば喧嘩でした。下手《へた》にだれかが入ってくるとよけいに揉めるんでだれも行かんようにと……。けど、今日は揉めてはる様子はありませんでした」

そして、ふたりの仲が悪くなった事情を手短に説明した。

「なるほど……。ほかに、なにかおかしいと思ったことはないかね」

「さあ……とくには気づきませんでしたけど……」

くるくるのケンが、

「ぼくは、そばで見てたんですけど、肩組んで、えろう仲良さそうに歩いてはりました」

「ほう……」

「それが逆におかしいと思たんです。わざと、仲の良さをアピールしてるみたいで……」

「ちょっと……！　変なこと言わんといて」

三島が声を荒らげたとき、津貝《つがい》刑事が廊下を走ってきた。

「えらいこってすわ」

「どうした」

「ドッカン大作のガキが見つかりました」

「なに……？」

「この階の端にある男子トイレの個室のなかで気を失って倒れていました。頭部を殴られたようです。すぐそばに、血の付いたガラスの灰皿も転がっていました。灰皿は各楽屋やロビーに置いてあるものやそうです」

「意識はあるのか」

「はい。頭痛がする、て言うとりますけど、命に別状はないそうです。四階の休憩室で応急手当てはしましたが、今から念のため脳波を取りに病院に搬送するらしいです」

「ああ、よかったー」

三島が胸をなでおろした。片筒がなにか言おうとするまえに、ケンが言った。

「だれに殴られたのか、確認しましたか」

津貝は、どうしてこいつがまたおるんや、という顔をしながら、

「着ぐるみに入るまえに小便しとこ、と思て、トイレに行ったら、二人組の男が入ってきて、いきなり灰皿でどつかれたらしい。どっちも、目出し帽で覆面しとったから顔はわからん、て言うとる。声も出さんかったそうや」

「となると、外国人の可能性もありますなあ」

里見が、いかにも鋭い指摘をしたかのように言ったが、片筒はスルーして、

「動機がわからん。ドッカンをいきなり殴って昏睡《こんすい》させ、スリムを殺して逃走……なんのためにそんなことをしたのか……」

「ドッカンは、スリムくんは焼肉チェーンの資金繰りの関係でヤクザがらみのトラブルを抱えてるらしい、ぼくはそのとばっちりを受けたんや、て言うてるそうでっせ」

三島が顔をしかめて、

「うちの会社、最近そういうことには敏感なんです。もし、それが本当だったら、ス

リムさんは即解雇になっていたかもしれません」

「だとしてもだ……」

片筒が言った。

「三島マネージャーが迎えに行ったときにいた着ぐるみにはだれが入っていたんだ。犯人ということか」

「かもしれまへんな」

片筒は舌打ちをして、

「犯人はスリムを殺し、ドッカンを殴って気絶させたあとで着ぐるみに入って、わざわざ舞台に出たというのか。くだらん」

「犯人のガキが逃げようとしてたとこにマネージャーが入ってきたさかい、どこかに隠れようとしたけど場所がない。しかたなく……」

「着ぐるみのなかに隠れたというのか。それに、スリムの死体はどうしたんだ。馬鹿馬鹿しい。おまえはしばらくしゃべるな」

津貝はむっつりと押し黙った。それに代わるようにケンが言った。

「いちばんわからんのは、なんでスリム師匠の着ぐるみにだれも入ってなかったか、ですわ。空の着ぐるみが歩いてくるわけないし……」

津貝がまたしても、

「そや！　透明人間が入ってたんとちゃうか」

「おまえはしゃべるなと言っただろう」

「けど、マジシャンやったら透明になれるかもしれまへんで。今日の出演者に手品師のガキがおるかどうか確認したほうが……」

「黙れ。私が『いい』というまで口を開くな」

津貝はふたたびむっつりと黙り込んだ。

「たしかに空の着ぐるみが歩くはずがない。ということは可能性はただひとつだ」

片筒の自信たっぷりの言い方に、ケンが、

「つまり……？」

「見間違いか勘違いだ。スリムの着ぐるみに入っていた『誰か』は、着ぐるみの背中側にあるスリットからそっと抜け出した。ドッカンの大きな着ぐるみの陰になって、まえにいる客たちにはわからない。内部の人間がいなくなったことでスリムの着ぐるみは倒れた。――それだけのことだ。不思議だ不思議だと思っているから不思議に見えるのだ」

「お言葉を返すようですけど……」

ケンが言った。

「ぼくはずっと見てましたけど、スリム師匠の着ぐるみの後ろにもけっこうひとが立ってました。せやからだれかが背中側から抜け出したりしたら、すぐにバレます」

「………」

「マジックなんかはタネがあるのがわかっていても不思議ですわなあ。どんなタネか教えてもろて、はじめて不思議やのうなりますねん。今度の事件も、そのタネをつきとめることができたら、おのずと犯人はわかるはずですわ」

「そうかな？　推理小説ではそうかもしれないが、現実の事件ではもっとシンプルなやり方が功を奏する場合が多いのだよ。今回の場合は、その二人組を探すことだ。それが解決につながると思う」

「シンプルねえ……。その二人組かて、ほんまにおるやどうやわかりまへんで。ドッカン師匠が言うてはるだけですやろ。それを鵜呑《うの》みにしたら、とんだ間違いをしでかすかも……」

津貝が、

「このガキ、警部補になんちゅう口をきくねん。失礼やろ！」

片筒はじろりと津貝をにらみ、

「この男は、まちがったことは言っていない。あと、私はまだ『いい』とは言ってないぞ」

津貝は下を向き、ケンはにやにやした。

「死体があった現場に一番近い楽屋にいたのはだれだ」

片筒の質問に、社員の狸村が答えた。

「ここにおるくるぶよのふたりです。けど、G楽屋の隣のF楽屋は空き部屋で、そのまた隣のE楽屋を使てもろてました」

片筒はケンに、

「なにか物音とか話し声は聞こえなかったか」

「気づきまへんでした。あいだに空き部屋がひとつ挟まってたさかい、普通の話し声ぐらいやったら聞こえまへんわ」

「そうか……」

片筒が太い腕を組み、天井を見上げたとき、ケンがおずおずと、

「あの……ドッカン師匠、命に別状のうて、病院に行くのも念のためなんやったら、そのまえにちょこっとだけ質問してもよろしやろか」

またまた津貝が横合いから、

「アホ！　図々しいガキやで。なんでおまえが被害者を取り調べるねん。そもそもなんの権利があってここでぐずぐず言うとんのや！」

片筒が、

「この男は、今回の事件の関係者だ。着ぐるみが倒れるのを間近で見ていた。それに、

彼が言うことにも一理ある。ドッカンはまだいるのか」

津貝が、

「あの――……『いい』と言うてもろてまへんけど、しゃべってもよろしいか」

「それが一言多いんだ！　話すべきときに話さないようなやつは刑事をやっている意味がない。辞めてしまえ」

「そ、そんな……」

「いいから、早く話せ」

「もう、救急車は出てしまいました。そろそろ病院に着くころやろ、と思います」

ケンが顔をしかめて、

「しゃあないなあ……」

そのとき、制服警官がひとりやってきた。彼は敬礼すると、

「報告します。ただ今怪しい二人組の男が、さきほどまでドッカン大作がいた休憩室に入り込んでいるのを発見いたしました」

「なんだと？」

「おらんやないか、たぶん病院に運ばれたんや、そっちに回ろか……などと会話しておりましたので不審に思って声をかけますと、あわてた様子で逃亡いたしました。ひとりはアロハシャツにサングラス、もうひとりは黒いスーツを着ておりました」

片筒はハルク・ホーガンのように高笑いして、

「はっはっはっ……どうだ、ケンくん。やはり二人組はいたじゃないか。シンプルな捜査……これだよ。——よし、ただちに病院に向かうぞ。きみも一緒に来たまえ」

「は、はあ……」

ケンは、渦巻き眼鏡をきゅっと持ち上げた。

◇

「心配いらんよ。きみを襲撃した二人組はすでに病院の入り口で確保した。拳銃とメリケンサックを所持していたから、文句なしの現行犯逮捕だ」

ドッカンの寝ているベッドを見下ろすようにして、片筒警部補は言った。医者はすでに病室を出ていって、残っているのは片筒、津貝、狸村、三島マネージャー、そしてケンだった。

「それにしても、スリムを殺害して、きみを昏倒させたのが穴丸《あなまる》組のヤクザだったとはな……。あとは私がぎゅっと締め上げて吐かせてやる。腕が鳴るぞ」

片筒は指の関節をぼきぼきと鳴らした。

「ありがとうございます……」

ドッカンは目を伏せた。

「まあ、元気を出したまえと言っても無理だろうな。長年の相方を、四十周年記念公演の直前に失ったのだからな」

「は、はい……。しばらく休養させてもらうつもりでおります」

「それがいい。さいわい、身体の傷はたいしたことはなかったが、心の傷は深いだろう」

「はい……。あのー、その二人組のヤクザは、なんと言うとりまんねやろ」

「きみに用事があったから劇場に行った、と言ってるんだ。人殺しについても、きみを殴ったことも否定している。だが、ああいう手合いはのべつまくなしに嘘《うそ》ばかりつくのだ。なあに、少々脅しつければ、すぐにゲロするだろう」

それまで黙って聞いていたくるくるのケンが、

「そうやろか。本人らが否定してるんやったら、そのとおりやおまへんか？　シンプルに考えたら、ね」

「ほう……私の考えはまちがっているというのかね」

「のように思います。まず、そのヤクザふたりがなんでスリム師匠を殺し、ドッカン師匠を気絶させたあと、ふたりの着ぐるみに入ってひとまえに出たんか。それと、なんでスリム師匠の着ぐるみは空で、スリム師匠はドッカン師匠の着ぐるみのなかで死んでたんか。このふたつの謎が解けたらすべてのことがわかるはずです。――ちゃいますかね、ドッカン師匠」

ドッカンはケンを一瞥《いちべつ》し、

「なんじゃい、おまえは。若手らしいが、芸歴四十年のぼくにえらい生意気な口をきくやないか。だいたいだれの許しを得て、この病室におるんや」

片筒警部補が、

「私が許可したのです。ケンくん、なにか質問したいことがあったはずだろう」

ケンは進み出ると、

「すんません、師匠。若手のくるぶよのケンと申します。ひとつだけおききしてもよろしいか」

「どうぞ。警察がええ言うとんねんからしゃあないわな」

ドッカンは不服そうに言った。

「ほな、遠慮なしにうかがいますけど……師匠、二人組に殴られたゆう話、あれは嘘でしょう」

「な、なんやと？」

ドッカンは顔色を変えた。狸村も、

「お、お、おまえ、なんちゅう失礼なことを……身の程を知らんのか。黙っとれ」

片筒は狸村を手で制すると、

「かまわん。ケンくん、続けたまえ」

「トイレで殴られたゆうことでしたけど、それやったら二人組のヤクザはガラスの重い灰皿を持ってトイレまで行った、ということですわな。どついて気絶させるつもりやったら、メリケンサックを持ってたのに、なんでそれを使わんかったんでしょう」

「そう言やそうやな。なんでやろ」

津貝刑事が言った。

「——自分で自分を殴った。そうとちがいますか、師匠？」

「知らん……わしは知らんで。なんでわしがそんなことせなあかんのや」

「師匠がスリム師匠を殺したからです」

病室の温度が少し下がったように思えた。

「わしがスリムを？　アホな」

「穴丸組のヤクザは、師匠に用事があると言うてたそうですけど、それは借金の取り立てやないですか。師匠は、離婚やら暴力やらなにやらでイメージダウンして仕事も減ってはった。慰謝料もあるし、外食チェーンも破綻して、そういうとこから借金してはったとしてもおかしいことおまへんわ」

「………」

「師匠は、久々に会うたスリム師匠に楽屋で、ヤクザに返済せなあかんので金を貸してくれ、と頼み込んだのとちがいますか。けど、スリム師匠はそれを拒絶した。師匠はカッとして、発作的にスリム師匠の首を絞めてしもた。ふと我に返った師匠は、えらいことしてしもた、もうすぐマネージャーが呼びに来る、このままやったら見つかってしまう……師匠はとにかく死体を隠そうと必死に考えはったんやと思います」

ドッカンが急に、

「痛たたた……頭が痛い。医者呼んでくれ」

三島マネージャーがナースコールを押そうとしたが、片筒がやめさせ、

「医者はあとで呼びます。——それで……？」

「まず、スリム師匠の着ぐるみを椅子に座らせた。それからスリム師匠の死体を、そこにあった自分の着ぐるみに押し込んだ。そのあとで師匠自身もその着ぐるみに入ったんです。ドッカン師匠の着ぐるみはものすごく大きいし、スリム師匠は瘦せてて小さいからなんとかなったんやと思います」

片筒警部補が、

「つまり、ひとつの着ぐるみにふたり入ってたということだな」

「はい。けど、そのままやったらスリム師匠の着ぐるみにだれも入ってないことがバレてしまう。師匠は、スリム師匠の着ぐるみと肩を組んで、腕の力だけでそれを持ち

上げて立たせたり、歩かせたりしてはったんです。着ぐるみゆうたらめちゃくちゃ重いです。元プロレスラーとはいえ、すごい力ですわ」

ドッカンがぼそりと、

「火事場の馬鹿力ゆうやつや……」

そう言った。皆が顔を見合わせた。

「足の裏にローラーがついてたからなんとかなった。あとさきのこと考えてたわけやない。ロビーに出てからも、どうしたらええのかわからんかった。マイクのまえに立ったとき、口上師のやつがわしらを引っ張ったやろ。あれでもう耐え切れんようになって、手を離してしもた。なかは空っぽや。大騒ぎになったんで、そのあいだにこっそり楽屋に戻った。さいわいだれにも会わんですんだ。楽屋のドア閉めて、自分は着ぐるみから出た。残ったのはわしの着ぐるみに入ったスリムの死体や。――頭がアホになってたんやな。そこにあったガラスの灰皿摑んでトイレに行って、自分で自分の頭をどついて気絶したふりをした」

ドッカンは一気にしゃべった。

「これが真相や。会社にもファンのみんなにも迷惑かけることになって申し訳ない」

病室は静まり返った。やがて、マネージャーの三島が言った。

「金を貸してくれへん、ゆうだけで、長年連れ添った相方を殺したんですか」

ドッカンはしばらく黙っていたが、

「そや。あいつは本業も副業もうまいこと行ってて、金に不自由してへん。長いこと一緒にやってきた相方にちょっと融通してくれてもバチあたらんやろ、て頼んだんやが、おまえが羽振りが良かったとき、わしが家賃の支払いに困って金貸してくれ言うたら鼻で笑《わろ》うたやないか、あのときからずっと、いつか立場が逆転したら見とれよ、て思うとったんや。やっとその日が来た。おまえなんかにだれが貸すかい、て言いよった」

「…………」

「わしがヤクザと付き合いあるてわかったら、相方のおまえも困るやろ、て言うたら……わしはピンでやっていくつもりや、四十周年をおまえへの置き土産《みやげ》にしてコンビは解散する、て言いよった。それで思わず……」

あとは言葉にならなかった。

◇

病室を出たケンに、うしろから片筒が声をかけた。

「よくわかったな。さすがの推理力だ」

「そんなんとちがいます。ヤクザも芸人も、ほんまのこと言うときがある、ゆうだけですわ」

「警察の仕事をする気はないかね」

「あははは……ぼくには芸人が向いてます」

そう言うと、ケンはその場を去った。病院近くの駅のトイレに入り、カツラを外し、眼鏡を取り、頰っぺたの渦巻き模様を消す。こうして芸人からいつもの姿に戻った高山一郎が電車に乗り、難波署の最寄《もより》駅の改札を出たとき、

「待ちくたびれたわ」

ぎょっとしてそちらを見ると、城崎ゆう子がそこに立っていた。

「なななんでおるんや」

「なんでて、寮に帰るんやからこの駅のこの改札から出ると思うのが当然やろ。交通課なめたらあかんで」

高山はため息をつき、

「付け回すのもええかげんにせえ。なんの用事やねん」

「決まってるやん。串カツ食べに行くんや」

「おまえなあ……」

高山は本気で怒りかけたが、すぐに深呼吸して気持ちを落ち着かせた。

「今日はあかんねん。また、今度な」

「なんであかんのん。なにかあるん?」

「俺、ブンともうちょっと仲良うすることに決めたんや。今日はブンと串カツ食いにいく」

そう言うと高山はすたすたと歩き出した。

「え?　それはずっこいわ。私も連れてってえや」

追いかけるゆう子を振り払い、高山は雑踏のなかを駆け出した。

第三話　おでんと老人ホーム

「また老人ホームの営業かいな！」

相方のブンがぼやいた。酢茎《すぐき》という腰元《こしもと》興業のマネージャーが心外そうな顔で、

「なにゆうてはりますねん。ケンさんに、営業やったら学祭とか会社のパーティーとかやのうて、老人ホームとかこども会とかにしてほしい、て言われてるんで、そのとおりにしとるだけですがな。老人ホームの営業ゆうても馬鹿になりまへんで。そういう施設はけっこう金持ってますさかいな」

漫才師よりも大阪弁のきついマネージャーだが、じつはこう見えて鹿児島出身なのだ。

「そ、そらそうかもしらんけど、たまには若い客のまえで漫才したいがな。最近わしら、ジジイとババアのまえばっかりやで。こないだかて『漫才界のガクト』です、ゆうて自己紹介でボケたら、最前列のジジイが、そうそう、あれはもう戦争末期やったなあ、学徒動員……ゆうてそっちのほうがごっつうウケてしもて……ほんまたまらん

かったわ」

ケンも思い出した。そうだ、あれは先週の「紅薔薇《べにばら》老人ホーム」でのことだった。

しかたないからケンが、

「戦争ゆうたら太平洋戦争ですか」

とその老人に問いかけたら、

「あたりまえやないか。瀬戸内海戦争ゆうのがあるんか」

すると、後ろの席にいたお婆《ばあ》さんが、

「ありまっせ。壇《だん》ノ浦《うら》の戦いのことだっしゃろ」

あとはもう収拾がつかなくなり、漫才はめちゃくちゃのまま終わったのだった。

客が演者より歳《とし》がはるかにうえの場合、いまどきのネタが通じないというのが困るのである。ケンたちの場合、年寄りに合わせるといっても、せいぜい石原裕次郎《いしはらゆうじろう》とか勝新太郎《かつしんたろう》とか美空《みそら》ひばりぐらいで、それもリアルタイムでの記憶はほとんどないから当意即妙の返しはできない。本来は、

「おまえは福山雅治《ふくやままさはる》か！」

というツッコミの箇所を、

「おまえは里見浩太朗《さとみこうたろう》か！」

に変えているので、客から、

「にいちゃん、里見浩太朗なんかニュースターすぎてわしらにはぴんとけえへんわ。せめてウタエモンかチエゾーあたりにしてもらわんとなあ。わし、好きやった。旗本退屈男。眉間に冴《さ》える三日月型、天下御免の向う傷、直参早乙女主水之介《さおとめもんどのすけ》、ひと呼んで旗本退屈男。うはははははは……」

「わてはチエゾー、ウタエモンよりもアラカンでしたなあ」

「え？　アラカンて人名ですか？」

そうききかえしたとき客席はすでに、バンツマ、オオコーチデンジロー、シロゴロー、目玉のマッチャン、カツドウシャシン、シンコクゲキ、クニサダチュージ、ツキガタハンペータ……といった、ふたりには理解できない暗号のような言葉が飛び交う状態になっており、這《ほ》う這《ほ》うの体で舞台を降りることになる。たしかに老人相手の漫才ばかりだとストレスが溜《た》まる。しかしそれは逆に、こども相手の漫才でも同じなのだ。小さいこどもは集中力がないから五分程度の漫才のあいだでも立ち上がってどこかに行こうとしたり、友だちとふざけあったり、勝手にしゃべったり、歌ったり、泣いたり、踊ったりする。そして、こちらが予期しない、妙なところで笑う。

「痛あ……！　おまえがぶつかってきたから、転んでお尻打ったやないか！」

という箇所で、男の子が、

「お尻やて！　あははは、お尻や、お尻や！」

なにがおかしいのかわからないが、幼稚園ぐらいの男児は「お尻」とか「ウンコ」とか「パンツ」とか「おなら」といった言葉に異常に反応する。漫才なんかやらなくても、最初から「お尻ウンコパンツおならお尻ウンコパンツおなら……」とひたすら繰り返すだけでもじゅうぶん笑いがとれるだろう。ひとりがお尻に反応するとそれがほかの子にも伝染していき、あっというまにだれも漫才を聞いていない状況になる。なかにはズボンを下げてほんとうにお尻を出す子もいたりして、これまた這う這うの体で舞台を降りることになる。

やはり一番やりやすいのは同年代の客だが、そんなぜいたくを言っていたら仕事は一切来なくなる。どんな年齢層をまえにしてもウケを取るのがプロのお笑い芸人というものだろう。しかも、一番の問題は、ケンが昼間は大阪府警難波《なんば》署刑事課の刑事をしていることで、もちろんそれはだれにも内緒……相方のブンすら知らない極秘事項なのである。高校や大学の学祭や、一般企業のパーティーの余興などは顔が差す恐れがあるのでできるだけＮＧにしている。もちろんそういう努力（？）のおかげで、学祭などに呼んでもらえるほど売れていないのだが、相方のブンは困っているだろう。

というわけで、「くるぶよ」の営業は老人ホームが中心なのだった。仕事なのだから割り切ってこなせばいいのだが、耳も遠く、足腰も弱り、笑いに対する感受性もずれてきている年寄りたち相手に必死に笑わせようとしているうちにこちらが疲れてしまう。人生の黄昏時《たそがれ》を迎えたひとたちの醸し出す空気感に包みこまれてしまうのだ。「終活」という言葉が頭に浮かんだりして、帰るときには鬱々とした気持ちになっていることが多い。あと、老人ホームでは入園者同士のトラブルが多い。営業に行ったときも、かなりの確率で喧嘩《けんか》を目にする。それも苦手な理由のひとつだ。

「なんぼぼやいたかてあきまへん。引き受けた以上は行ってもらいます」

酢茎はそう言って一枚の紙を彼らに手渡した。そこには「西の果て老人憩いの園」の地図が印刷されていた。

「酢茎、おまえは来《こ》えへんのか」

ブンが言うと、

「私はこれでも八組の漫才師を担当してまんねん。あんたらよりずっと多忙な身の上です。老人ホームの営業までいちいちつきおうてられまっかいな。八時に現地入りでお願いします。あんたらはその老人ホームの新年パーティーのゲストゆうことで、十一時から十五分漫才してもらうことになっとります。十八日の八時でっせ。間違わんように」

「十一時からの仕事で、八時入りて早過ぎへんか?」

ケンがぼやいたが、酢茎はそれを無視して、

「向こうに着いたら、加保地《かぼじ》はんゆう担当者が全部だんどりしてくれるはずです。し

っかり頼んまっせ。ほな、忙しいんで私はこれで……」

酢茎はドアを開けかけたが、

「あ、ひとつ言うとかな」

振り返ると、

「タクシー代は領収書ないと精算できまへんで。最近、領収書のもらい忘れが多いさかい気ぃつけとくなはれや。ほな、忙しいんで私はこれで……」

また出ていきかけたが、

「あ、もうひとつ言うとかな。加保地はんは、かぼちゃみたいな顔してるからすぐわかるそうですわ。ほな、忙しいんで私はこれで……」

またまた出ていきかけたが、

「あ、まだ一個おましたわ」

「ええかげんにせえ！」

あまりのテンドンに、ボケのケンが思わずツッコんでしまったが、酢茎は気にした様子もなく、

「この営業、もう一組は喜寿《きじゅ》・喜美子《きみこ》師匠ですさかいな」

「ええーっ！」

ケンとブンは声をそろえて叫んでいた。しかし、そのときすでに酢茎はドアを閉め

ていた。早足に歩き去る音を聞きながらふたりはため息をついた。

「一番肝心のことを一番最後に言いやがって……」

ブンのつぶやきにケンもうなずいた。

（喜寿・喜美子師匠か。やりにくいなあ……）

亀潟《かめがた》喜寿は上方漫才界の最高齢現役漫才師である。父は漫才師、母は音曲師、祖母は娘義太夫《むすめぎだゆう》、祖父は落語家という芸人一家で育った。若いころから五歳うえの兄鶴彦《つるひこ》とずっと「亀潟鶴彦・鶴一《つるいち》」の名で兄弟漫才をしていたが、兄鶴彦は八十歳で現役を引退した。七十五歳の鶴一は、息の合った兄とのコンビを解消するにあたって自分も引退するか、もしくはピン芸人になるか迷ったらしいが、結局、実娘の喜美子と親子漫才コンビ「亀潟鶴一・喜美子」を結成し、心機一転再デビューした。

そのとき四十二歳でまったくの素人《しろうと》だった喜美子に対する彼の指導は、いじめといってもいいほどの凄惨なもので、覚えが悪い、間が悪い、テンポが悪い、滑舌が悪い……と喜美子は何度も殴られて痣《あざ》だらけになったという。しかし、喜美子は父親のために必死でしごきに耐え、精進した。その甲斐《かい》あって、彼女の腕はめきめきとあがった。鶴一のぼやきと喜美子の実父でもあり大先輩でもある鶴一への遠慮会釈ないド迫力のツッコミ……という形は客にも次第に受け入れられるようになり、人気も高まっていった。

　鶴一は七十七歳のときに「喜寿」と改名し、喜寿・喜美子は演芸場でもテレビでも引っ張りだこの存在になった。それから十年、喜寿は八十七歳、喜美子は五十四歳になったが、喜寿・喜美子はいまだ現役バリバリである。さすがにマスコミでの露出は減ったが、商店街やスーパーでの余興といった小さな営業を含めると、ほぼ毎日仕事をこなしている。老体にはつらいと思われるが、最近は高齢者施設からの依頼が殺到しているという。ネタの冒頭で、

「みなさんより年上がやってまいりました。皆さんよりも老い先短い漫才師でございまーす。どうか皆さん、私の最期の舞台、看取ってやっておくなはれ」

　というツカミを放り込むだけでウケるのだ。喜寿の舞台を見ていると元気になる、と年寄りたちは口々に言うらしい。

　喜寿には夢がふたつある。来年八十八歳になったら「米寿《べいじゅ》」と改名して、「米寿・喜美子」で漫才をすることと、もうひとつは「舞台のうえで死ぬこと」だ。若いころから芸一筋だった喜寿は常日頃から、

「わしはどうしても舞台で死にたい。芸人は舞台のうえで死ぬのがいちばんええのや。まわりのもんはたいへんかもしらんけど、舞台で客を笑わしてるときにぽっくり逝く……それが芸人にとって最高の死に方なんや」

　口癖のようにそう言っていたのを家族や芸人で耳にしてないものはいなかった。

「あれやったら喜寿師匠、ほんまに舞台に出てるときに死にはるかもしれへんな」

皮肉屋の後輩漫才師がそんなことを言うのをケンも聞いたことがある。

「考えてみ、もう八十七やで。それを、あないに毎日毎日働かせて……。傍《はた》で見てて、かわいそうゆうか哀れに見えてくるわ。あれでは舞台で死ぬどころか、舞台に殺されるで。あの爺《じい》さんが老骨に鞭打《むち》ってなんであそこまで働くか知ってるか？　娘婿のせいやねん。喜美子師匠の婿はん、事業で失敗したそうでな、どえらい借金こさえたそうなんや。たぶん喜美子師匠がその返済のためにお父さんである喜寿師匠を目いっぱいしゃかりきに働かせとるんやろうな。生きてるうちに使わな損、てなもんで、そのうちに喜寿師匠、雑巾みたいに擦り切れてしまうで。あんまり言いとうないけど、あれは老人虐待ゆうやつとちがうかなあ」

彼に言わせると、喜美子師匠は一日でも二日でもスケジュールが空くと、マネージャーを叱りつけて、そこになんらかの仕事を入れるのだそうだ。

「ああなったら守銭奴ゆうやっちゃ。わしは思うんやけどな、喜美子師匠が喜寿師匠をあれほど働かせてるのは、鶴彦師匠が引退したとき、実の親である喜寿師匠がどうしても漫才を続けたいゆうて娘の喜美子師匠にえげつないしごきをしたことを恨みに思うてはるんとちがうかなあ。わしらが見ててもドン引きするぐらい、めちゃくちゃやったさかいな、そのことを根に持った喜美子師匠が、今こそその恨み晴らす機会やと思うて、絞り取れるだけ絞ってるんやないかと思うねん」

たしかに、喜寿師匠が死んでしまったら喜寿・喜美子もそれまでである。そうなるまえに最後のひと儲《もう》けを……と思っているのかもしれない。しかし、喜寿も年々偏屈になってきており、中堅どころや若手にとって「めんどくさい」「からみづらい」あるいは「うっとうしい」師匠と化しているのはまちがいない。会えばすぐに説教をはじめ、おまえの漫才はここがいかん、あそこがいかん、勉強が足りん、稽古が足りん、おまえは漫才をなめとる、甘えとる、覚悟が足りん、わしの若いころは死にもの狂いで先輩方のネタを聞いて盗んだもんや、漫才というものはそもそもなあ……と次第に根源的なダメだしになっていき、ついには、

「おまえらみたいなやつは漫才師に向いてへん。やめてしまえ」

の一言が放たれるのだ。若手にはけっこうこたえる。

「芸人ゆうのは、畳のうえで死ねんやつがなるのや。おまえらどうせ、畳のうえで嫁はんこども孫に看取られながら死んでいくのやろ。舞台で死ぬ覚悟があるやつだけが芸人になれ。ええか、わしの死にざまを見とけよ。かならず舞台で死ぬさかいな」

こういったやりとりが移動バスのなかでも楽屋でも繰り返されるのだ。そりゃあ苦痛である。ケンもブンも若手なので、大看板の喜寿と一緒に仕事をしたことはない。

しかし、今回の楽屋でも、

(さぞかし叱られるんやろな……)

そう思うと、ケンは出かけるまえからすでに憂鬱になっていた。

◇

そして、営業の当日である。相方のブンとともにタクシーに乗り、しばらく走ったあたりでブンがため息をついた。

「あーあ……」

ケンはおそらく、そのあと「今日の営業はかなわんなあ……」という言葉が吐かれるものだと思っていると、

「美味《おい》しいおでんが食いたいなあ」

ケンは座席から滑り落ちそうになった。

「なんじゃそりゃ」

「なんじゃて……美味しいおでんが食いたいからそない言うただけや」

小太りのブンは、とにかく食べることが大好きである。暇さえあれば一日中食べている。本人曰《いわ》く、「雨にも負けず風にも負けず、バスやタクシーの移動中でもスナック菓子を食べ、楽屋にケータリングがあればそれを食べ、弁当が出ればひとつあるい

はふたつを食べる丈夫な身体《からだ》を持ち、けっして痩《や》せずいつも静かに太っている。今はまだ質より量、つまり、そこそこ美味しいものを大量に、の時期だが、数年後には量より質、つまり、すごく美味しいものをちょっといただく、の時期になるはずなので、それまではとにかく一途《いちず》に食べて食べて食べまくる。もちろん、すごく美味しいものを大量にいただく、というのが理想だが、金銭的にむずかしい。皆さんがおごってくれるなら、ぜひそうしたいものだが……そういうものに私はなりたい」だそうだ。

「それはそうかもしれんけど、なんで今おでんのことを突然言うたんかきいとるんや」

「あ、それはやな……」

腕組みをしたブンはめずらしく遠い目をして、

「ぼくの両親は今、どこにおるかわからんけど、一緒に暮らしてたころは、たまーにおかんがおでんを作ってくれて家族五人で食べたもんや。それが美味《うま》かった。兄貴ふたりと取り合いして食うたなあ。それをおとんがにこにこ見ながらコップ酒を飲んどった」

ブンの両親は東大阪《ひがしおおさか》で町工場を経営していたが、ブンが中学生のとき不況で倒産し、両親はブンたち三人兄弟をそれぞれちがう親戚に預けてから夜逃げした。それ以来両親とは音信不通だという。

「ぼくはおとんが五十代後半になってからできた子やから、小さいときは甘やかされて育ったんや。せやから家族がばらばらになってからの生活がきつかった。そんなとき、いつも思い出してたのはおかんのあのおでんや。熱々で、薄味で、出汁《だし》がよう出てて……じゃがいもはほくほくで、コンニャクはぷりっぷりやった。玉子は、嚙《か》んだら白身がきしきしきしゅうぐらい固《かと》う煮えてて、豆腐はふわふわやった。豆腐はおぼろ昆布をかけてな……」

ブンは舌なめずりをして、

「ああ……考えただけでよだれが出るわ」

「アホか」

「そういうわけで、この季節になるとなんとなくおでんが食べとうなるねん。でもな……」

ブンはため息をつき、

「あれからいろんなとこのおでんを食べてみた。たこ梅《うめ》みたいな高級店から新世界《しんせかい》の小さなおでん屋、屋台、コンビニ……知り合いの家でも食べたこと何回もあるけど、どれもちがうんや。美味いことは美味いねんけど、あのときのおかんの味ではないねん」

「それはやな、おまえの思い出のなかで味の記憶が美化されとるんや。『おふくろの味』ゆうやつや。二度と食べられへんから、付加価値が勝手について、あれはもっと美味かった、めちゃめちゃ美味かった、て思えてるだけやろ」

ブンは彼をにらみつけ、

「あのなあ、ぼくの舌をなめんなよ。頭の記憶はともかく、舌の記憶だけはたしかやねん。美味いものは美味い、まずいものはまずいと覚えてるはずや」

「それはない。記憶は改竄《かいざん》されるもんなんや。脳のなかですり替えられたり、書き換えられたり、消失したりするのが普通や。おまえはおでんの味と家族の団欒《だんらん》の記憶がくっついてる。だから、どれだけ美味いおでんを食べても物足らんのや」

ケンは、感動とか泣かせの話が大嫌いなのだ。「読み終わるまでに百回は泣けます」と帯に書かれた小説、「試写会であまりに泣き過ぎて目が腫れていて恥ずかしかったです」とかいう映画、「芸能人の本当にあった感動実話。あの毒舌俳優〇〇がじつは重病のこどもたちに……」とかいうテレビ番組……どれもサブいぼが立つ。世間の連中はそんなに泣きたいのか、感動したいのかと思う。お笑いの仕事をしているからなおさらかもしれないが、とにかく「泣かせましょう」と公言しているものに近づくつもりはなかった。以前、暇つぶしに予備知識なしで映画館に入ったら、そこで観《み》た映画がとんでもなかった。イケメンの主人公が重病で死にかけている彼女とともに、ふたりの思い出の場所である無人島に行ったら、そこはいつのまにかサーファーの聖地となっていて、たまたまサーフィン大会が開催されていた。「私のために勝って！」彼女にそう言われた主人公は、サーフィン経験がゼロであるにもかかわらず大会に出場し、見事に優勝。優勝トロフィーを見せようと彼女のもとに戻ったとき、微笑《ほほえ》む彼女はすでに息を引き取っていた。「きみのために優勝したのに……！」そう叫んで彼が泣き崩れると、夏なのに雪が降りはじめ、ふたりを包み込んでいった。そして、なぜか山下達郎《やましたたつろう》の「なんとかクリスマス」が聞こえてきた……。ケンは腹を抱えて笑ったが、周囲からはすすり泣きがいくつも聞こえてきて、あのときも思い切りサブいぼが立った。

「そうやろか。でも、ぼくはあの味をしっかり覚えてる気ぃするし、そのあとあのおでんに匹敵するものは食べてない気もするけどな」

「気のせいや」

ケンは冷たく言いはなち、ブンはしょぼんとした。言いすぎたかな、と思っているうちにタクシーは「西の果て老人憩いの園」に到着した。三階建ての白いビルの壁には、紫雲たなびくなかにたたずむ仏の姿が描かれているが、そのすぐ隣には十字架にかけられて血を流すイエス・キリストらしき人物の姿もある。海岸で白うさぎに声をかける大国主命《おおくにぬしのみこと》、桃の実を手に微笑む西王母《せいおうぼ》や觔斗雲《きんとうん》に乗る孫悟空《そんごくう》、ツタンカーメンらしき黄金のマスクや雷を走らせるソーもいる。膝を突いて変身ポーズをとるデビルマンも描かれており、かなりざっくばらんな施設のようだ。

運転手に金を払い、数歩行ったところでケンはハッとした。

(領収書もらうの忘れた……)

しかたがない。ふたりは入り口からなかに入った。内部はピンク色で統一されていた。床も天井も壁もすべて薄い桃色だ。テーブルもカウンターもゴミ箱もなにもかも同じ色に統一されている。階段のうえからは、にぎやかな音楽と調子はずれの歌声、鈴や太鼓の音などが聞こえてくる。今、八時五分まえだというのに「新年パーティー」はもうはじまっているようだ。だれもいない受付でベルを鳴らすと、奥から四十歳ぐらいの職員が現れた。ごつごつした大きな丸顔で、髪の毛が頭頂にだけふわふわと生えている。

「はいはい、なにか御用ですか」

「腰元興業から参りました漫才師のくるぶよと申します。加保地さんはいてはりますか」

ケンが言うと、男はにっこり笑い、

「私がその加保地です。どちらがくるさんで、どちらがぶよさんでしょう」

「ぼくがくるくるのケン、こっちがぶよぶよのブンです」

「だろうと思いました。こちらのかた、おなかがぶよぶよですもんね」

それはこっちのセリフだ、とケンは思った。加保地の顔は、酢茎の言ったとおり、かぼちゃにそっくりだったのだ。かぼちゃは、いや、加保地は身体測定での前屈の姿勢ほど頭を深々と下げ、

「本日はよろしくお願いします」

ケンとブンもあわてて頭を下げた。

「では、応接室をひとつ、くるぶよさん用の楽屋ということにさせていただいておりますので、そちらにご案内いたします」

加保地は先に立って歩き出した。

「皆さん、とてもこのパーティーを楽しみにしておりましてねえ、カレンダーに毎日バツ印をつけて、今日が来るのを待ち焦がれていた入居者もたくさんいらっしゃいます。もういくつ寝ると……みたいな感覚なんでしょうな。なんといっても、お正月、節分、バレンタインデー、ひな祭り、お花見、端午の節句、七夕《たなばた》、お月見、敬老の日、クリスマス、そしてこの新年パーティーと年に十一回だけのお楽しみですから」

「はあ、なるほど……」

ケンはうなずきながら、

（けっこう多いやないかい……）

と思ったが口には出さなかった。

二階への階段を上がっていくにつれ、歌がはっきりと聞き取れるようになってきた。

神も仏もないものか
いや、あるものか
極楽浄土はないものか
いや、あるものか
ああ、われら老人
ロウ・ロウ・ロウ・ロウ・アンド・ロウ
いつまでも青春
若いもんには負けへんで
老人に明日はある

ドラムとベース、ギター、キーボードの伴奏は職員が行っているのだろうか。リードボーカルは力強いが、コーラスはかなり調子っぱずれだ。タンバリンや鈴の音も聞こえてくる。正直言って、やかましいぐらいの音量だが、加保地は気にした様子もなく、

「それで今日の式次第なんですが、今、入園者バンドによるコンサートが行われてお

りまして、これがすんだらフォークダンス、そのあと入園者による素人名人会になります。出しものは、箏《そう》の演奏、ギター弾き語り、落語、ジャグリング、物真似《ものまね》ですね。それから当園かかりつけ医師の大滝《おおたき》先生による健康管理のお話、体操、交通安全指導……」

「かなり長丁場ですね」

「ええ。丸一日のイベントですからね。そこからが皆さんの出番になりまして、最初がくるぶよさんたちで、二番目が喜寿・喜美子のおふたりです。そのつぎが全員でのダンスパフォーマンス『スリラー』で……」

それならもっと遅く、十時半入りでも十分だったのではないか。年寄りたちのフォークダンスや演芸を見物するのはつらい。

(酢茎め、ちゃんと調べとけよ)

そう思ったが、いまさら帰るわけにはいかない。

「というところでお昼ご飯になります。当園の入園者が腕に縒《よ》りをかけて作ったものなので、ぜひ召し上がっていってください。できれば午後の部もご覧になっていただければ……」

できれば、仕事が終わったらすぐに帰りたい。

「――それであの……喜寿・喜美子師匠はまだですわね」

ケンがきくと、

「いえいえ、あの師匠方は六時五十分にはいらっしゃいまして、驚きました。まだ、受付の職員もスタンバイしていない時間帯でしてあわてましたが、やはり、大御所というのは時間をきっちり守られるのですなあ」

ケンたちは顔を見合わせた。ヤバい。若手が喜寿師匠より入りが遅いと、なにを言われるかわからない。

「すんません。とりあえず先に喜寿師匠の楽屋に案内してもらえますか」

「まずはお荷物を置いてからでも……」

「いえいえ、一刻も早いほうが、あ、いや、その……」

パーティーが行われているホールの横を通り、回廊を半周すると応接室が並んでいた。

「喜寿・喜美子さんは、えーと……特応やったかな」

そうつぶやきながら加保地は特別応接室と表示された部屋をノックした。

「はい……」

なかから女性の声がした。喜美子師匠にしては若いな……とケンが思ったときには、加保地はドアを開けていた。

「喜寿師匠……あ、まちがえた！」

加保地は頭を掻《か》いた。そこにいたのは制服を着た女性警官だった。

「ひえっ！」

ケンが小さく叫んでカタカタと小刻みに後ずさりした。女性警官は、城崎《しろさき》ゆう子《こ》だったのだ。ブンが、ケンのリアクションを見て不審げに、

「なんや、知り合いか？」

「ちちちちがう。ちがうけど……警官を見たらだれでもびっくりするやろ」

「ぼく、そんなことないで」

「おまえが特別なんや。普通、大阪の人間やったら、たとえ脛《すね》に傷持つ身やのうても警察がいたらこないなるもんや」

「なんやそれ。ぼく、足に怪我《けが》なんかしてないで」

「悪事を犯したことがある、ゆう意味や」

加保地は照れくさそうに、

「喜寿・喜美子師匠の楽屋とまちがえてしまいました。——こちらは難波署交通課のかたです。今日は、入園者への交通安全指導をしていただくことになっております」

「あ……あ……そうですか」

ケンは、城崎にぺこりと頭を下げた。加保地が、

「ほな、行きましょか。喜寿・喜美子師匠の楽屋は……」

そう言いながら外に出たとき、ケンはゆう子に走り寄り、低い声で言った。

「なんでおまえがおるんや！」

「仕事やん。老人ホームを回って、交通安全についてレクチャーするのは、交通課の大事な役割やで」

「それはそうやけど……」

「それにな、ここに来たら、なんやごっつうおもろい漫才が聞けるらしいやんか。お年寄りに交通安全の話もできるし、漫才も聞けるやなんて最高やん？」

「お、お、おまえ……俺らが出るの知ってて手ぇ挙げたな」

「さあ、なんのこと？　私は、喜寿・喜美子さんのこと言うてるねんで。八十七歳でまだまだ矍鑠《かくしゃく》としてはって、しゃべりも達者、間もええ。ほんま、日本の宝やなあ」

「おまえは演芸評論家か」

　ブンが廊下から、

「なにしとんねん。はよ挨拶いかんと……」

「わかってる」

　ケンはそう応えて、

「とにかく、俺が刑事やてバレるようなこと匂わしたらシバくぞ。ええな」

「さあなあ、どないしよかなあ。私、正直もんやし、嘘《うそ》のつけへん性格やねん」

「わかったわかった。今度、おごったる」

「はり重《じゅう》のすき焼きやで」

「あ、アホ言うな。吉野家《よしのや》の牛すき鍋膳ぐらいやったら……」

「はり重以外認めません」

またしても廊下から、

「おい、ええ加減にせえよ」

「すまんすまん、今行く」

ケンはため息をつき、部屋を出た。また、給料がぶっ飛ぶ。

「なにしとったんや。遅いやないか。——あの警官、知り合いか？」

ブンが言った。

「警察に知り合いなんかおるかあ！」

「そないに怒鳴らんでも……」

「怒鳴ったわけやない。——行こか」

三人は廊下を進み、第三応接室というプレートが貼られた部屋のまえに立った。加保地がノックしようとした瞬間、ドアが内側から開かれた。顔を出したのは、亀潟喜美子だった。喜美子はぎょっとしたような表情で、

「な、なにか？」

すかさずブンがまえに出て、

「後輩の、くるぶよと申します。今日はよろしくお願いします。――喜寿師匠は？」

「あ、それが今、寝てるねん。最近、朝早う、五時ごろ起きるけど、どこでも昼寝するさかいな。ほんま年寄りはかなわんわ」

喜美子は、けっけっけっ……と笑った。加保地が、

「おやすみでしたら、毛布か布団でもお持ちいたしましょうか」

「いらんいらん。――くるぶよくん、やったな。悪いけど、寝てるとき起こしたら機嫌悪なるさかい、挨拶は抜きでお願いします。あんたらが来たことはあとでうちから言うとくわ」

「すいません。ほな、よろしくお願いします」

ケンとブンが頭を下げると、喜美子はドアを閉めようとした。しかし、廊下の向こう側から、

「すいませーん」

走り寄ってくるものがいた。小柄で顎鬚《あごひげ》を生やした、三十過ぎの男だ。裸足《はだし》につっかけというラフな格好で、首からカメラを下げている。

「隔日新聞文化部の今井《いまい》と申します。喜寿・喜美子師匠の取材にうかがいました」

「新聞のひと？　そんなん聞いてないで」

「腰元興業さんに許可はいただいてますよ。私、家がこの近くでしてね、昨日、たまたまこの老人ホームのまえを通りがかったら、今日、新年パーティーがあって、そこに喜寿・喜美子師匠が出演されるという張り紙があったんです。老人たちを笑わせる老芸人……ちょっとした穴埋め記事が書けるんじゃないかと思いましてね、腰元さんに電話したらふたつ返事でOKでしたよ」

穴埋め記事というのも失礼な話だ。

「いや、うちは聞いてへん。取材は困るわ」

「そんなこと言われても、事前に申し込んで許可もらってるんです。私も、わざわざこうして来た以上は、ダメですか、じゃあ……という風に帰るわけにはいきませんよ。取材はさせていただきますからね」

喜美子は男を怒鳴りつけようとしたように見えたが、怒鳴るかわりにふーっと長いため息をつき、

「わかりました。けど、今は寝てるんで、取材は舞台を終えたあとにしてもらえますかいな。あと、漫才中の写真撮影はNGやから」

「なぜダメなんです。写真が隔日新聞に載るんですよ」

喜美子はついにブチ切れた。

「気が散るからに決まってるやろ！　文化部におってそんなこともわからんのかい

な！　とにかく今は寝やしといて！」

そう言うとドアをぴしゃりと閉めた。男はやれやれと肩をすくめ、

「お高くとまってやがる。マスコミをなんだと思ってんだ。喜寿・喜美子なんて、まえはともかく、最近は人気も落ち気味のジジイとババアの古臭い漫才のくせに……」

部屋のなかに聞こえるように言う。たまりかねたらしいブンがまえに出ようとしたのをケンが抑え、

「あかん」

小声で言うと、ブンもハッとしたようで、

「腹立つな」

とつぶやいた。新聞記者はカメラを手に、

「じゃあ、喜寿・喜美子の出番になったら教えてね。私はその辺ぶらぶら見せてもらうから」

そう言うと回廊を歩き出した。加保地が、

「勝手にあちこちの部屋に入らないでくださいよ。プライベートなところもあるんです」

今井の背中に向かってそう言ったが、記者はこちらを振り向こうともせず、右手を高く挙げて、そのまま行ってしまった。

「なんじゃ、あいつ」

ブンはまだ怒っていたが、ケンも不愉快な気分だった。しかし、警察官として揉《も》めごとはとめねばならない。

ふたりは隣の応接室に案内され、そこに荷物を置いた。ケンはさっそくメイクをはじめた。ちりちりパーマのロン毛のカツラをかぶり、渦巻き模様をレンズに描いた眼《め》鏡《がね》をかけ、頬《ほ》っぺたにも渦巻き模様を描く。出番はまだ先だが、顔がバレないようにするには少しでも早く「くるくるのケン」になっておいたほうがよい。衣装に着替えたふたりはパーティー会場をのぞいてみた。

「えっ、マジか」

ブンが叫んだ。ケンも同じ気持ちだった。ステージでドラムを叩《たた》きまくっているのは八十歳は超えているだろう爺さんで、しかも上半身裸である。ベースを弾いているのは白髪をリーゼントにした七十代ぐらいのオジイ。キーボードはオバア。そしてギターとボーカルは、白いシルクハットをかぶり、赤と白のストライプの燕尾服《えんびふく》、ロングブーツをはいた背の低いオジイで、紫色のでかいサングラスをかけているので年齢はよくわからないが、汗だくになっての熱唱である。

俺たちゃ老人

好きでなったわけじゃないぜ
おまえらだっていつかは老人
だれでも通る道なのさ

シャウトしまくるリードボーカルに、客席の年寄りたちが声を合わせる。手を叩く。足を踏み鳴らす。タンバリンや鈴を叩く。たいへんな騒ぎである。アンプもマーシャルのでかいやつで、ミキサーも32チャンネルの本格的なものだった。ちょっとしたライヴハウス並ではないか。

「へーイへイへイへイ！　エヴリバディ・セイ・イエーッ！」

とボーカルがあおると、客席も一丸となって拳を突き出し、

「イエーッ！」

と応える。コール・アンド・レスポンスである。

「サンキュウ！　では、つぎが俺たちの最後のナンバーだ」

客席からはお決まりのブーイングがある。それを聴いてリードボーカルはゲヘヘと笑い、

「ほんとは朝までやってたいところだけど、血圧が上がってゴー・トゥ・ヘヴンになるって大滝先生に叱られるから、このへんにしておくよ。じゃあ、『もてもて爺《じい》』

……レディ・ゴー！」
ドラムがカチカチとスティックを叩き合わせて、演奏が始まった。

念仏唱えて街歩く
シルクハットに燕尾服
顎に白髭《ひげ》、手にステッキ
洒落《しゃれ》たレイバンのサングラス
あれが噂《うわさ》のもてもて爺
街で見かける謎のひと
心斎橋《しんさいばし》を南へ南へ
どこへ行くやら向かうやら
もてもて爺、もてもて爺
もてもて爺ならもてもて爺

最後のリフレインのところは客席も合唱する。それを聞いて、ケンは感心した。この老人たちは老人であることを楽しんでいる。演奏は盛り上がり、エンディングでボーカルは高くジャンプしてキメた……つもりだったようだが、実際は十センチほどだった。

「すごいな……」

ブンが、ケンにささやいた。ケンもうなずき、

「たいしたパワーや。見習わなあかん」

この園の老人たちに「終活」という言葉は不必要だろう。若いとか歳をとっているとか、そういうこと関係なしに、その日その日を目いっぱい楽しんでいるのだ。

ほかにすることもないので、ふたりは最後列の椅子に座り、出しものを見物した。どれもなかなかの見応えだった。フォークダンスだと聞いていたが、実際にはアルゼンチンタンゴだったし、箏の演奏といってもピックアップをつけたエレクトリック箏によるサイケなプログレだったし、ギター弾き語りもオリジナル曲の「ヒップホップズンドコ節」というわけのわからないものだったし、物真似も美空ひばりや森進一《もりしんいち》、小林旭《こばやしあきら》などではなく、ＡＫＢの全員をひとりずつ物真似していくという、ケンもまるでついていけない超マニアックなネタだった。ケンもブンもげらげら笑いながらそれらの出しものを楽しんだ。

「これだけ個性が強いひとたちばかりやと、喧嘩になりませんか」

ケンがたずねると、加保地は笑いながら、

「それが、うちの園は入園者同士の揉めごとはほとんどありませんよ」

「へえ……」

たしかにみんな、和気藹々《わきあいあい》としているように見える。

出しものが一段落すると、白衣を着た五十歳ぐらいの医者が登場した。月に二度来園して、入園者の健康診断を行っている大滝という医師だそうだ。彼は、長寿の秘訣《ひけつ》は腹六分目と適度な運動、ストレス発散だと言って、お酒もほどほどならば健康に良いと皆にすすめた。トークを終えてから大滝は、ケンとブンの隣に座り、

「はじめまして、大滝です。私もお笑いが大好きでね、今日は楽しみにしてますよ」

などと話しかけてきた。愛想も良く、入園者からも「若先生」と慕われているようだ。ケンにも、なかなかの好人物に思われた。

プログラムは、城崎ゆう子による交通安全指導へと移った。ゆう子はさすがにお笑いマニアだけあって、うまく笑いを取りながら、交通法規の改正点や、園周辺の路上で気を付けるべきことなどをわかりやすく解説していく。

(なかなかやるやないか……)

ケンは感心して聞いていたが、ふと喜寿師匠に挨拶していないことを思い出し、席を立った。もう出番間近だ。まだ寝ているとしたら困る。第三応接室のドアをノックすると、喜美子が顔を出した。

「師匠はもう起きてはりますか。そろそろ出番なので……」

「起きてるよ。けど、寝起きやから、ぼーっとしてるわ。本番にはちゃんと行くさかい安心して」

「わかりました。ほな、のちほど……」

ホールに戻ると、ちょうどゆう子の交通安全指導が佳境に入ったところだった。彼女はどっかんどっかんと年寄りたちを沸かしており、

（こいつは芸人か……）

とケンがあきれるほどだった。

「というわけで、皆さん、くれぐれもバイクには気を付けてくださいね」

「わかった。昔は阪奈《はんな》道路をつるんで暴走したもんやけど、これからは注意して乗るわ」

乗るんかい！

「では、このへんでおあとと交替いたします。どうもありがとうございました—」

ゆう子は万雷の拍手を浴びて、ステージを降りた。ケンとすれ違いざま、

「どやった、私の芸？」

「話しかけるな！」

小声でそう言うのが精一杯だった。案の定、ブンが不審そうにこちらを見ている。アホめ、バレるやないか……！　ケンは舌打ちした。

◇

ラジカセのスイッチを自分で押し、出囃子《でばやし》を鳴らす。くるぶよのテーマが流れるなかを舞台へと向かう。冒頭のしゃべりはブンの担当だ。

「はいはいー、皆さん、くるぶよと申します。つぎはぼくたちの漫才でお楽しみください。できたら笑ってください。無理はしなくてもいいですけどね」

ブンがポンと腹を叩き、

「身体がぶよっとしてるぼくがぶよぶよのブン、ほっぺたとか眼鏡にくるくるマークが入ってるのがくるくるのケン、ふたり合わせてくるぶよです。今日は名前だけでも覚えてくださいねー」

「覚えたいけど、最近、ボケてきて忘れるんや。ぼてぼてのケンとガリガリのブンやったかな」

さっそく客席からからんでくる。

「ちがいます。ぼくがぶよぶよのブンでこいつがくるくるのケン。ふたり合わせてくるぶよです」

「ああ、そうか。あんたが菅原ブン太で、こっちが狼《おおかみ》少年ケン」

「そやないんです。ぼくがぶよぶよのケンでこっちがくるくるのケン……あれ？」

ブンも混乱しはじめた。

「と、とにかく漫才はじめます。――最近、なにかおもしろいことあったか？」

ケンが答えるより早く、またしても客席から、

「ないない。近頃は退屈やわ」

「すいません、これは漫才なんで黙って聞いててもらえますか。――最近、どうや、なにかおもしろいことあったか？」

「せやからなにもないゆうとるやろが」

「あの、ぼくはこのケンくんに話しかけてますねん。なあ、ケンくん、最近おもしろいこと……」

「おまえもしつこいな。ないちゅうとるやろが！」

「あなたもしつこいですね。ぼくはケンくんに話してるていうてますでしょ！」

さすがにブンがキレかかると、

「そや。わしの名前、高橋謙《たかはしけん》ゆうねん」

客席がドカンとウケた。思わずケンも笑ってしまった。そのときちょうど、後ろのドアから喜寿・喜美子の両師匠が入ってきたのが見えた。こんなぐだぐだを見られてはまた叱られるタネが増えると、ふたりが焦れば焦るほど漫才はぐずぐずになってい

き、わけのわからない状態で終わった。

「ええかげんにせえ。どうもありがとうございましたー」

ふたりで頭を下げたが、客には終わったのかどうかわからなかったらしく、拍手もない。

「終わりです」

顔をあげてはっきりと言うと、やっとぱらぱらと拍手が来た。汗を拭きながら席へ戻るのと入れ替わりに喜寿・喜美子がステージへ向かった。ケンはあわててラジカセのスイッチを押す。彼らのおなじみの出囃子「長命節」のメロディーが流れるなか、大拍手とともに喜寿・喜美子はこちらを向いた。

「いよっ、待ってました！」

「テレビで見るより男前！」

あちこちから掛け声がかかる。喜寿はあわてもせず、マイクに近づくと、

「みなさんより年上がやってまいりました。皆さんよりも老い先短い漫才師でございまーす。どうか皆さん、私の最期の舞台、看取ってやっておくなはれ」

それだけでドッとウケる。あとはなにを言ってもひたすらウケる。

「皆さん、最近の映画、どない思いはります。わてらの若い時分は映画ゆうたら大衆娯楽、だれにでもわかりやすうて、おもろいもんばかりでおました。こないだ暇つぶ

しに映画館入ってみたら、驚きました。まず、題名がなんのこっちゃわからん。昔は『清水の次郎長伝』とか『座頭市関所破り』とか『御存じいれずみ判官』とか……わかりやすかった。けど、今の映画ゆうたら、『スターオーズ』とか『インデペンデンデー』とか『エバンガリオン』とか……横文字ばっかりでなんのこっちゃさっぱりわからん。恋愛もんなんか時代劇なんか任侠《にんきょう》もんなんか、それもわからん。『ジラシックバーグ』てそんなハンバーグみたいな名前ついとるさかい料理人の話か思て観てみたら、怪物映画やないかい！『ワンピース』ゆうから若い女子《おなご》のファッション映画か思たら、海賊のマンガやないかい！どないなっとんねん」

お元気ではあるが、さすがに八十七歳だ。滑舌は悪い。しかし、内容がわかりやすいから伝わるのだ。肩を怒らせ、両腕を振っての熱演は、以前に比べると間も悪く、少し痛ましい面もあったが、それでも一生懸命さが客の心を打つのだろう。何度も大きな笑いが会場を包んだ。

「なあ……喜寿師匠、ちょっと髪の毛増えたんとちがう？」

ゆう子が小声で言った。

「話しかけんな、て言うてるやろ！」

「ええやん、これぐらいわからへんわ。――まえはもっと薄かったのに……カツラやろか」

「知るか！」

ケンが吐き捨てるように言ったとき、ステージ上の喜寿がネタの途中でしゃべるのをやめた。客席の後ろからあの新聞記者がフラッシュを焚《た》いたのだ。

「こら、そこの新聞記者。漫才中やぞ。やめんか、馬鹿もん！」

しかし、記者はそのままシャッターを切り続ける。カシャッ、カシャッ、カシャッ……シャッター音が響く。年寄りたちが騒ぎ出した。

「おい、こら！　おまえ、だれや。わしらの神聖なパーティーに勝手に入ってきくさって」

「どこの記者や。つまみ出せ」

「な、な、なんだあんたたち。私は許可を受けて取材をしてるんだ。とやかく言われるような筋合いは……」

異変が起きたのはそのときだ。喜寿が顔をしかめ、左胸を押さえた。ケンのすぐ隣で見ていた大滝医師が、

「いかん……！」

そう叫んで走り出した。喜寿の上体がぐらりと傾き、そのままばたんとうつ伏せに倒れた。大滝医師は顔色を変え、すぐに喜寿の脈を取った。そして、首を横に振った。

「お父ちゃん……お父ちゃん！」

喜美子が喜寿の胸にすがりついた。記者はそんな様子を喜色満面で撮りまくっていた。

◇

大滝医師と職員の手で喜寿の遺体は第三応接室に運ばれた。ケンとブンも同行したが、

「ごめんな。しばらくうちとお父ちゃんと大滝さんだけにしてもらえるか」

喜美子にそう言われたので入室はやめた。廊下でブンがしみじみと言った。

「喜寿師匠、言うてたとおりになったなあ」

「なにがや」

「舞台で死にたい、て言うてはったやろ。よかったやないか」

なるほど。そのとおりだ。喜寿はついに、念願通り「舞台のうえで死ぬこと」ができたのだ。常日頃公言していたように「舞台で客を笑わしてるときにぽっくり逝く」という彼の夢はついに叶《かな》ったのだ。しかし、それが芸人にとって最高の死に方、かどうかはケンにはわからなかった。さっきの舞台での死にざまはあまりに悲しく、つらく感じられた。それまではわいわいと盛り上がっていた入園者たちも、しゅんとして

しまっているのではないかとケンは思った。

「舞台のうえで死ぬゆうのは、芸人としてあんまりええことやないんとちがうかな」

ケンがそう言うと、ブンは不思議そうな顔をしたがそれ以上はきいてこなかった。しばらくそこに佇《たたず》んでいると、ドアが開き、大滝医師が現れた。沈痛な表情の医者は後ろ手にドアを閉めるとケンたちに言った。

「八十七歳とは年齢に不足はありませんが、惜しいかたを失《な》くしました。でも、舞台で死にたいといつもおっしゃっていたようなので、ご本人は満足でしょう」

ここでケンの刑事モードのスイッチが入った。

「死因はなんですやろか」

「心筋梗塞ですな」

「本当ですか」

大滝は眉根を寄せ、

「私の診断が間違っているとでも?」

「いえ、そういう意味やないんです。あまりに元気そうやったんで、つい……」

「たぶん即死だったでしょう。痛みもなにも感じることはなかったと思います。それが救いですな」

そのとき、ホールのほうから騒ぎ声が聞こえてきた。

「こいつのせいや。こいつが喜寿師匠を殺したんや！」

「ちがう、ちがう。私はなにもしてない」

「嘘つけ。おまえがムカつかせたせいで、師匠はカーッとして倒れはったんや。みんなも見てたやろ」

「見てた見てた」

「この記者、袋叩きにしてまえ」

「おう、やったれ！」

ホールから今井という記者が走り出てきた。そのあとを老人たちが拳を振り上げながら追ってくる。ぶよぶよのブンが記者と老人たちのあいだに入り、

「落ち着いてください。暴力はあきまへん。警察のひとも来てるし、逮捕されてしまいまっせ」

「兄ちゃんもこいつがやったこと見てたやろ。ほんま、最低のやつやで。そんなやつをかばうんか」

「かばうんとちがいます。ぼくもムカついてます。けど、暴力振るったら記事にされまっせ」

「かまへん。わしらどうせ老い先短いねん。捕まったかてええ」

「けど、明日からこの園におれんようになりまっせ」

その一言で皆は黙ってしまった。みんな、この園が好きらしい。老人たちはぶつぶつ言いながらホールに戻っていった。

「私がなにをしたというんだ。ただ写真を撮っただけじゃないか。こっちには報道の自由ってものがあるんだ。あの馬鹿なジジイとババアども、そんなことも知らんのか」

記者はいきまいた。加保地が彼に顔をぐっと近づけて、

「でも、喜美子師匠は、漫才中の撮影は気が散るからやめてくれ、と事前に言ってましたよね。約束を破ったのはあんたです」

「ふん、たかが漫才じゃないか。気が散るもなにもないだろ」

ブンが、

「なんやと!」

と怒鳴り、また一触即発の雰囲気になったとき、ケンの視界の隅にひとりの人物が映った。グレーの背広を着た老人の後ろ姿だ。彼はブンと記者の揉めごとには見向きもせず、足早に階段を降りて行き、建物から出て行った。

(だれやったかな……)

ケンは首をかしげて思い出そうとした。

(待てよ……)

ふとした疑問がケンの頭に湧いてきた。彼はブンに、

「会社に、喜寿師匠が急病で亡くなった、て連絡しといてくれ」

「おまえはどうするねん」

「ちょっとたしかめたいことがあるんや」

そう言うとケンはすたすたとその場を離れた。廊下を曲がったところで携帯電話を取り出し、ゆう子に電話する。

「なんやのん」

「話したいことがあるんや。園の外におるから出てきてくれ」

ケンが先に出て、建物を出たあたりで待っていると、すこし遅れてゆう子がやってきた。

「どうもおかしい。調べたほうがええと思うねん」

「私が？　言うとくけど、交通課やで。あんたが調べぇや。専門やん」

「俺は今、くるくるのケンや。表立って捜査はでけへん。たまたま現場に居合わせた警官であるおまえに動いてほしいねん」

「そんなん言うたかて、どっこもおかしいとこないやん。変死やったら司法解剖もできるけど、お医者さんが見てて、ちゃんと死因も調べてくれはったんやで。それを警察がなんの根拠もなしにむしかえしたら、ご遺族も気ぃ悪いんとちゃう？」

「それは……そうやけどな」

「なにがひっかかるん？」

「うーん……俺の気のせいかもしらんけど……」

ケンは、ゆう子の耳に口をつけて、なにやらぼしゃぼしゃとささやいた。

「マジ？　ほんまやったらえらいことやで」

「せやからおまえに調べてほしいのや。頼むわ」

「わかった。やってみる」

「くれぐれも表沙汰にならんように動いてくれ」

「わかってる」

ふたりは別れた。ケンが二階に戻ると、第三応接室のまえでまたしてもトラブルが発生していた。腕を振り回して叫んでいるのは、あの今井という新聞記者だ。相手は、喜美子である。そのうしろには加保地もいる。

「だから、さっきから言うてるでしょう。喜寿さんの遺体を見せてくださいよ」

「なんでそんな罰当たりなことせなあかんねん！」

「あと一年で米寿という高齢の喜寿師匠が毎日毎日仕事している。ちょっと働き過ぎじゃないのかなあって思ってるんですよ、世間は」

「そんなん勝手やろ。ほっといてえや」

「そうはいきません。私が聞いたところでは、ご本人は嫌がっているのに、家族のものが無理矢理仕事を入れて働かせているんじゃないか……そんな噂《うわさ》も耳にしてるんですけどね」

「だれがそんなこと言うとんねん！　ここに連れてきいや」

「あくまで噂です。そうカッカしないで。――でも、あなたの旦那さん、事業に失敗したそうじゃないですか。その借金を返すために、引退したかった喜寿さんを馬車馬のように働かせている……」

「あんた、言うてええことと悪いことがあるで」

「嫌がる喜寿さんをどついたり、蹴ったりして、舞台に上げていた……そうじゃないんですかね。私が調べたところでは、あなたたち親子はよく揉めてたそうですねえ。ご近所のかたが、しょっちゅう喧嘩する声が聞こえてきたって言ってますよ」

ケンが割って入り、

「あんた、通りすがりで今日のイベントの告知を見て、老人たちを笑わせる老芸人というテーマで取材しようと思たとか言うとったけど、ほんまは最初《はな》から、喜寿師匠を家族が虐待して無理矢理仕事させてるのかどうか……その取材のつもりやったんやな」

「さあねえ、今となってはどっちでもいい。ご本人が死んでしまったからねえ。私が知りたいのは真実だ。読者もそうだろう。最高齢漫才師の悲しき実態。家族に強要されて舞台に上がる日々。有名高齢芸人たちが抱える闇。――見せてもらいますよ、遺体を」

そうだ。ケンも「真実」を知りたいと思っていた。しかし、この記者はすでに「実話」を頭のなかで作っている。それは、真実からは程遠いものなのだ。

「嫌や。ほかのひとならともかく、なんであんたみたいな輩《やから》に大事なお父ちゃんの遺体を見せなあかんの」

「大事な、とか言ってますが、本当は殴ったり蹴ったりした痣《あざ》を見られたくないからじゃないんですかねえ」

「ちがうわ！」

喜美子がヒステリックに叫んだ。

「そこまで言うんやったら見てもらお。そのかわり、なにもなかったらちゃんとお父ちゃんの最期のことを記事にしてや」

「わかってます。私もジャーナリストの端くれだ。見込み違いだったときは、事実を伝えましょう」

喜美子はドアを開けた。記者を先頭に、ケンたちも部屋に入った。喜寿の死体は、応接室の床に安置されていた。その顔は安らかで、まるで眠っているようだった。今

井記者は写真を撮りまくりながら喜寿の服をはだけさせ、殴打の痕がないかどうかたしかめ、

「もうじき救急車が来てしまうから、写真が撮れなくなりますからね」

言い訳めいた言葉を吐いた。喜寿の肌はきれいで、傷も痣もない。今井は渋い顔になり、なおもあちこちを確認していたが、とうとう大きく息を吐いた。喜美子が勝ち誇ったように、

「どない？　どこにも痣はないやろ」

「ありませんねえ……」

「うちらはお父ちゃんに無理に高座に上がってくれ、なんて言うたことないで。お父ちゃんが、自分でそうしたい言うたから一生懸命仕事入れとっただけや。あんたもさっきの舞台……最後の舞台見たやろ。無理矢理やらされてるもんが、あないに元気にいきいきした漫才するか？」

「それは……」

「わかったやろ。わかったら記事書いてや。亀潟喜寿は、望みどおり、漫才中に舞台のうえで大往生した、とな」

「――わかりました。私が間違ってました。喜寿師匠の末期に居合わせた私が、一世一代のレポートを書いて、真実を伝えます」

今井はそう言いながらうなずいた。

「いや……」

ケンが口を挟んだ。

「残念ながら、それは『真実』ではありません」

皆がケンのほうを見た。

「喜寿師匠は、舞台のうえでは死ななかった。——ちがいますか、喜美子師匠」

「あ、あんた、なにが言いたいねん」

喜美子が震え声で言った。

「ぼくが、変やな、と思たのは、さっき見かけた年寄りの後ろ姿でした。記者のかたと入園者が揉めてるときに、すーっとこの部屋から出て、揉めごとには目もくれんと、階段を降り、外に出て行きました。もし入園者のだれかやとしたら、あれだけ大揉めしてるんやから、ちらっとでもそっちを向きそうなもんやけど、まるで、ぼくらに顔を見られたくないみたいにそそくさとした態度やった。だれかに似てるなあ……と思たんですが」

「だれに似てたんや」

ブンがきくと、

「喜寿師匠です」

喜美子の顔から血の気が引いたが、すぐに笑い出して、

「あははは。そんなはずないやろ。お父ちゃんはもう死んでたんやで。部屋のなかで生き返って、そのまま出て行ったゆうんか」

「ちがうと思います」

「ほな、なにか？　お父ちゃんの幽霊が来てくれた、ゆうんか？　そういう話、ときどき聞くけどな」

「それもちがうでしょう。——大滝先生」

ケンは大滝医師のほうを向いた。

「ステージのうえに駆け付けて、喜寿師匠が亡くなったことを確認しはったのは先生でしたね」

「ああ、そうですが……。きみはなにを言いたいのです？　私が、喜寿師匠が死んでいないのに『死んだ』と偽ったとでも？　ここにある遺体は、じつは生きているとか？」

「それはありえません。この遺体はまちがいなく喜寿師匠のものですし、たしかに死んでます。せやけど、ステージで倒れたときはどやったんかなあ」

「わ、私はちゃんと脈を確認した。こちらに運んでからは、対光反射や心音もチェックした。ぜったいに死んでいた」

ケンは咳払《せきばら》いすると、

「舞台で倒れはったのは、本物の喜寿師匠やったんですかね？」

「――なに？」

「お年寄りたちが言うてました。『テレビで見るより男前』って。あれは本当に、テレビに出ている本人やなかった、というのを見破ってたのやないですか。べつの人間が喜寿師匠になりかわって漫才をする。途中で胸を押さえて倒れる。先生が駆け寄って、死亡してると言えば、疑うものはいてへんでしょう。そのままこの応接室に運び込んでしもたら、だれにもわからへん」

「私はこの園のかかりつけの医者というだけだ。なぜ私が、面識のない漫才師に対して、そんなことまでしなければいけないんだ」

「面識がない？　そやろか。喜美子師匠は、さっき、うちとお父ちゃんと大滝さんだけにして、と言わはりました。今日はじめて会うたお医者さんを『大滝さん』と呼ぶのはおかしいんちゃいますか」

喜美子がなにか言おうとしたとき、ゆう子が近づいてきて、

「すんません。念のために確認してきたんですけど、大滝先生は喜寿さんの、というより亀潟家のかかりつけのお医者さんですね。面識がないやなんて、なんでそんなすぐにバレるような嘘をついたんです」

大滝は無言で下を向いた。ケンは、喜美子に向き直ると、

「喜寿師匠はおそらく今朝早うご自宅で亡くなりはったんですね？　常日頃、どうしても舞台で死にたい言うてはった師匠の夢をどうしても叶えてあげたい、と喜美子師匠と大滝さんが一芝居打ったんやと思います。今日の仕事場やったこの老人施設に連絡して、加保地さんに協力を依頼したんやないですか。朝早う、受付もおらん時間帯に車で喜寿師匠の遺体をこちらに運び込んで、舞台は替え玉が務める。替え玉はステージ上で倒れ、そのままこの部屋に運び、本物の遺体とすり替える。――そんなとこちがいますか？」

ブンがケンの推理を遮り、

「それは無理やろ。替え玉ゆうたかて、我々、喜寿師匠の顔、よう知ってるやないか。それに漫才もしっかりできてた。喜寿師匠にそこまで似た顔で、漫才もできる替え玉なんかありえる……」

はずがない、と言い掛けて、ブンははっとした顔になった。

「そや……鶴彦師匠」

「そういうことや。亀潟鶴彦師匠は喜寿師匠の元相方やった。兄弟やから顔も似てるから、メイクしたらごまかせる。もちろん漫才の腕は昔取った杵柄《きねづか》やから安心や」

記者の今井がかぶりを振り、

「しかし……鶴彦さんは今九十二歳だろ。そんな歳で、よくもまあ……」

喜美子が静かに言った。

「芸人に歳はない、ゆうこっちゃ」

そして、深々と頭を下げ、

「すんまへん！　全部、うちが悪いんだす。お父ちゃんの夢叶えたげよ、と思て、いろんなひとを巻き込んでしもた。ほんまにすんまへん」

今井が不機嫌そうに、

「謝るのはいいが……きちんと説明してもらいましょうか」

「わかってます。皆さんも聞いてください。お父ちゃんが亡くなったのは今日の明け方でした。心臓の具合が悪い、て言い出したから、すぐにかかりつけの大滝先生に電話したんや。お父ちゃんはうちと主人に、『頼む……すぐに舞台に上がらせてくれ。舞台で死にたいんや』……何遍もそう言うてたけど、大滝先生が来はったときにはもう心臓がとまってた。うちは悲しかった。申し訳なかった。お父ちゃんの唯一の望みを実現させてやれんかったからや」

「でも、それはたまたまだから、仕方ないのでは」

記者が言うと、

「仕方ないことない。舞台で死ぬためにお父ちゃんは、とにかく三百六十五日、毎日どこかで仕事をさせてくれ、どんな仕事でもええ、タダでもええ、言うて聞かんかった。うちら家族がお父ちゃんの身体の心配して、休まそう、仕事を減らそうとしても無理やった。そのことでしょっちゅう怒鳴り合いの喧嘩して、ご近所にも迷惑かけたと思うわ。ときにはお父ちゃんがうちらに手ぇ上げることもあった。それぐらいお父ちゃんは舞台で死ぬことに命賭けてたんや」

喜寿は、むりに働かされていたのではない。毎日働こうとして、それで家族と衝突していたのだ。

「じゃあ、あなたのご主人が事業に失敗して、それを補うために喜寿さんをむりやり働かせていたというのは……」

「そんなん嘘や。うちの主人の事業ゆうのは割烹《かっぽう》でな、うちが包丁を握ってた。お父ちゃんがお義兄《にい》さんとコンビ解消したとき、うちを漫才師にするために店を辞めさせたやろ。そのあとほかの板前を雇たんやけど、料理の味が変わってしもた、ゆうて、それまで来てくれてた常連さんがほとんど来んようになってしもた。それで店閉めたんや」

話というのは聞いてみんとわからんもんやな、とケンは思った。

「あれだけ世間に、舞台で死ぬて言い続けてきたお父ちゃんが家で、畳のうえで死んだ、ゆうことがわかったら、世間に対して恥ずかしい……そう思うてお義兄さんに相談したら、わしが身替りつとめたるさかい一芝居打て、て言うてくれはった。こちらの加保地さんにも、園に迷惑はかけへん、ゆう約束で協力してもらうことにした。けど……結果的には迷惑かけることになってしもたなあ」

今井記者が、

「私が取材に来た、というのが想定外だったわけですね」

ケンは思わず口を出した。

「ちがうでしょう。想定内だったはずです」

そう言って喜美子を見ると、

「あんた……おつむの回転速いなあ。そのとおりや。今日、新聞記者が取材に来るゆうのは、会社からの連絡で知っとった。けど、そのほうが好都合やと思たんや。記者がその目でお父ちゃんが舞台で死んだところを目撃したら、記事にしてくれるやろ」

今井は驚いた様子で、

「私にわざと見せつけようとしたんですか。よくもまあそんな危ない橋を渡るつもりになりましたね」

「お父ちゃんの遺言やからなあ。——でも、バレてしもたらしゃあない。責任は全部うちにあるねん。大滝先生も加保地さんもお義兄さんも関係ない。なにか罪になるんやったら、うちをお縄にでもなんでもしてちょうだい」

喜美子は、城崎ゆう子にそう言って両手をそろえて差し出した。ゆう子は「お縄」という表現に噴き出しそうになりながら、

「あの……厳密に言うたらあかんことやと思いますけど、要は亡くなった時間にほんのちょっと見解の相違があったのと、その報告が遅れたゆうぐらいとちがいますか。それに、私は交通安全が専門やから、こういうことは詳しくないんです」

逃げたな、とケンは思ったが口には出さない。

「おおきに……おおきに」

ゆう子に頭を下げた喜美子は、今度は記者に向き直り、

「ほな、つぎはあんたや。『舞台で死ななかった嘘つき漫才師』でも『死んだ時間をごまかすあきれた喜寿の家族』でも見出しつけて、なんでも書いてちょうだい」

今井は腕組みをしてしばらく考えていたが、

「いや……喜寿師匠は舞台で死んだことにしましょう」

皆が驚いた。

「故人の願いをあなたたちが必死で叶えてやろうと努力したことに胸を打たれました。私がそういう記事を書けば、喜寿師匠も浮かばれるし、あなたたちの努力も無にならない。記者としてはまちがっているかもしれないが……」

喜美子は涙を流し、今井の手を取った。

「すんまへん……だまそうとしてごめんやで。ありがとう……」

「いいんですよ。それに、だれが傷ついたわけじゃないし……」

今井の言葉に、ケンは言った。

「そんなことないです。傷ついたひとは大勢いてますよ」

「え?」

ケンは、ホールのほうを指差した。

「元気だった芸人さんが目のまえで死んだんです。せっかくのパーティーも暗い雰囲気になってしまったし、なにより、笑いの世界にいるひとが死ぬ、ゆうのは見たくないものです。皆さん、平気なようにふるまってはりますが、お年寄りは『死』ということには敏感だと思います。いくらあとで、あれは芝居やった、と種明かししても、一旦感じてしまったショックは消えへんと思います」

喜美子は無言のままじっとしていた。

「芸人でもそうやなくても、家で死ぬのが一番です。けど……この園にいてはるのは、それぞれの事情で自分の家では死ねないひとたちばかりです。芸人だから舞台で死にたい、なんて、わがままやないですか」

「おい、ケン……」

ブンが、言い過ぎやで、という顔でこちらを見た。喜美子は悄然《しょうぜん》としてうつむいて

いる。しまった……どうフォローしようかとケンが考えているとき、

「皆さん、お昼やでえ」

「おなかすいたやろ。食べに来て！」

　ホールのほうから数人の老人がやってきて、彼らの手を引いた。気づくと、ぷーん、といい匂いが漂っていた。

　昼ご飯のメインはおでんだった。業務用の大きな鍋でぐつぐつ煮られているのは、こんにゃく、じゃがいも、豆腐、ネギマ、がんもどき、巾着、大根、つみれ、牛すじ、玉子、竹輪、厚揚げ……などで、なんとも美味そうであった。

「うわあ、これ、皆さんが作りはったんですか」

　ブンが歓声を上げ、さっそく食べはじめた。

　大根とこんにゃく、がんもどきなどをパクついてから、

「う、美味い！」

　ひっくり返らんばかりに背筋を反らせてブンが叫んだので、

「おまえ、芝居が大げさなんや」

「ちがう。ほんまに美味いんや。このおでん、めちゃくちゃ美味い。あのころのおでんと同じぐらい美味い」

「ええ加減なこと言いやがって」

そう言いながらケンも食べてみた。そして……。

「美味いな」

「やろ？　なんでこんなに美味いんや」

年寄りたちが近づいてきて、

「気にいってもろてなによりや。よかったよかった」

「なにかコツがあるんですか」

ブンがきくと、

「コツゆうほどやないけど、けっこう手間暇かかるんや。いっぺんにいきなり煮たら味が混ざってワヤになる。大根は米のとぎ汁で下ゆでして、じゃがいもは皮つきのまま茹《ゆ》でて、がんもどきは油抜きをして、こんにゃくは塩揉みしてから茹でて、どれも隠し包丁を入れたりしてちゃんと下ごしらえをする。そして、煮崩れせんように弱火でことこと煮る。沸騰してしもたらおしまいや。沸騰するかせんかゆう頃合いの火加減を続けるには、鍋から目ぇ離さんようにしとかなあかん。わしらにはなんぼでも時間あるからできることやけどな」

「なるほど」

「わしらが喧嘩せんと過ごせてるのもおんなじこっちゃで。みんな個性の強い連中やから、ずっと一緒におったらワヤになる。普段はそれぞれの分を守って、ときどき今日みたいに集まってわいわい楽しむ。まあ、老人の知恵やな」

「そ、そうか……」

ブンが言った。

「ぼくは、親が年取ってからできた子やったさかい、言うてみたら年寄りに育てられたようなもんや。おとんもおかんも金も仕事もなかったから、時間はいくらでもあった。せやから、ゆっくりおでんを作れたんや」

大滝医師や喜美子もふうふう息を吹きかけながらおでんを食べている。そんな様子を見て老人のひとりが言った。

「ああ、よかった。ああいうことがあったあとやさかい、機嫌よう食べてもらえてホッとしたわ」

それはこちらのセリフだ、とケンは思った。ギャラをもらって彼らを元気づけに来たのに、年寄りたちから元気をもらってしまった。

「うわあ、あんた、なんぼほど食べる気や！」

見ると、ゆう子が丼鉢ふたつに山盛りのおでんを確保して、それをすさまじい勢いで食べているのだった。

「だって、美味しすぎます」

「ええよええよ。どんどん食べてや。また作っとくさかい、遊びに来てな」

「うれしいわあ」

ケンはゆう子に近づいて、わからぬようにささやいた。

「おまえ……ええ加減にせえよ。このひとらの昼ご飯、なくなってしまうやないか」

「ええがな。どんどん食べて、て言うてはるもん」

「程度もんや。おまえはだいたい……」

老人のひとりが、

「さっきから思とったんやけど、あんたら仲えぇなあ。似合いのカップルや」

「ちちがいますよ。我々は今日はじめて会《お》うたとこで……」

ケンは必死に否定したが、そこにわらわらと皆が集まってきて、

「ラブラブやがな」

「うらやましいなあ。わてらもこんなときあったわ」

「熱々や。よっ、ご両人」

「ヒューヒュー！」

ケンは、脱兎《だっと》のごとくその場を逃げ出した。

第四話　人形に殺された男

「とにかく受けんかい！」

腰元《こしもと》興業の担当部長である甲斐柱良作《かいばしらりょうさく》が唾をまき散らしながら怒鳴った。彼は、興奮すると口のなかに唾液が大量に湧く性分らしい。硬い髪の毛をチックで無理矢理撫《な》でつけ、肩パッドの入った黒いスーツを着た甲斐柱は、一見その筋のひとに見えるほどの強面《こわもて》だ。隣にいるブンは小太りの身体《からだ》をびくっと引き締めたが、ケンは落ち着いた口調で言った。

「ぼくらは賞レースには参加しないんです」

「それはまえに聞いた。けど、今聞かせてもろてもずいぶん調子ええやないか。そろそろ一皮剝《む》けて大きなるためにも、なんかの新人賞を取っといたほうが有利や。一番ええのはやっぱり『N－マン』やな。いきなり『N－マン』の決勝に残ったりしてみ。たちまち注目されて仕事はなんぼでも入ってくる。テレビのオファーも続々や」

「N－マングランプリ」というのは、「NEWCOMER　MANZAI　グランプリ」の略で、今もっとも大きい漫才コンテストである。優勝すれば、翌日から全国的なスターの座が約束されるが、準優勝でも大ブレイクする可能性がある。いや、ファイナリストになるだけでもたいへんなことなのだ。

「せやから、ぼくらは『N－マン』も『上方漫才大賞』も受ける気はないんです」

「なんでやねん。きみら、漫才をやってるゆうことは、大勢を笑わせたいからやろ。人気者になりたいからやろ。その道を自分で閉ざすゆうのは漫才やっとる意味がないやないか。わしの言うとること間違《まちご》うてるか」

　ブンは、

「間違うてません」

　と言ったが、それにかぶせるようにケンは、

「間違うてます」

　と言った。

「ほう、どこが違とるんや」

「ぼくらが漫才をしてるのは大勢を笑わせたいから……これは合《お》うてます。けど、人気者になりたいのとイコールではありません。ぼくらは、無名で、なおかつ大勢を笑わせたいんです」

　ここは難波《なんば》にある腰元興業の事務所の一室だ。先週の若手ライヴのビデオを見た甲

斐柱部長がふたりを呼び出したのだ。このビルの下は関西最大の演芸場「なんばキング座」が入っており、四階からうえが腰元興業の本社事務所である。

「アホか！　そんなもん無理に決まっとる。大勢を笑わせたら、無名ではおられへん。勝手に有名になってしまう」

「せやから、賞レースには加わらないんです。すいません」

「怖いんか」

「――は？」

「賞に出んのは、落ちるのが怖いからやろ。どんな若手でもエントリーする『N－マン』にこれまで頑《かたく》なに出んかったのが、やっと出て、一回戦で落ちたらかっこ悪い……それで受けへんのやろ」

「いえ、ぼくらがもし出たら、決勝までは行けると思います」

「ははは……たいそうな自信やな。その大口がどこまで通用するか、受けてみい」

「お断りします。賞レースやテレビ、大きな劇場には出ない。それがぼくらの……ぼくのポリシーなんで……」

「おまえのポリシーなんか知ったことか。そんななんのやくにもたたんもん、ゴミ箱にほってしまえ。ええか、これは命令や。ぜったいにエントリーせえ。いや、わしが代わりに申し込んどく。ぜったい受けろ。わかったな」

「わかりません。そんな勝手なことされたかて、従えません」

「おい、ケン。部長さんになんちゅうこと……」

ブンが割って入ろうとしたが、甲斐柱に突き飛ばされた。甲斐柱は倒れたブンを見ようともせず、まっすぐケンを見据えて、

「聞こえんかったんか。命令て言うたやろ。おまえはさっき、大勢を笑わせたいけど人気者になりとうない、ゆうてほざいとったけど、会社がそんなこと認めるわけないやろ。芸人は売れてなんぼ、会社はもうけてなんぼや。それで社員の給料払とんのや。何千人もおる芸人がちょっとでも売れたい、会社に後押ししてほしい、て思とるのに、甘えたこと抜かすな、ボケ。『N－マン』に出えへんのやったらクビや。うちの会社、辞めてもらう。小地区芸能でもジン・リッキー社でも好きなとこ行け。ほしたら『N－マン』出んでもすむぞ」

なにか言おうとするケンを、起き上がったブンが押しとどめ、

「ケン、やめとけ。ちょっと落ち着けゆうとんねん。——甲斐柱さん、こいつにはちゃんと言うときますから、今日のところは……すんまへん」

「わしはおまえらのためを思て言うとるんや。嘘《うそ》やない。ビデオで見たおまえらのネタ……おもろかったわ。わしが若いころガウンダウンのマネージャーしてたときに感じたのとおんなじやった。つまり、なんやわからんけどおもろい。そういうことや」

「ありがとうございます」

「ネタはケンが書いとるんやろけど、きみのツッコミのおかげで、それがもっとわけわからんようになってる。ええバランスや。——ええか、出るんやぞ。わかったな」

甲斐柱はそう言いながら部屋を出ていった。ブンは椅子にぼてんと腰を下ろし、ため息をついた。ケンは、両手の関節をばきばき鳴らしながら、

「腹立つなあ、俺らは賞レースには出ん、てあれほど言うてるのに……」

ブンがぼそりと、

「俺ら、やない」

「なんやと。おまえは出たいんか」

「——出たい」

その言葉にケンは蒼白《そうはく》になり、

「お、おまえ……俺らがコンビ組むときに決めたやないか。俺の家庭の事情で、昼間はでけへんし、夜も急に用事が入るかもしれん、テレビとか大きい劇場の仕事はNG、小さい劇場と営業ぐらいしか出られへんて。そういう約束やったやろ」

「たしかにそやった。けど……あのときはまだ漫才はじめたばっかりやったし、いつかテレビとか大きい劇場に出られるなんて思てもなかった。おまえとコンビが組めて、漫才できたら、なんでもよかったんや」

「それは俺もそうや。けどな……」

「けど、今はちがう。『くるぶよ』の漫才は、甲斐柱さんの言うてはったとおり、どんどんようなってきてる。ぼくが言うのもなんやけど、同期のだれにも負けへんはずや。それやのに、あいつらはみんな、あちこちのオーディションに合格したり、賞レースでええとこ行ったり、テレビにちょいちょい出たりして結果出してる。ぼくは……悔しいんや。『くるぶよ』の漫才の面白さをだれも知らんことが、耐えられんようになってきたんや」

「…………」

「なあ、ケン。そろそろ本腰入れて勝負してみいひんか。ぼくは、きみの作るネタをもっともっとたくさんのひとに聞いてもらいたいんや。今の『くるぶよ』の勢いを知ってもらいたいんや」

「もうちょっとだけ待ってくれ」

「嫌や。ちょっとまえでもあかん、ちょっと先でもあかん。今の、今日の、この瞬間の『くるぶよ』でないと意味ないねん」

「それは……無理や」

「きみの『家庭の事情』ゆうやつ、ほんまのとこどんなもんなんか教えてくれ。これまで、はぐらかされてばっかりやろ。それは相方のぼくにも言えんことなんか」

「それも……もうちょっとだけ待ってくれ」

「ほな、『N－マン』はどうするねん」

「出られへん」

「マジでクビになってしもたらどうすんねん。甲斐柱さんやったらやりかねへんで」

「そのときは……しゃあないわ」

「アホ！」

ブンは涙目になっていた。

「きみは、そんな気持ちで『くるぶよ』やっとったんか。ぼくはこのコンビに人生賭けてるのに……会社クビになったら、テレビや劇場はおろか、ライヴも老人ホームとか商店街の営業もなくなるねんぞ」

「それもしゃあないな」

「しゃあないしゃあないて、わがままばっかり言うてたら干されてしまうぞ」

「わがまま言えるから芸人になったんや」

ブンは丸っこい顔をくしゃくしゃにして、

「ぼくらは素人《しろうと》やない。趣味で芸人やってるんやないで。出る場所がなかったらプロとはいえんやろ。ひとつでも出番を多くしたいのが普通やのに、自分で出る場所なくしてどうするねん」

「――すまん」

ケンは頭を下げたが、溜《た》まりに溜まっていたものが一気に噴き出したらしいブンは収まらなかった。彼は、機関銃のような勢いでケンを罵倒しまくった。コンビを組んでからこんなことは一度もなかった。罵詈雑言《ばりぞうごん》の雨を耐えながら、

（こいつ、ずっとこう思ってたんやな……）

ケンはそう思った。そして、ブンの文句がようやく止まったので、ケンが顔を上げると、ブンは泣いていた。

「ケン、ぼく……もう疲れたわ」

そう言い残して、ブンは出ていった。

（とうとうこの日が来たか……）

とケンは思った。このままの状態がずっと先まで続くはずがない、とわかってはいたが、目をそむけながらだましだましやってきたツケが回ってきたのだ。思えばこんな宙ぶらりんの漫才コンビがよくそれなりに続いたものだ。

（解散、か……）

ケンがそんなことを思ったとき、

「あ、ここやなかったかいな」

そう言いながら部屋に入ってきたのは、赤いキャップをかぶった中年男だった。手

には大きな黒いボストンバッグをさげている。

「師匠、おはようございます」

ケンは頭を下げた。それは、腹話術師の縦縞《たてじま》ボストンだった。今、四十歳ぐらいだと思うが、安定した人気がある。テレビでの露出はそれほどではないが、劇場や営業では引っ張りだこの芸人だ。

「すまんすまん、部屋間違うたわ。——きみ、くるぶよのケンくんやったな」

「あ、はい、そうです」

名前を覚えてもらっていたことが驚きだった。たしか、老人ホームの営業で一度一緒になったことがあるだけなのだ。

「今日は出番ですか」

「そや。合間に打ち合わせしたいゆうから来たんやけど、隣の会議室やったかいな」

ボストンは腹話術の技術もすごいが、物真似《ものまね》も達者で、人形のきゅん太《た》くんとのやりとりは、かぶせ方といいスピード感といいボケとツッコミのキャラの違いといい、どう聞いてもひとりでしゃべっているとは思えない。ネタ自体の面白さも漫才師顔負けで、ふたりいないと成立しないはずの漫才が、ひとりでちゃんとこなされているのを見ていると、情けなくなってくる。しかも、本人もきゅん太くんも物真似で会話できるので、最後はいつも物真似芸人がふたりでバトルしているような展開になる。口を動かさずに物真似というのはかなり難しいということはケンにも想像がついた。

「今日は日曜やから四回公演ですか。たいへんですね」

　ボストンはへらへら笑いながら手を振って、

「なーんもたいへんなことあらへん。楽なもんや」

「けど、腹話術ゆうのは喉に負担がかかるて聞きましたけど」

「はははは……普通の腹話術はそやけどな、うちはちがう。きゅん太は生きてるんや。俺がしゃべらせてるんやのうてこいつが勝手にしゃべってるだけやさかい楽勝や」

　そうなのだ。縦縞ボストンは以前から、

「俺は腹話術師やない。人形遣いや。このきゅん太は、ある有名な人形師の作でな、そのひとの人形には魂が宿って、勝手にしゃべるんや。ほんまやで。ほら……昔の左《ひだり》甚五郎《じんごろう》とかが彫った竜が水を飲みに行ったとか、木彫りの鯉《こい》が泳いだとか、そういう言い伝えがあるやろ。あれはほんまなんやなあ。その人形師は、俺にとっては神さまか仏さまみたいな凄《すご》いひとなんや。きゅん太は、俺が腹話術使わんでも、自分の意志でしゃべってる。ほんまやで。嘘やと思たら、俺の芸、よう聞いててくれ。俺ときゅん太の声がかぶさってるとこあるやろ。きゅん太がしゃべってる証拠やないか」

　そう主張していた。つまりは、「芸」ではなく、一種のオカルト現象だと言うのだ。以前、あるマジシャンが、自分がやっているのは手品ではなく、「超魔術」つまり、超能力によって引き起こされた超常現象なのだ、と主張して、たいへんな人気を博したことがあった。もちろんマジックを盛り上げるための煽《あお》り文句にすぎないのだが、なかには彼は本当にユリ・ゲラーのような超能力があるのだと信じ込んでいる客もいた。縦縞ボストンが「人形に魂が宿ってしゃべっている」というのは「それぐらいすごいでしょ?」という、もっともらしさを演出するアピールなのだ。しかし、超魔術同様、ファンのなかにはその言を額面通り受け取っているものもいるようだった。

「そうでしたね。きゅん太師匠によろしくお伝えください」

まわりの芸人が「人形が生きとるわけないやろ。ただの物やないかい」などとからかうとボストンは激怒する。なので、とくに後輩たちは、「きゅん太」はボストンの「生身の相方」であるというスタンスで話さなければならないのだ。なにしろ、ボストンはピン芸人にもかかわらず、「N-マングランプリ」の予選に出場したことのある唯一の芸人なのだ。エントリー時は「ボストン・きゅん太」というコンビ名になっていたので受理されたのだが、人形を連れて予選の舞台に上がろうとしたので、

「ボストンさん、ピン芸人は出られません」

と係員が注意すると、

「アホ! 俺はピン芸人やない。漫才コンビや。このきゅん太が相方やないかい!」

「相方て……ただの人形ですやん」

「なんやと！　おまえはきゅん太を侮辱するのか」

舞台袖でトラブルになり、結局、ボストンは出場したのだ。もちろん失格になったが、その芸はたしかに「漫才」としか言いようのない見事なものだったという。

「それがなあ、聞いてえな、ケンくん」

「はあ……」

「俺は独身やけど、きゅん太のことを実のこどものように思てた。けどな、最近、きゅん太が言うことききよらんのや」

「へえ……」

そうとしか応えようがない。

「反抗期みたいなもんかと思てほっといたんやけど、どうやら俺のこと恨んどるみたいでな、おまえとおるさかいやりたいことがでけへんねん、おまえさえおらなんだらぼくはもっともっと自由になれるのに……て愚痴を言いまくって、舞台でも決めごとを守らへんのや。やりとりの最中に、突然、だんどりにない台詞《せりふ》をしゃべりだしたり、急にめちゃくちゃ怒り出したり……もう、かなわんねん。俺のコントロールが利かんようになってきとるんや」

「どんなことをしゃべるんですか」

「そやなあ、たとえば……『そんなアホな。しばいたろか』ゆうツッコミの台詞を

『そんなアホな。殺したろか。ナイフで心臓えぐったろか』とか言い換えよるねん。客はドン引きするし、そのあとフォローして笑いに変えるのがたいへんやねん」

「はあ……」

「今日も、家出るまえ、このボストンバッグに入れるときに、『なあ、相方。今日はナイフで殺すとか舞台できつい冗談言わんとってや。頼むわ』て言うたら、『おまえ、あれ、冗談やと思てんの？　俺、本気やで。おまえのことマジで嫌いやねん。ナイフでぐさぐさぐさって刺したりたいんや』て言いよった。怖いからすぐにバッグのチャック閉めてしもたんやけど、なかでしばらく叫んでたわ、殺したる、殺したる……言うてな。やっとれんで」

笑おうとしたが、ボストンの顔を見ると真剣そのものだったのでやめた。

「師匠、打ち合わせやなかったんですか」

「そやそや、忘れとったわ。ほな、またな。俺、きみらの漫才好きやねん」

「ありがとうございます」

「相方を大事にしいや。やっぱり漫才は相方次第やなあ。きゅん太ももうちょい性格がよかったらええんやけどなあ……人形師の泰子《やすこ》さんに頼んで直してもらおかな」

そう言って縦縞ボストンは部屋を出て行った。

◇

「で、びょうなったん」

ラーメンを勢いよく啜《すす》り込みながら、城崎《しろさき》ゆう子《こ》が言った。

「おまえな、食べるかしゃべるかどっちかにせえ」

「けど、しゃびぇりたいし食びぇたいやん」

なにを言ってるのかよくわからない。ここは最近人気急上昇の「仮面ラーメン」本店である。まだ開店二年目なのにお昼や週末は行列ができるらしい。ゆう子が食べているのは「デラックス仮面ラーメン大盛り全部載せ」である。丼も巨大で、洗面器ぐらいある。そこに三玉の麺《めん》と大量のチャーシュー、ワンタン、キムチ、もやし、ネギ、海苔《のり》、ワカメ、コーン、メンマ、キクラゲ、煮玉子、明太子が入っている。それを、ゆう子はそうめんでも食べているような涼しい顔で平らげていく。ケンは、野菜ラーメンのハーフというのを頼んだものの、なぜかまだ持ってこない。しかたなく水を飲みながら、ゆう子の食べっぷりを眺めていた。ケンの足もとにはカツラや眼鏡《めがね》、衣装などを入れたカバンが置かれている。いつ、だれと遭遇しないともかぎらないので、つねに持ち歩いているのだ。

「解散じゅるん？」

「まだしてない。でも、時間の問題かもな」

ケンはため息をついた。

「びゃんたは、解散しでょうないんやろ。びょな、『N－マン』出たらべえやん」

「聞き取りにくいなあ。ちょっと食べるのやめて、一息つけや」

「麺が伸びでゃら美味《おい》しないやろ。スープも冷めるし。──『N－マン』はびょうなったんよ」

「結局、甲斐柱部長はエントリーせんかった。それで助かったんやけど、ブンは怒ってるやろな」

「出だかて一次予選、二次予選あたりはテレビびょ入らんやろ。きゃまへんやん」

「俺らやったら、準決勝までは行くはずや。そうなったらテレビ入る。下手《へた》したら決勝に残るかもしれんやないか」

「変な自信でゃけはあるんやなあ。じゅぐ落ちるかもしれへんのに。──じゅっ、じゅっ、じゅっ、じゅじゅじゅじゅじゅじゅじゅ……」

ゆう子はスープを飲み干すと、

「ああ、美味しかった。ごちそうさま。いつも悪いね」

「悪いと思たらタカッてくるな」

「ええやん。女の子におごるの、うれしいやろ」

「だれが『女の子』やねん。それにうれしいことなんかかけらもない」

「またまた……。あ、そや、あんたの野菜ラーメンまだ来てへんから、なんか頼まな店に悪いわ。なに頼もかな……」

「おまえの腹は底なしか。それに、店に悪いと思たら、先帰ってええで」

「それは悪いわ。せっかくこないして人生相談しにきてくれてるわけやから……」

「だれが人生相談してるねん。おまえが勝手にきいてきてるだけやないか。俺はなにも……おい、ひとの話聞け」

「すいませーん、『超特盛りちゃんぽん』お願いしまーす」

ラーメン店の店員が呆《あき》れ顔で、

「おねえちゃん、よう食うねえ。今度は全部載せやないんかい」

「もちろん全部載せで」

「うわあ。——店としてはありがたいけど、食べ過ぎちゃうか。身体のために、トッピングはちょっと減らしたほうがええんとちゃうかな」

「そやな。——ほな……全部載せから、えーと、海苔だけ抜いて」

ケンはカウンターから滑り落ちそうになった。そのとき、やっと野菜ラーメンのハーフが運ばれてきた。

「ほんで、ブンさんは怒ってしもてるんかいな」

「あれ以来、一遍も連絡とってない。何回か電話したけど通じんかった。それにツイストのネタでピンでえらいブレイクしてきてるし……もう、無理っぽいわ」

ケンは目のまえのラーメンを見ながら箸もつけず、またため息をついた。

「やっぱり解散かなあ。残念やなあ」

「しゃあないな。俺が悪いんや」

あれから二カ月。あのあと、ブンは急にピンの仕事を増やしはじめた。ケンのせいで漫才での活動が制限されていたので、ツッコミにもかかわらずもともとブンはピンでの露出のほうが多かった。それがさらにネタ作りに熱心に取り組み、新しいネタをどんどん開発しだしたのだ。そして、そのうちのひとつ、「ぶよよんツイスト」というネタがプチブレイクした。

なにをやってもツイスト
どんなときでもツイスト　ツイストオールナイイナイ

と振りをつけて歌ったあとで、たとえば、「スキーでツイスト!」と宣言し、ひとりミニコントに入る。

「スキー場は気持ちええなあ。よし、今日は俺のテクニック見せて、みんなをびっくりさせたろ」

エアでスキーのジャンプターンをやっているうちに、それがだんだんリズムに乗ってきて、最後には握り拳を前後に振り、足をくねらせ、腰をふりふりしながら、

スキーもいいけど
かっこいいのはやっぱりツイスト
ツイストオールナイナイナイ

なにをやろうと、最後にはツイストになってしまう。たったそれだけのネタなのだが、深夜の勝ち抜きネタ番組で披露した映像がYouTubeにアップされ、それが小学生にウケたのである。小太りのブンが素早い動きで猛烈なツイストを踊る様子が笑えるのである。あと、ツイストというシンプルなダンスが、ヒップホップやブレイクダンスに慣れた若者には新鮮だったようだ。小中学生が自分たちでも「ぶよよんツイスト」を踊る映像をアップしはじめ、ぼちぼち人気が広がりつつある。

ブンは、このリズムネタのおかげでピンの仕事がどっと増えた。今度はピン芸人日本一を決める大会にも出場するという。もし、そこで勝ち進めば、ピンの仕事はさら

に増えるだろう。今のところ、テレビも夜の深い時間の番組のオファーがあるだけだし、劇場も漫才に交じって箸休めのような出番しかないが、若手の登竜門的な小劇場「こしもとお笑い劇場」でのバラエティ枠にはかならず呼ばれている。そのあいだ、「くるぶよ」での漫才の仕事は皆無で、ケンのところに送られてきた会社からのスケジュールには、毎日のように「くるぶよ」の仕事が書き込まれていたが、その下に括弧して「ブンのみ」と注記があった。ケンには、ブンのツイストネタでのプチブレイクは、くるぶよの解散通告のように思えた。このあとテレビでの露出が増えていけば、もっと人気が上がるかもしれない。

「おまえがネタ書いてるからずっと我慢してきたけど、もうおまえはいらん。ぼくひとりでやっていける」

そういう宣言が、ツイストのリズムの後ろから聞こえてくるのだ。

「ラーメン伸びるで。私、食べたげるわ」

ゆう子は、ケンのラーメンをひったくり、勢いよく食べ始めた。文句を言う気力もなく、口のなかに吸い込まれていく麺をケンがぼんやり見つめているとき、携帯が鳴った。先輩の里見《さとみ》刑事からだ。無視していると、一旦止《や》んだがまた鳴り出した。

「出んでええの?」

一瞬でハーフラーメンを食べ終えたゆう子が言った。

「まさか、女の子から？　私に気ぃ使《つこ》てるんやったら、遠慮なく出てもろてええよ」

「おまえは彼女か。──里見さんからや」

「刑事課の？　そら、出たほうがええで。事件かもしらんやん」

「俺、今日、公休やで」

非番の場合は待機扱いなので呼び出しがあったら駆けつけなければならないが、公休はそうではない……はずだ。

「刑事に公休もくそもあるかいな！」

「女が『くそ』とか言うな」

「ええやん、べつに。──あんた、漫才も刑事も本気なんやろ。それやったら、公休とか非番とか言うてんとちゃんとしいや」

たしかに正論ではある。ケンはぶすっとして携帯を耳に当てた。

「はい……高山《たかやま》です。──えっ！　わかりました。すぐ行きます」

ケンの顔色が変わったのを見て、ゆう子が言った。

「どしたん？」

ケンは、ほかの客に聞こえない程度の小声で、

「上方テレビで殺しや」

「マジ？」

「殺されたのは……腹話術師の縦縞ボストン師匠や」

「えーっ！」

ゆう子が大声を出したので、まわりの客が彼女をにらんだ。ケンは立ち上がり、

「ほな行くわ」

「えっ？　わ、私も行く」

「交通課は関係ないやろ」

そのとき、ゆう子の目のまえに「超特盛りちゃんぽん」がどん！　と置かれた。

「こ、これ食べたら行くから」

「来んでええ」

ケンはすたすたと店から出ていった。

「あ！　なあ、ここの支払いしていってや！　私、お金ないねん。ちょっと……ちょっと！」

ゆう子は叫んだが、聞こえないのかわざとか、ケンは猛ダッシュで走り去った。

◇

タクシーを使おうかと思ったが、五十日《ごとび》でめちゃくちゃ道が混んでいたのでやめた。

上方テレビは、フジヤマテレビ系列の在阪局で、上本町《うえほんまち》に社屋がある。正面から入り、受付の女性に警察手帳を見せるとふたりいるうちのショートヘアの方が、

「しばらくお待ちください。——ただいま受付に難波警察署の高山一郎《いちろう》さまがおいでですが……わかりました。高山さま、奥のエレベーターで六階までお越しください」

事件が起きた直後だからか、受付女性の顔色も心なしか蒼《あお》ざめているように思えた。

セキュリティシステムが解除され、ケンこと高山一郎はエレベーターで六階に向かった。スタジオは三階、七階、九階にあり、六階には楽屋が集中している。

ドアが開くと、難波署の鑑識員数名が作業していた。顔見知りだったので、

「現場《げんじょう》は？」

「A－6楽屋です。ドアに『縦縞ボストン様』と張り紙がしてあります」

「府警本部は？」

「まだみたいですね」

高山が、教えられた方に行くと、楽屋のまえに里見刑事が立っていた。ずんぐりと丸いフォルムは信楽《しがらき》焼きの狸《たぬき》を連想させる。

「遅い」

「すんません。今日、公休だったので……」

「刑事に公休もくそもあるか」

どこかで聞いたような台詞だ。里見は声を低くして、

「津貝《つがい》が腹痛《はらいた》で早引けしよったんや。生牡蠣《なまがき》に当たったらしいわ。名前が貝のくせに牡蠣に当たるやなんて……」

くすくす笑ったが、殺人現場であることを思い出したのか、

「ま、そういうこっちゃ。あきらめてしっかりやれ」

高山は手袋をはめて楽屋に入った。あまり広くはない。小さなテーブルがひとつとパイプ椅子が四つ。テーブルにはペットボトルのお茶と紙コップが載っている。壁際には二連のロッカーがあり、そのひとつには「使用禁止」の張り紙がある。

まだ死体は部屋の中央にあり、医師による検案が行われている最中だった。左胸に傷があり、そこから大量に出血しているのがわかる。高山の所属する片筒《かたづつ》班の班長、片筒鉱太郎《こうたろう》警部補が医師の身体越しに死体を見下ろしていた。群を抜いて背が高く、鍛え抜いた筋肉が盛り上がっている。後ろに撫でつけた髪と口と顎のひげがハルク・ホーガンを思わせるというので、犯罪常習者からは「ハルクの旦那」と呼ばれているらしい。額も広く、目つきも鋭く、日に焼けた肌は褐色で、たしかにプロレスラーのような外見であるが、まったく融通のきかない性格なので、署内では片筒ならぬ「カタブツ」とあだ名されていた。

「班長、遅くなりました」

「おお、ボッコか」

ボッコちゃんというのは、高山につけられたニックネームで、没個性のことだ。

「被害者《がいしゃ》は縦縞ボストン、本名縦縞政和《まさかず》という腹話術師だ。知ってるか」

「あ、はい……いえ」

「どっちだ」

「名前を聞いたことがあるような気がします」

「私は知らんが、テレビ局に呼ばれるぐらいだからそれなりに有名なのだろうな」

「じゃないでしょうか」

医者が立ち上がり、

「だいたいわかりました。死因は心臓からの出血。おそらく即死です。凶器は果物ナイフみたいな刃物でしょうね。死亡推定時刻は、うーん……二時から二時半までのあいだかな。死後硬直も死斑もまだ出てないからね。血の広がり具合からして、殺されて間もないようですね。司法解剖が必要でしょう。——今から報告書書きます」

「お疲れさまでした。あの……先生」

「はい？」

「果物ナイフみたいな凶器というと、たとえばああいうやつですか」

片筒は死体のかたわらにある人形を指差した。ボストンの身体の左側の床にちょこんと座っている。その振り上げた右手には果物ナイフが握られており、刃にはべったりと血がついていた。

「そういうことですね」

医師はそれだけ言うと楽屋から出ていった。

高山は混乱した。その人形はたしかに、縦縞ボストンの相方「きゅん太くん」だった。茶色い髪、ぎょろりとした丸い目、つんとうえを向いた鼻、頬のそばかす……何度か見たことのあるあの人形に間違いなかった。その手にナイフがあるということは、まさか……。

「容疑者は特定できているんですか」

片筒は顔をしかめて、

「おまえの言おうとしていることはわかる。この人形が容疑者だと言いたいのだろう。もちろん、そんなはずはない」

「ですよね」

「だが、そうとしか思えない状況なのだ。腕時計が壊れて止まってる。死んだときに床に打ちつけて壊れたとすれば、死亡したのは二時五分ということになる。——詳しいことは里見にきけ」

高山が廊下へ出て里見刑事を探していると、携帯が震えた。仕事中なので無視するつもりで画面を見たら、発信人が「ブン」となっていた。高山はあわててトイレに入り、携帯を耳に当てた。

「――ブン?」

「ケン、ぼくや。今、ええか」

「ええ……こともないけど」

「よう聞いてや。一回しか言わへんで」

「…………」

「あれからぼくなりにいろいろ考えてみた。ピンネタでがんばってもみた。けど、やっぱり漫才は捨てられへん。きみとやりたいんや、漫才を」

「…………」

「最後のチャンスやと思う。ぼく、自分で『N－マン』の予選にエントリーした」

「えっ……?」

「それに出よう。きみが来るのを待ってる。もし、来てくれへんかったら、そのときはあきらめる。『くるぶよ』は解散や」

「…………」

「待ってるで。信じてる。もっかいやり直そうや、ふたりで」

「待ってるて……その予選、いつやねん」

「今日や」

◇

「今日の六時から、場所は『XYZホール』や」

「――今日？」

高山は時計を見た。今、三時半だ。ここからホールまでは三十分はかかる。五時半には出ないと間に合わないだろう。殺人事件である。それまでに片が付くとはとうてい考えられない。

「今日は……」

無理や、と言おうとしたとき、

「すぐ来てや。――ほなな」

と言って電話は切れた。高山が呆然《ぼうぜん》としていると、里見が入ってきた。

「ここにおったんか。カタブツがおまえに説明しとけて言うから探したやないか。早《はよ》うおまえのほうからききにこいや」

「すんません」

高山がトイレを出ようとすると、

「ちょっと待っとけ。せっかくトイレに来たんやから小便《しょんべん》するわ」

高山は、先輩刑事の小用をじっと待ち、連れだってトイレを出た。廊下の隅で、里見は言った。

「どうもみょうちきりんな事件やわ。俺にもようわからんのや」

今日の二時五分まえに、縦縞ボストンは上方テレビを訪れた。ふたりいる受付女性の片方が手もとのパソコンで来客スケジュールをチェックすると、ディレクターの牛《うし》浜《はま》と二時に打ち合わせの予定になっていたので、受付の女性は六階のA－6楽屋でお待ちください、と言うと、ボストンはにこやかにエレベーターに向かった。

つぎは、上方テレビ社員牛浜の証言である。彼は、「ドッキドキTV」というお笑い系バラエティ番組のチーフディレクターで、近々の放送回でボストンに腹話術をしてもらうつもりで、打ち合わせのために彼を呼んだのである。まだ、詳しい内容も決まっていないので、顔見せ的な漠然とした打ち合わせのつもりだった。八階にある制作局のデスクで仕事をしていると、受付から「縦縞ボストンさん、A－6楽屋に入られました」という電話があった。すぐに行くつもりで、二階にある喫茶部に「コーヒーを出しておいてくれ」と指示したが、その直後、制作会社からややこしい電話がかかってきて、それに応対しているうちにかなり時間がたってしまった。ようよう用件が片付いたのであわてて出ようとしたとき、喫茶部の女性から、

「ボストンさんの楽屋にコーヒーを持っていったんですが、なかから鍵がかかってて、入れません。ノックしても返事がありません。どうしたらいいですか」

という電話があった。

「わかった。ぼくが行くよ」

牛浜がエレベーターで六階に降り、A-6楽屋に着くとドアのまえで、ラップをかけたコーヒーを載せた盆を持っている喫茶部のウェイトレスが困惑顔で立っていた。

牛浜はドアをノックし、

「ボストンさん、牛浜です」

かなり大きな声で言ったが、なんの応答もない。ノブをがちゃがちゃしたり引っ張ったりしてみたが、たしかに鍵がかかっている。

「ボストンさん、寝てるんですか？　開けてください」

廊下に響くぐらいドアを強く叩《たた》いた。ほかの楽屋から、数人のタレントが顔を出し、また引っ込んだ。しかし、A-6楽屋からの返事はない。牛浜は肩をすくめ、

「鍵を取ってくるよ」

楽屋の鍵は、ふだんは総務局に保管されており、その楽屋を使用するタレントやマネージャーに渡され、本番中はADやマネージャーが持っていることが多いが、それとはべつに警備員室に合鍵がある。牛浜が警備員室に電話をかけ、しばらくするとや

ってきた警備員が合鍵でドアを開けた。途端に異臭がした。それが血の匂いだとわかったのは部屋の床にボストンが仰向《あおむ》けに横たわっており、身体の下に赤い液体が広がっているのを見たときだった。室内にはほかにだれもいなかった。鍵はテーブルのうえに置かれていた。そして……死体のすぐそばに、ナイフを持った「きゅん太くん」が座っていたのだ。

「密室で、しかも、人形が血の付いたナイフを持っていた、ということは……」

高山が言うと、

「お、おまえ、怖いこと言おうとしとるんやないやろな。そんなはずないがな。俺、まえにそういう映画観《み》たことあるんや。怖あて怖あて、しばらく夜中にトイレ行かれへんかったから、寮の窓開けて小便してたんや」

「『チャイルド・プレイ』ですか」

「いや、なんちゃらサイレンスゆう……」

「ああ、『デッド・サイレンス』。腹話術の人形が舌を切っていくやつ……」

「言うな！　思い出してもうたやないかあ……」

里見は震え声で言った。

「けど、人形が犯人やなかったら、だれがやったんでしょうか」

「そやなあ……」

里見は腕組みをし、目を閉じて、しばらく真剣に考えていたが、

「わからん」

そりゃそうだろう。

「殺人事件だとすると、犯人がこのフロアにいる可能性もありますね。そのあたりの対応は？」

「一応、状況がはっきりせんから、生放送以外の番組収録は待機状態にしてもろてる。出演者は、なるべく楽屋から出るな、という指示が局側からあったはずや」

「不審者の出入りは確認しましたか」

「受付からは来客の出入り、警備員室からは社員の出入りの記録を出してもろた。とくに怪しいもんはおらんゆうこっちゃ。一般人に観覧させる番組の録《と》りも、この時間帯にはないらしい」

つまり、犯人は社員か出演者のなかにいる、ということになる。人形が犯人でなければ、の話だが。

「念のため、受付と警備員室に話をききたいんですが」

「そやな。記録だけではわからんさかいな」

ふたりは一階に降り、まずは受付に向かった。さっき入館したときにもいた、ふたりの制服女性が座っていた。ひとりは肩まであるソバージュヘアの若い女性、もうひ

とりはショートヘアの三十代半ばぐらいの女性である。

「縦縞ボストンは、一時五十五分にここに来たんやね」

里見が言うと、ふたりともうなずいた。

「なにか変った様子はなかったかいな」

ふたりは黙っていたが、やがて若い方が、

「私が、制作局の牛浜ディレクターに、縦縞さんがお越しです、と電話しながらなにげなくエレベーターホールを見たら、そこにムーラン村井《むらい》さんが通りかかったんです」

「ムーラン村井?」

里見は聞いたことがないようだったが、高山はもちろん知っていた。ムーラン村井は、独特のグルメレポートで知られている関西ローカルのタレントである。

「ムーランさんも、今日、番組収録があったんです。でも、ムーランさんの姿を見ると、ボストンさんは見つからないように柱の陰に隠れたんです」

「ほう……」

「ムーランさんがエレベーターに乗って、ドアが閉まってから、ボストンさんはにやにや笑いながら柱の陰から出てきて、つぎのエレベーターを待っておられました。おふたり、喧嘩《けんか》でもしてるのかな……と思ったのを覚えてます。——ねえ」

ソバージュの受付がもうひとりに同意をうながすと、ショートヘアの受付は真っ青な顔で軽くうなずいた。

里見と高山はそのあと警備員室にも回ったが、とくに収穫はなかった。

「さっきの受付嬢の話にでてきたムーラン村井というタレントが気になりますね」

「ボストンが村井から隠れた件やな。それは俺もひっかかっとったんや。村井とボストンのあいだになんらかのトラブルがあった、と推測されるな。村井はボストンに腹を立てていた。もしかしたら貸した金を返さんかった、とかそういうことかもしれん。それで村井が……グサリ！」

「おかしいでしょう」

「なんや、おまえ、俺の名推理にケチつけるんか」

「ボストンが村井から逃げ回ってたとしたら、ボストンが村井を殺すんやったらまだわかります。なんで村井がボストンを殺すんですか」

「村井はボストンを殺したいほど恨んでた。それで、ボストンは村井を避けとったんとちゃうか」

「だとしても、放送局の楽屋で殺しますかね」

「うーん……これは本人にきくのが一番やな」

里見は、近くにいた局の社員をつかまえて、ムーラン村井のマネージャーに連絡をつけた。マネージャーによると、今はメイクルームにいるとのことだったので、ふたりはマネージャーの了解をとってそちらに向かった。村井はちょうど、メイクさんにドーランを塗ってもらっているところだった。

「ムーラン村井さんですね。難波署刑事課のものです」

里見が警察手帳を示した。村井は意気消沈した様子で、

「縦やんの件ですね。まだ、詳しゅうは聞いてないんやけど、刑事さんが来るということは、病気とかではないんやな。まさか……殺人ですか」

「まだ、そうと決まったわけではないんですが、可能性は大です」

「ひどい話や。一刻も早《はよ》う犯人を捕まえてください」

「わかっとります。そのためにも村井さんに協力してほしいんです」

「縦やんの仇《かたき》が討てるなら、なんでもしますわ」

「ありがとうございます。えーと……えーと……」

高山は、刑事としては出しゃばりたくなかったが、里見が口ごもったままなので、しかたなく言った。

「縦やん、と呼んでおられるところをみると被害者とはかなり親しかったんですか」

「そやねえ……歳《とし》が一緒やし、演芸場や営業で会うことも多かったから、自然と仲良うなったな。プライベートで飲みに行ったり、ゴルフしたりすることもあったわ」

「トラブルはありませんでしたか」

「あいつと？　ないない。そういうことは一切なかった。ちょっと言い合いしても、すぐに仲直りや」

「へえ……ということは」

高山がつぎの言葉を吐こうとすると、里見が割って入った。

「じつは、村井さんの姿を見て、ボストンさんが隠れた、ゆう場面を受付が目撃しとるんですけどな」

村井はきょとんとして、

「ここの局の受付ですか？」

「そや。それも、今日の話やで」

「さあ……なんでやろ。わっ！　て出てきて、ぼくを驚かそうとしたんかな」

「それはない。あんたがエレベーターに乗ってしまってから、柱の陰から出てきたらしいわ。完全にあんたを避けとったんや。——仲がええ、言うてたけど、ほんまは揉《も》めてたんやないんかな。——正直に言うてしもたほうがよろしいで」

ここぞとばかりに畳みかける里見に、

「正直に、て……ぼくが犯人やと疑われとるんかいな。そんなわけあるかい。ぼくはボストンの友達やで。殺すわけないがな」

「それはこっちが決めますねん。――トラブってましたんやろ。でないと、隠れるはずがない」

「いや……それはマジで心当たりないわ。ほんまや。今日、あいつがここに来てることも知らんかったし……」

里見は黙ってしまった。それ以上追及する弾《たま》がないらしい。またしても高山は口を開かざるをえなくなった。

「今日はどういうお仕事ですか」

「収録ですわ。『どやねん！』ゆう番組のグルメコーナーで、普段はロケやねんけど、今日は久しぶりにスタジオに呼ばれて……。自分のロケのV《ブイ》を観ながらしゃべるゆうやつ。もうすぐはじまるはずやったけど、ボストンの一件で当分待機らしいですわ。念のため、メイクだけでもしとこう思てね」

「一時五十五分から二時半ごろまでどこでなにをしておられましたか」

「アリバイかいな。楽屋でひとりでマンガ読んどった。マネージャーが、ボストンが死んだて言いにきたのが二時四十五分ぐらいかな」

「さぞかし驚きはったでしょうね」

「そらそや。ぼくの楽屋とは廊下の端と端やけど、同じフロアやし……今でも信じられへんわ」

村井はゆっくりと首を横に振った。あとでまた聴取するかもしれないので、勝手に帰らないでくださいと念を押してから、高山と里見がメイク室を辞そうとすると、

「あのな……ひとつだけ言いたいことあるんです」

「なんでしょう」

「先週会うたとき、あいつ、変なこと言うとったさかい、ちょっと気になってましたんや。居酒屋で飲んだとき、『最近、きゅん太がやたら俺に刃向うねん。ずっと気ぃつけてはおるんやけど、もしかしたらそのうち殺されるかもしらんから』……そんなこと言うてましたんや。精神的にその……来てたんかなあと思て」

高山は、先日本人から直接聞いたのを思い出したが、それをここでしゃべるわけにはいかない。

「どない思う？」

部屋を出てすぐに里見がきいた。

「俺は、どうも怪しいと思うけどな。村井は、ボストンがどういう状況で死んでたかは知らんはずなんや。それを、わざわざきゅん太のことを言い出すやなんて、人形に罪をなすりつけようとしとるんやないか？」

「まともな人間なら、『人形に罪をなすりつけ』ますかね」

「せやけど、村井の怪しさに変わりはないで。ボストンがあいつから逃げた、ゆうの

が証拠やないのか」

「少なくとも犯行時刻のアリバイはないわけですね」

ふたりがそんなことを話しながら楽屋に戻ってくると、すでに死体は運び出されたあとだった。ドアのまえの廊下で、片筒が頭の禿《は》げかけた中年男性としゃべっている。

里見が、高山にささやいた。

「あれが、第一発見者の牛浜ゆうディレクターや」

牛浜は片筒に食ってかかっている。

「ええかげんにしてや！」

見かけはしょぼくれたサラリーマンだが、口調は荒っぽい。

「いつまでも収録を延ばすわけにはいかんのや。そろそろはじめんと……東京からも有名タレントに何人も来てもろてるし、今日中に向こうに帰らなあかんひともおる。ギャラと交通費だけでもどれだけ高《たこ》うつくか……」

片筒は眉ひとつ動かさず、

「お気持ちはわかりますが殺人事件です。犯人がまだそのあたりにいるかもしれません。ご理解いただきたい」

「いや、これは殺人やないと思うわ」

「では、なんなのです」

「自殺や。間違いない」

「ほう……？」

片筒は興味をひかれたようだ。

「ご意見をうかがいましょう。どこか空いている部屋をお借りして……」

「ほな、そこのＢ－３楽屋が空いてますわ」

片筒は、高山たちに気づき、手招きした。

「おまえたちも聞かせてもらえ」

四人は空室に入り、椅子に座った。高山はメモを取り出した。

「なぜ自殺だと思われたのです」

「ボストンとぼくはけっこう長《なご》うて、あいつは独身やけど、家族ぐるみの付き合いや。はじめて知り合《お》うたのはぼくがまだＡＤのころやった。そのころからたいした腹話術師やったけど、そのあとどんどん腕を磨いていったんで、腹話術なんてなかなか今のテレビには出番がないけど、できるだけ機会を設けたつもりや。けど……ここんとこ何カ月か、あいつに会うたびに、きゅん太が言うことときかん、とか、きゅん太に殺されるかもしれん、もし、俺になにかあったら、きゅん太にやられたと思てくれ、とか……わけのわからんことを言いよるねん。もともと、人形に魂が宿るとか、俺は腹話術師やない、きゅん太が勝手にしゃべっとるだけや、とか言うてたけど、それは芸にのめりこむあまりの発言やと思てた。でも、最近はその傾向がひどなりすぎてた」

「それで……？」

片筒が先をうながすと、

「人形がひとを殺すわけないやろ。つまり、あいつは多重人格やったんや」

三人は顔を見合わせた。

「どういうことです」

「そういう話、聞いたことないか？　縦縞ボストンゆう人間のなかに、きゅん太という別の人格が生まれた。ボストンときゅん太は、身体はひとつやけど違う人間なんや。せやからあいつはずっと、腹話術やのうてきゅん太がしゃべってるんや、て言うとったんやな。最初のうちはそれでよかったんやろけど、いつからかボストンときゅん太のそりが合わんようになった。とくに、きゅん太がボストンを憎むようになったんやな。こいつを殺したい、殺したい、殺したる……その憎しみがだんだん大きゅうなって、とうとう……」

里見がたまらず、

「そんなアホな。なんぼ多重人格でも、身体はひとつだっせ。きゅん太がボストンを刺したら、自分も消滅してしまいますがな」

「それぐらい憎んでたゆうことやろ。ボストンが楽屋に入ってきゅん太をバッグから取り出したとき、きゅん太の人格が発動した。ドアに内側から鍵をかけて、ナイフでボストンを刺したんや。けど、傍《はた》から見てたら、ボストンが人形を抱えて、人形が持ってるナイフを自分の胸に突き刺した……つまり、自殺したように見えたやろな」

「………」

「ぼくが合鍵でなかに入ったとき、あの人形は笑《わろ》とった。いつも、口もとはかすかに笑とるけど、あのときその笑いが、俺には『ようやく思いを遂げた会心の笑み』みたいに見えたんや」

「ひいっ」

里見が情けない声を出した。片筒が、

「なるほど……検証するに足る意見ですな」

「意見ゆうか、これ以外に考えられんやろ。——人形が持ってたナイフ調べたんか」

「ええ」

「たぶん、ボストンの指紋しかついてなかったはずや」

「まあ……そうです」

捜査情報なので、片筒は言いにくそうにうなずいた。

「そやろ。ぼくは何遍もあいつの家に行ったことあるから知ってるんや。あの果物ナイフ、ボストンのとこで見たことあるねん。普通、放送局で打ち合わせするのに、ナイフ持ってくるか？　きゅん太がボストンに内緒でこっそりバッグに入れたに決まってる。ということは……自殺や。ほかに犯人はおらん。あいつが今日自分のナイフを持ってきてる、て知ってる人間はおらんやろからな」

　しばしの沈黙のすえ、片筒が言った。

「わかりました。内側から鍵がかかっていた密室であった状況や、最近の本人の言動、自分のナイフが使われていたことなどを考えあわせますと、自殺である可能性はかなり大きいと考えられます。亡くなってしまわれたので今さら精神鑑定をするわけにはいきませんが、ボストンさんが多重人格であったかどうかについて調べてみたいと思います」

「ほな、収録再開してもよろしいな」

　片筒は腕組みをして、

「もうすぐ府警本部が参ります。そこで確認を取ってから再開、ということにしてください」

「なんや、いちいち本部に許可を得んとなんもでけへんのかいな。所轄は情けないもんやな。ま、ぼくもサラリーマンやさかい、そのへんはわからんでもないけど、もっと気概を持って仕事せなあかんで」

　そのとき、高山の携帯が震えた。

「ちょっと失礼」

　彼は楽屋から出た。ブンからの留守電が入っていた。再生すると、

「ケンくん、なにしとんのや。もうじきはじまるで。ネタ合わせの時間が欲しいから、すぐに来てくれ。それともうぼくとやる気はないんか。——待ってます」

時計を見る。四時半だ。ネタ合わせと言われても、今、ここを離れるわけにはいかない。ケンはトイレに入り、おそるおそるブンに電話をかけた。

「ケンくん、今どこや」

開口一番、ブンはそう言った。まさか、殺人現場とは言えない。

「えーと……上本町の上方テレビの近くや」

「なにしてるん」

「ちょっと用事や。まだ片付かへん」

「急いでくれ。頼むわ」

「——ごめん。ネタ合わせは無理やわ」

「わかった。来る気はあるんやな」

「ある」

「ほな、ラーメン屋のネタでいこ。あれやったらネタ合わせせんでもなんとかなる」

「了解」

「上方テレビやったら、こないだ行ったわ。深夜番組のオーディションやったけど、緊張しすぎて落ちた。牛浜さんゆうディレクターに、ぼろかすに言われたわ」

その牛浜と今しゃべっていたところなのだ。

「ぼくの『ぶよよんツイスト』見て、動きがひどい、うちの嫁はんの作る人形のほうがずっとましや、て言われたけど、あとで聞いたら、そのひとの奥さん、めちゃくちゃ有名な芸術家らしいわ。人形作家ていうんかな、腹話術の人形とか操り人形とか作ってるひとで、一体が百万ぐらいするんやて」

え……？

「上方テレビのへんやったら、歩きと地下鉄の時間足してここまで三十分近くかかる。五時半には出んと、予選自体に間に合わんで。遅刻したら失格や」

「わかってる」

電話を切ると、ケンはすぐに片筒たちのいる楽屋に戻ろうとした。しかし、途中で気が変わった。彼は、ボストンが死んでいた楽屋に入ると、部屋のなかをいろいろ調べはじめた。続いて、鑑識員の許可を得てから、手袋をはめ、人形をチェックしだした。

（なるほどなあ……）

ケンはうなずくと、自分のバッグを持ってまたトイレに入り、スマホをネットにつ

ないでなにやら検索をはじめた。画面には、

人形師・泰子カウビーチのホームページへようこそ

という文字とともに、ロングヘアの女性の顔写真があった。その写真をじっと見ていると、

「どんな具合?」

後ろから声がかかったので、高山は跳び上がった。振り返ると、城崎ゆう子が立っていた。

「お、お、おまえ、ここでなにしとんねん!」

「なにしとんねんて、あんたが上方テレビで事件発生やて言うさかい、追いかけてきたんや。難波署のもんです、て言うたら、受付の子が入れてくれたで」

「おまえ、交通課やないか……ていうより、ここ、男子トイレやぞ」

「かまへんやん。固いこと言わんと」

「アホ! 見つかったら変態やと思われるぞ」

「そのときは、キャーッ! 痴漢! て叫ぶわ。ほな、自分が女子トイレと間違うたと思て出ていくやろ」

「ま、好きなようにせえ。それより、頼みがあるんや」

「なになに？」

ゆう子は顔を寄せてきた。しばらく話したあと、

「よっしゃ、まかしといて。なんとかするわ」

ゆう子が出て行ったあと、高山は個室に入ってバッグをあけ、ロングヘアのカツラを取り出した。それを装着しようとしたとき、ふと気づいたことがあった。彼は、もう一度スマホを出し、その画面をしげしげと眺めた。そして、トイレから出ると、エレベーターで一階に降りた。

◇

里見の携帯が鳴った。

「はい……ああ、高山か。なにしとんねん。遅いやないか。府警本部に連絡して、殺人やない可能性が大きなりました言うたら、結局、ぼくらだけで処理することになったんや。番組収録も再開する。早う戻ってこい。今どこや。――ウンコ？　そういうときはトイレて言え。え？　腹がめちゃくちゃ痛いさかい帰るやと？　ちょ、ちょっと待て。そんなこと……お、おい！」

　里見は太い息を吐き、

「高山のやつ、腹痛で我慢ならんゆうて帰りよりました。どないしましょ」

　そのとき、

「あのー……すんません」

　ドアが開いて入ってきたのはちりちりパーマの長い髪、レンズに渦巻き模様を描いた丸眼鏡、両頰にも渦巻きが描かれている男だった。

「な、な、なんや、きみは！」

　牛浜は叫んだが、

「おお、きみは『くるくるのケン』だったな。どうしてきみがここにいる？」

　片筒が言った。

「ネタ番組のオーディションがあったんで、ちょっと……」

　牛浜は首をかしげて、

「そんなん、今日あったかな……」

「そしたら、縦縞ボストン師匠が楽屋で亡くなったて聞いてびっくりして……。ボストン師匠とはかなり親しくさせてもろてましたんで、もしかしたらぼくもなんぞ役にたつんやないかと思て来てみたら、片筒さんが来てはるとは……」

　里見が目を三角にして、

「このフロアはまだ立ち入り禁止のはずやぞ。どうやって入ったんや。それに今、聴取の最中や。出ていかんかい」

片筒が彼を制して、

「まあまあ、彼はこれまでもいろいろと鋭い指摘で捜査を助けてくれた。意見があるなら聞こうじゃないか。——だいたいの状況は知っているのかね」

「はい。こちらの社員のかたに細かくうかがいました」

牛浜が顔をしかめて、

「だれや、ぺらぺらしゃべったやつは……」

ケンは牛浜に向かって、

「『ドッキドキTV』の牛浜さんですね」

「そや」

「ひとつだけききたいことあるんですけど、よろしいか」

「なんやと？　普段やったら、きみらクラスの芸人がぼくに質問するやなんてありえへんけどな……ま、ええわ。なんやねん」

「牛浜さんは『ドッキドキTV』の打ち合わせのためにボストン師匠を呼んだということでしたけど、なぜ楽屋に入れたんですか」

「——は？」

「今日が収録の番組ならともかく、まだ内容も決まってない顔見せ的な打ち合わせやったら、直接会議室とかに呼ぶんやないですか」

「楽屋で打ち合わせして悪いんかい」

「悪くはないですけど、ただ、なんでかなあ……と思いまして」

「うるさいやつやなあ。どこで打ち合わせしようと勝手やないか」

「ぼくが思たのは、もしかしたらボストン師匠は今日、打ち合わせやのうて、収録があったんとちがいますか」

「お、おまえ、なにを言い出すねん。チーフディレクターのぼくが打ち合わせやて言うてんねんから打ち合わせや。意味わからんわ」

「ここからはぼくの想像です。ヨタ話だと思って聞いてください」

「ぺえぺえ芸人のヨタ話に付き合うほど暇やないねん。失《う》せろ」

するど、片筒がドスのきいた声で、

「いや、黙って聞きたまえ」

にやりと笑ってケンは言った。

「ボストン師匠はたしかに以前から、自分の人形はすごい人形師が作ったもので魂が宿っているから、勝手にひとりでしゃべるんや、というようなことを言うておられましたが、それは裏を返せば、自分の芸がそれほど凄いんやという自負から来た言葉やったと思います。けど、ボストン師匠はここしばらく、いろんなひとに『人形に殺されるかもわからん』と言い触らしていたそうです。ぼくも聞きました。――でも、人形は人形です。ひとを殺すはずがない」

「せやから自殺やと……」

牛浜が言いかけたのにかぶせるように、

「ということは、ボストン師匠はわざと、自分が人形に殺されるかも……という印象を周囲に与えようとしていたんやないかと思うんです」

「なんのために」

片筒の問いに、ケンは確信に満ちた声で、

「――『ドッキリ』です」

牛浜が大声を出した。

「はあ？　なにを言うとるねん。ひとがひとり死んどるんやぞ。おまえ、しょうもないこと言うて、ボストンの死を茶化すつもりか！　ああん？」

しかし、片筒は言った。

「面白そうな話だな。続けて」

「はい。――ボストン師匠は、今日がドッキリ番組の収録や、と言われて、楽屋入りしたんやないかと思うんです。それは、『腹話術師が自分の人形にナイフで刺される』

というドッキリ企画でした。ボストン師匠は、番組担当者からの指示を受けて、しばらくまえからまわりに、人形が言うことをきかんようになってきた、おまえを殺すとか言い出して困る……とわざと言い触らしたんです。そうすることでターゲットがだまされやすくなるから、と言われたんでしょう。でも、そういう指示を出した人物は、べつの思惑がありました。それによって、ボストン師匠が多重人格やという説の信憑性《しんぴょうせい》が上がるわけです」

牛浜は両手を挙げて、

「ただのたわ言や。そんな番組、そもそも存在せえへん」

「そうですねん。ドッキリ番組は偽企画でした。番組担当者がボストン師匠をだましたわけですが、ボストン師匠は数少ないテレビ出演の機会やとはりきりました」

里見刑事が、

「だます側がボストンやとして、だまされるターゲットはだれやねん」

「おそらくムーラン村井さんでしょう。ボストン師匠は、仲のええ村井さんをだます、ゆうことで依頼を受けました。担当者はボストン師匠にこう言ったんやないですかね。楽屋でのあなたの行動を、別室で村井さんがこっそりモニタリングするドッキリ企画ゆうことで村井さんを呼んでいる。そこで、人形が持ったナイフであなたが刺されたら、きっと村井さんは、最近のあなたの言動を思い出して、死ぬほどびっくりするでしょう。そこでドッキリ大成功、と逆ドッキリにかけるんです……」

「想像、いや、妄想や。頭がおかしいんや」

　牛浜は言ったが、

「村井さんは、べつの番組『どやねん！』の収録に来ていたわけですが、一階でその姿を見かけたボストン師匠は、ドッキリ企画の存在を信じて疑わなかったことでしょう。ドッキリやから、収録まえに会うてしまっては企画がパーになります。それで、あわててボストン師匠は村井さんから隠れたわけです。もちろん、担当者は村井さんが収録のために局に来る日を選んで、ボストンさんに声をかけてますよね」

　牛浜は立ち上がると、

「その『担当者』ゆうのがぼくやというのやろ。でたらめや。だいたいナイフで自分を刺したら死ぬか大怪我《おおけが》するぐらいのことはボストンでもわかっとるはずや。それをわざわざやったということは、やっぱり自殺やないか」

「あなたはボストン師匠に、楽屋に入ったら内側から鍵を掛けてくれと言うたんとちがいますか。入ったところからもうモニタリングがはじまっているので、村井さんがダレないうちに早めにやってくれ、ナイフは刃の引っ込むおもちゃやから大丈夫、言うて安心させて、モニタールームの村井に見破られんように思い切ってグサッとやってくれ、でないとびっくりせえへん……とかなんとか言うたんでしょう。普段なら、思い切りグサッ……というのはためらうもんですけど、観客がおる、ということで芸人魂に火がついたボストン師匠は、言われた通り人形ごとナイフを胸に刺したんやと思います。もしかしたら、途中で喫茶部がコーヒーを運んできて、ドアをノックしたこともきっかけになったかもしれません。村井さんに見られているから、下手な応対をしてドッキリがバレたらおじゃんになると焦ったでしょう」

「どどどどこに証拠があるんや！」

牛浜はケンの胸ぐらをつかんだが、片筒がその手を捻《ね》じ曲げた。

「証拠やったら、お見せできると思いますよ。——現場へ行きましょか」

ケンを先頭に、四人はボストンが死んだ楽屋に向かった。

「さっき入って、見ておいたんです」

里見がまた、

「お、おまえ、素人が勝手なことを……だれもとがめへんかったんか」

「たまたまだれもいなかったんです。ほら……ここですわ」

ケンは、「使用禁止」の張り紙があるロッカーを開けると、最上段の狭いスペースを指差した。そこには隠しカメラが仕込まれていた。

「ここにカメラがあるから、これに映るように演技してほしい、と言って、ボストン師匠を信じ込ませたんですね。このカメラ、ケーブルがつながってませんよ」

牛浜は顔を歪《ゆが》めて、

「それがどないした。ぼくがやったという証拠ではないやろ」

「でも、偽のドッキリ企画があった、という証拠にはなりますね」

「いいや、テレビ局の楽屋のロッカーにカメラが置いてあるのに不思議はない」

「ほな、もうひとつあります」

ケンは、床に置かれたきゅん太を指差した。すでに凶器のナイフは手から取り外され、証拠品として持ち去られていた。

「ボストン師匠は、いくら親しくても、村井さんをドッキリにかけることに気が引けたんやと思います。なので、仕掛けをひとつ用意してはりました」

「仕掛けやと……？」

牛浜は、目を細めて人形をにらんだ。

「自分は床に倒れている。そこへ、別室でモニターを観ていた村井さんがあわててやってくる。合鍵でドアを開け、死体に駆け寄ると、隣にあった人形がしゃべりはじめる。これは、ボストン師匠の腹話術の種のひとつやと思うんですが……」

ケンは、きゅん太の首の後ろ側にあるスイッチを押した。

「はーい、ぼく、きゅん太やで。ムーラン村井くん、ごめんな。怒らんといてな。許してな。またゴルフ行こな。ドッキリ大成功。はははは……」

きゅん太に仕込まれていた高性能ICレコーダーが、ボストンの声を再生しはじめた。聞きながら牛浜は震えていたが、

「こ、これもドッキリ番組があった、いうことがわかるだけや。ぼくとは関係ない……」

片筒が牛浜に向かって、

「そうですかな。あなたは、八階のデスクで仕事をしているとき、受付からボストンが来たという連絡を受けたので、喫茶部にコーヒーを出すよう指示を出した。すぐに行くつもりだったのだが、制作会社からややこしい電話があり、その対応に時間がかかった……そうおっしゃいましたね。その制作会社はどこで、電話の相手の名前はなんですか。すぐに確認を取らせてもらいます」

牛浜は、がくりと肩を落とし、

「そうや……ぼくがやったんや。村井をだますドッキリ番組の収録や、言うて、ボストンを自殺させました。それまでにわざと、多重人格と思わせるような言動をさせました。ボストンの家から果物ナイフを持ち出して、おもちゃとすりかえました。全部、ぼくが仕込んだんですわ」

「自分の手を汚さないところが最低だな」

片筒が冷たい声音で言うと、牛浜はキッと顔を上げ、

「けど……ほんまに最低なんはボストンなんや！　あいつは……ぼくの家内と不倫しとったんや」

「人形師の泰子カウビーチさんですね」

ケンが言うと、牛浜はかすかにうなずき、

「家内とボストンは、人形師と人形遣いの関係で、いつも親しくしとった。けど……ぼくは見てしもたんや。家内がボストンと一緒にホテルから出てくるところをな……」

牛浜が吐き捨てるように言った。

「あなたはそのことを奥さんに言いましたか？」

「言えるわけないやろ。ぼくは家内を愛してる」

「ぼくは、ボストン師匠があなたの奥さんと不倫してたとは思いません。師匠は言うてました。きゅん太を作った人形師は、自分にとっては神さまか仏さまみたいな凄いひとや、と。神さまと不倫ができますか」

「ほな、ふたりがホテルから出てきたのはなんやったんや！」

「これとちゃいますか」

ケンは、スマホの画面を牛浜に示した。それは、ついさっき彼が撮った写真だった。

「これ……うちの受付の……」

「そうです。どことなく奥さんに似てはりませんか」

「たしかに似てるけど……髪型がまるっきりちがうやないか。この子はショートヘアやろ。家内は髪、長いで」

「このひとにたった今、思い切ってきいてみたんです。あなたは亡くなったボストン師匠と付き合ってはりましたか、て。答はイエスでした。バレると恥ずかしいので、ロングヘアのウィッグで変装してたそうです」

牛浜の両眼から涙があふれ出した。

「すまん、ボストン……」

◇

時計を見た。五時三十分ちょうどだ。ここから地下鉄の「谷町《たにまち》九丁目」の駅まで走り、谷町線に乗り、「谷町四丁目」で中央線に乗り換えて「森ノ宮」まで行き、そこからまた「XYZホール」まで走る。たぶん三十分近くかかるだろう。スマホで検索すると、

「なに……!」

人身事故で谷町線が止まっている。地下鉄は完全にアウトだ。と言って、「鶴橋」

まで走り、JRを使うには遠すぎる。だが、ケンには秘策があった。エレベーターで階下へ降り、テレビ局の表に出るとそこに城崎ゆう子が立っていた。

「パトカー、どこや」

ゆう子はかぶりを振った。

「おい、手配してくれて言うたやないか」

「ごめん。なんぼ交通課でも、私、今日、公休やろ。無理やったわ。タクで行って」

「アホーッ！　どないすんねん。道、めちゃくちゃ混んでてまるで動いてないやないか。緊急車両でないと間に合わんやろ」

「そうきゃんきゃん言わんとってえや」

「ああ……どないしたらええねん」

天を仰いだケンに、ゆう子が言った。

「走り」

「――え？」

「ここからホールまで走るんや。必死で駆けたら、なんとかなるかもしらんやろ」

「どう考えても無理やろ。俺、ボルトやないで」

「無理でも走り。ブンさん、ずっと待ってるんやろ」

「それはそうやけど……」

「こんなとこでグズグズ言うてる暇があったら……早行《はよ》き！」

そう言うと、ゆう子はケンの尻を思い切り叩いた。ケンは走り出した。途中で息が切れて何度も立ち止まりそうになったが、そのたびにブンの顔を思い出して走った。

（待ってろよ、ブン）

路《みち》行くひとを押しのけ、跳ねとばし、ケンは黒い風のように走った。缶ビールの自動販売機のまえで酒宴の、その宴席のまっただ中を駆け抜け、酒宴のひとたちを仰天させ、犬を蹴とばし、ドブを飛び越え、少しずつ沈んでゆく太陽の、十倍も早く走った。そして……。

やっと「ＸＹＺホール」のあるビルのまえに着いたのが五時五十五分だった。足がもつれて倒れそうだったが、ここでへばっている場合ではない。通用口から入り、エレベーターホールに向かうと、上のほうの階に止まったままなかなか降りてこない。ケンは非常階段を駆け上った。踊り場で腰が砕けそうだった。しかし、必死に足を動かした。最初は二段抜かしだったが、途中で一段抜かしになり、最後は普通に上がった。そして、とうとう六階に到着した。重い防火用扉を開けて劇場に入る。楽屋へ回ると、通路にブンが立っていた。

「ケンくん……！」

抱擁せんばかりに駆け寄ってくるのを押しとどめ、

「ブン、俺を殴れ。力いっぱいに頬を殴れ。おまえがもし俺を殴ってくれなかったら、俺はおまえと抱擁する資格さえないのだ」

　すると、ブンも言った。

「ケンくん、ぼくを殴れ。同じくらい音高くぼくを殴れ。ぼくはこの三日のあいだ、たった一度だけ、ちらときみを疑った」

「――メロス！」

「セリヌ……なんちゃらかんちゃら！」

　ふたりはひしと抱き合い、ゲラゲラ笑い合った。

「なんとか間に合うたな」

「ぎりぎりや。ケンくんが『N－マン』出る気になってくれてうれしいわ。――行くで」

　ふたりは舞台へ向かった。

第五話　漫才師大量消失事件

「ウケた……」

興奮を抑えきれぬケンが小声でそう言うと、

「ウケたなあ!」

ブンも満面の笑みで小さくガッツポーズをした。

ここは本町《ほんまち》にあるテンジンホール。お笑い新人グランプリ「N－マン」第二回戦のネタを終え、袖に引っ込んだところだ。彼らはすでに一回戦は突破しているが、その時点でおよそ四千組だった出場者が千組ほどになっている。二回戦ではそのなかから半数の約五百組がふるい落とされる。二回戦は全国の五会場で延べ十一回開催される。放送作家やテレビ局の芸能担当者など数名の審査員によって採点され、開催日の夜中に公式ホームページ上で「通過」か「敗退」が発表されるのだが、ふたりはすでにかなりの手応えを得ていた。たとえて言うなら、二回戦をお金を払って観覧に来るような客はよほどのお笑いファンだ。たとえて言うなら、高校野球が好きすぎて地方予選まで足を運ぶような、あるいは大相撲《おおずもう》を序ノ口の取り組みから見ているような、または宝塚《たからづか》歌劇の生徒を音楽学校に入学したときからチェックしているような（だんだんわかりにくくなってくる）マニアだと言っていい。彼らは、たいがいの漫才ではくすりとも笑わない。意地でも笑わない。そんなマニアたちがくるぶよの漫才ではかなり本気でウケていた。

「どやろ」

「どやろなあ」

楽屋へ戻る途中で、

「ほな、ぼくはここで」

そう言うと、ブンはピンの仕事のためにあわただしく去っていった。ケンもまた、楽屋でメイクを落としてからつぎの仕事……そう、刑事の仕事に向かわねばならない。

今日、ケンつまり高山一郎《たかやまいちろう》は非番ではない。「N－マン」の一回戦は、エントリーのときに希望日と希望会場を申請するシステムだが、希望通りになるとはかぎらないし、それがわかるのは一週間ほどまえだ。ブンが勝手にエントリーしていた一回戦と同様、二回戦は残念ながら勤務日だった。しかも、ケンの所属する片筒班《かたづつ》は今、事件を抱えていた。数日前、裏難波《うらなんば》にある絵本カフェ「ぐりとぐら」のシャッターに拳銃の弾丸が撃ち込まれたのだ。事件現場は難波署の管轄である。世俗のドンパチとはもっとも縁遠い「絵本カフェ」で発砲事件などちょっと考えられず、なんらかの「勘違い」であった可能性が強い。高山は、大阪の暴力団戸倉《とくら》組の事務所が近くにあり、戸倉組と敵対する暴力団白鞘《しらさや》組による襲撃ではないかと思っていた。なぜなら戸倉組の組長は戸倉具利《ともとし》という名前で表札にもそう書かれているが、それを「とぐら・ぐり」と思い込んだ白鞘組の若い衆が「ぐりとぐら」という絵本カフェの店名を見て、

「ここや！」

とばかりに発砲したのではないだろうか。だとすれば、組織犯罪対策本部と捜査四課が引き受けるべき案件である。しかし、白鞘組から「うちのアホがやった」という発表はもちろんなく（恥ずかしくて言えるわけがない）、明らかに暴力団の抗争とわかるまでは刑事課も対応せざるをえないのである。たぶん、やったやつは今ごろ大目玉を食らっているはずである。

現在、高山はその捜査中なのである。日本橋《にっぽんばし》の裏通りのアニメショップやメイド喫茶などを一軒一軒訪ね歩き、なにか銃声みたいなものを耳にしなかったかと聞き込みをしているのだ。聞き込みはたいていふたり一組で行われる。今日は朝から、先輩である里見《さとみ》巡査長と組まされ、面白くもない作業をこつこつと続けていた。

「よし、つぎはここや」

里見が指差したのは「カメイド」というメイド喫茶の看板だった。亀がエプロンを着てにっこり笑っているイラストが描かれている。

「亀のコスプレをしたメイドが迎えてくれるんや。イシガメ、クサガメ、ミドリガメ、スッポン……いろいろおるで」

「よう知ってはりますね」

「何遍か入ったことあるねん。管轄内の店はしっかりチェックするのが我々刑事の仕事やろ」

「はあ……」

高山は、ちらと腕時計を見た。そろそろ離脱しないと二回戦の出番に間に合わない。くるぶよは今日のDグループの五番目なので、三時四十五分には会場入りしていなければならない。予選の場所は本町だ。ここから三十分はみておく必要がある。

「里見さん」

「なんや」

「めっちゃ腹痛なってきたんで、トイレ行ってきていいですか」

「トイレやったら、メイド喫茶で借りたらええがな」

「女の子ばっかりの店でトイレ借りるの恥ずかしいんで……」

「はあ？　なに言うとんねん」

「あ……あ……痛い痛い。すんません、しばらくひとりで聞き込みしてください」

「どれぐらいかかるんや」

「えーと……たぶん一時間ぐらい」

「アホ！　なんぼほど待たす気や」

「それぐらいの腹痛なんです。あ……痛たたたた……ほな、さいならー」

「お、おい……待てや！　待ち合わせとかどないすんねん」

「また携帯鳴らします」

堺筋《さかいすじ》に出ると、タクシーを止め、テンジンホールへ急いだ。カツラや眼鏡《めがね》、衣装、メイク道具などを入れたバッグは事前にホール近くのロッカーに放り込んである。それを取り出し、トイレで着替え、メイクも済ませる。パーマのカツラと渦巻き模様の眼鏡を装着して、くるくるのケンに変身完了である。会場である二階に向かう。ブンがすでに衣装を着て、楽屋の外でスタンバッていた。

「どう？」

「まだCグループの途中や」

あまり押してくると捜査に戻れないが、二回戦は持ち時間が三分である。あっという間に出番が来る。ネタ合わせは昨夜十分にやった。あとは出番を待つだけだ。プログラムが進むにつれて、じわりじわりと緊張が高まってくる。

結成以来、テレビや賞レース、大きな劇場には出ない、というポリシーを貫いてきたふたりだったが、「Nーマン」一回戦を通過したことでケンの考え方も変わった。

こうなったら、どこまで行けるか試してやろう……そういう気持ちになったのだ。刑事の仕事と重なったとしても、万難を排して「N－マン」に出よう。落ちるまでは出続けよう。今、ケンはそう決意していた。四千名の参加者と競うのは、芸人として熱い手応えがある。しかし……。

（暴力団の発砲事件の聞き込みなんて、しょうもないからな……）

だれかが怪我《けが》をしたわけでも死んだわけでもない。絵本カフェにとってはいい迷惑だが、所詮はヤクザとヤクザの揉《も》めごとだ。事件が解決したとしても、たいした成果は上がらないだろう。府警の組織犯罪対策本部が喜ぶだけだ。自分が「刑事」という仕事に少し飽きてきている……ということをケンは認めざるをえなかった。

「――おまえみたいな金持ちのボンボンに、俺の気持ちがわかるか。どれだけ狭いとこに住んでたと思とんねん。一畳もないんやぞ」

「まるでトイレやなあ」

「そや。トイレに住んでたんや」

「トイレなんかに人間ひとり住めるかいな」

「ひとりやのうて家族で住んでたんや」

舞台では「格差社会」というコンビが熱演していた。ものすごくウケている。

「もうええわ。――ありがとうございました」

ネタを終えた「格差社会」が降りてきた。彼らはケンたちより少し先輩である。

「二回戦はチョロいな」

「つぎが問題や」

前後でそうしゃべりながら袖に入ってきて、先頭のほうがブンに肩を思い切りぶつけた。しかし、謝りもせずハケていった。

「なんや、あいつら」

ケンは舌打ちしたが、ブンは気にした様子もなく、

「ひとのことはほっとこ。今は自分らのことに集中や」

「けどなあ……」

ケンは、彼らの背中をにらみつけた。

「『格差社会』でした。最近、かなり注目されてるみたいやけど、そのあたりどう審査されるでしょうか。続きまして、エントリーナンバー2389、腰元《こしもと》興業所属、『くるぶよ』です。どうぞ!」

司会者の声にケンは我に返った。出囃子《でばやし》が鳴る。

「行こか」

「おう」

ふたりは舞台に飛び出していった。

◇

「ウケた……」

ケンが言うと、

「ウケたなあ！」

ブンもうなずいた。

「けど、最前列でものごっつい怖い顔してにらんでるおっさんおったやろ」

「おった。シーサーみたいな顔やったな」

「くすりとも笑わんかったな。ぜったい笑わんとこ、て決めてるんとちがうか」

「あのおっさん以外は大爆笑やったけどな」

つぎの稽古日を決めると、ブンはピンの営業のために楽屋に向かう途中で去っていった。ケンは楽屋でメイクを落とし、カツラと眼鏡を外し、衣装を着替えてバッグに入れる。いつもなら素顔を見られないようにトイレでやるのだが、出演者が多いせいかトイレの個室が一杯だったのだ。時間がない。急がないと里見刑事が爆発するだろう。高山はバッグをホール近くの駅のコインロッカーに入れ、スマホを取り出す。里見刑事からの着信履歴が十二回も並んでいた。ため息をついたとき、また着メロが鳴った。

「こらあ、おまえ、なにしとるんじゃ。どんだけ長い便所やねん。メイド喫茶四軒はしごしてしもたやないか。絶対経費で落ちへんから、この分、おまえ、出せよ！」

「はいはい、わかりました」

「今どこや」

「えーと、ここは……なんばCITYの地下のトイレです」

高山はでたらめを言った。

「とにかく早《は》よ来い！　一分以内に来い。——あ、メルモちゃん、そうそう、そのウルトラスーパー元気もりもりドリンクはぼくのやで。いつも頼んでるやつや。えへへへ……そやねん。アホな後輩でな、びしっと言うたってるねん。これ、愛の鞭《むち》ゆうやつや。ぼくもメルモちゃんの愛の鞭欲しいなあ。あははは……おい、高山。場所はさっきの店のもうひとつ西の筋にある『メイドありがとう』ゆう店や。わかったな」

なんだか楽しそうである。高山はタクシーを止めた。

（往復のタクシー代とメイド喫茶代……えらい出費やなあ……）

高山は財布を取り出し、中身を見た。

◇

その日の夜、十一時を回ったころに、「N－マン」の公式ホームページが更新された。難波警察署独身寮の自室で、ケンはパソコンの画面をスクロールした。「くるぶよ」の横に、「通過」の文字があった。

（よかった……）

通るだろうとは思っていたが、心配は心配だ。エントリー数四千組というが、その多くは素人《しろうと》で、話のタネに一度「N－マン」に出てみようという酔狂ものや、就職面接のときに「『N－マン』に出たことあります。一回戦で落ちましたけど……」と言いたいだけの学生、あこがれの漫才師たちと同じ舞台に立ちたいというお笑いマニアなどがひしめいている。しかし、ほとんどは一回戦で落ち、二回戦ともなるとプロばかりだ。なかには劇場やテレビで大活躍しているコンビもいる。そういうなかでの「通過」はうれしい。

（ここまで来たら……）

ケンは思った。三回戦も突破して、準決勝に駒を進めたい。いや、そうするしかない。準決勝ぐらいになるとカメラが入る。顔が映る。そうなったときにどう対処するか……今までのケンなら考え込んでしまったはずだが、今回はちがう。

(もう、どうなってもいい……)

そう思っている。行けるところまで行ってみよう。あとのことは考えない。そう決めたのだ。

問題は刑事の仕事である。三回戦は東京で三回、大阪で三回行われる。希望日と希望会場を申請できるのだが、そのとおりになるとは限らないし、突然、事件が起きて捜査本部設置などということになれば、捜査員は全員難波署の柔道場で雑魚寝《ざこね》だ。自室に戻るどころか、途中で抜け出すこともむずかしい。ケンは、事件だけは起きないでほしいと願ったが、えてしてそういうときこそ事件というのは起きるものだ、ということもケンは経験則から知っていた(だからこそ「事件」なのだ)。しかし、それがこんな形で起きようとはさすがに思いもしなかった。

◇

数日後、独身寮の自室のカウチに寝転がり、缶ビールを片手にテレビを観《み》ていた里見刑事は、「え?」とつぶやいて目を擦《こす》った。たまたまザッピングしているときに映ったものなので番組タイトルもわからないが、どうやらお笑い芸人のドキュメントのようだった。「格差社会」という漫才コンビを取り上げたもので、そのコンビは片方が京大理学部卒という高学歴なうえ、親が大金持ちで芸人を続けることに大反対している。そして彼の相方の親は多大な借金を踏み倒して現在失踪中だという。そんなコンビ間格差をネタにして笑いを取っているふたりが、漫才新人グランプリの「N－マン」に出場するというので番組が一回戦から密着取材しているのだ。お笑いは詳しくない里見だが、彼が目を止めたのは、二回戦の楽屋前廊下に設置された定点カメラの映像だった。「格差社会」のふたりが芸人でごった返す楽屋から出てくる場面で、あわててメイクを落としているひとりの男が映っていたのだ。

（こいつ……ボッコちゃんによう似とるなあ……）

ボッコちゃんというのは高山一郎のあだ名である。星新一《ほししんいち》とは関係なく、没個性であるところからきている。その男は、カメラがあることに気づいていないらしく、頬《ほ》っぺたをティッシュで一心に擦っている。そして、彼がちりちりパーマに手をかけた瞬間、画面が切り替わった。

（あれ、カツラゆうことやな。どこかで見たような……どこやったかなあ。テレビ……いやいや、ちがう。けど……まさか……あんな没個性なやつが漫才師やなんて……ありえへん。他人の空似やろ）

里見はポテトチップスを頬張り、四缶目のビールをぐびぐびと飲んだ。油と塩にま

みれた指先を舌で拭うと、

(そもそも警察官は副業禁止や。芸人と刑事は両立でけへん。アホらし。考えただけ損したわ)

そう思って立ち上がり、小便をしようとトイレに向かったとき、

(いや……「N－マン」は素人でも出場でけるはずや。あいつ、こっそり出場したんとちがうやろな。刑事がひとまえでアホ面さらして漫才するやなんて許されへん。もし、そうやったら、みんなのまえで怒鳴りつけたらなあかん。どうやったら調べられるやろ……)

里見のなかに刑事としての本能がビビッと頭をもたげた。彼はトイレに向かわず、パソコンの電源を入れた。そして、「N－マン　格差社会　二回戦」で検索し、結果を見た。

(十月七日、テンジンホールか……)

それは、彼が高山とともに拳銃発砲事件の聞き込みをしていた日である。

(やっぱり勘違いやったか。――待てよ……)

高山が聞き込みの途中で腹が痛いと言い出し、一時間も帰ってこなかったことを思い出したのだ。

(ないことはない……かもな)

今から高山の部屋を急襲して、直接質問してやろうかとも思ったが、それでは相手を警戒させることになるし、

（だいたい、あいつ、夜に部屋におったためしないからな……）

里見は「N－マン」公式ホームページで、その日、テンジンホールに出演していたコンビのリストを見た。しかし、全部で五十組もおり、どれがさっきの芸人が属しているコンビなのかわからない。そのあたりで里見の興味は急速に冷めた。彼はパソコンの電源を切ると、冷蔵庫を開け、もう一缶ビールを取り出した時点で、

（あれ……？　なにか忘れてるような気ぃするけど……ま、ええか）

プルトップをプシッと開けた途端、猛烈な勢いで尿意がぶり返し、里見は缶ビールを持ったままトイレにダッシュした。

◇

「めっさええ感じやん」

特製中華ランチを食べながら、城崎《しろさき》ゆう子《こ》が言った。「居夢貝楼《きょむかいろう》」の中華ランチは、普通のやつでさえ成人男性が持て余すほどの量がある。ましてや「特製」ともなるととんでもないボリュームである。直径四十センチの巨大な丸皿に鶏の唐揚げ、レモン

鶏、ニラ玉、中華ハム、海老《えび》天、肉団子、揚げ餃子《ギョーザ》、揚げ焼売《シューマイ》、酢豚、八宝菜、青椒《チンジャオ》肉絲《ロースー》……などがてんこ盛りになっており、それに大盛り焼き飯とスープがつく。しかも、ゆう子はべつにラーメンもプラスしているのだ。

「そうやな……まあまあかな」

高山が天津飯《テンシンハン》を食べながらそう言うと、

「なに言うてんの。『N－マン』初出場で三回戦まで行くやなんて、なかなか成績ええで。私も観覧に行くつもりやったけど、仕事とかぶってしもたんや。ごめんな」

「謝らんでええ」

というか、来てもらいたくない。

「でも、三回戦はぜったい観にいくわ。いつなん？」

「二十六日、テンジンホールやて。俺らはBグループやから出番は七時半頃やな」

「行く行く。ぜったい行く」

「いらんいらん。三分漫才するだけや」

「そのたった三分に賭ける熱い魂を観にいくねん」

なに言うとんねん、こいつ。

「三回戦ともなると五組に四組は落ちるからな。ここは一発、私がしっかり応援せんと。横断幕作っていこか？」

それが邪魔になるねん……という言葉が口まで出かかったが、ぐっとこらえた。なにしろゆう子には秘密を握られているのだ。臍《へそ》を曲げられて、ツイッターなどでぶちまけられたらたまったものではない。

「仕事は大丈夫なん？」

「集合は六時四十五分て聞いてる。なんも事件がなかったら、なんとかなるやろ」

一回戦、二回戦は昼間だが、三回戦以降は夜に開催されるのだ。このあたりになると人気漫才師ばかりになるので、客もぐっと増える。

「事件がないことを祈ってるわ」

ラーメンの汁を一滴残さず飲み干してから、ゆう子がそう言った。

「俺もや」

「けど、うれしいわ。あんたがそないして、漫才で上目指しだしたゆうのはええこっちゃ」

「そ、そうか……？」

「そらそやで。才能あるもん。一部のひとだけに聴かせとくのはもったいない」

「刑事としての才能はどうや」

ゆう子は焼き飯をものすごい勢いでかきこみながら、

「刑事に才能なんかいらん。足が丈夫で、単調な仕事を我慢できたらだれでもやれる」

「それは言い過ぎやろ」

そう言いつつも、たしかにそういうところはあると高山は思った。テレビの刑事ドラマのようなことは現実にはない。推理能力のある刑事が事件の真相をズバッと言い当てる、とか、一組の刑事コンビが裏社会を歩き回ってこつこつネタを集め、ついには巨悪を暴き出す……みたいなことはありえない。大阪府警という大きな組織に所属する刑事全員による、いや、全警察官による共同作業によってのみ事件は解決する。そのへんは企業と同じだ。ひとりの突出した才能だけでは大きなプロジェクトは動かない。結局、会社員は皆「駒」なのだ。そして、刑事も「駒」だ。ひとつひとつの駒が持ってきた情報を集積することでしか捜査は前進しない。そういう仕組みなのだ。

(それにくらべると……)

と高山は思った。

(芸人はいい。小さくてもそれぞれが一国一城の主《あるじ》だ。自分の手でネタを作り、それを自分で舞台にかける。スベッても、ウケても、客の反応は独り占めできる……)

そういう話をしようと思ったとき、ゆう子が言った。

「結局あれやな……」

「え？」

「ここのメニューのなかではこの特製ランチが一番得やな。値段は高いかもしれんけど、それぞれバラバラに頼むよりずっと安上がりや。お値打ち、ゆうやつやな」

　高山は呆《あき》れて、

「得ゆうたかて、払うのは俺やないか」

「そや。あんたが得するねん」

「俺は、安いほうが得になる」

「ちがう。私がより満足するほうが、あんたにとっても得やろ」

　わけのわからないことを言う。反論しようとしたとき、高山はゆう子の後ろの窓越しにたいへんなものを見てしまった。里見がこちらに向かってやってくるのだ。

「お、おい……俺、裏から出るから、あと頼むわ」

　高山は立ち上がるとテーブルから後ずさりしながら離れた。

「どないしたん、急に」

「里見さんがこっちに来てるんや」

「ちょっと！　支払いどうすんのよ！」

「おまえが食べたんやからおまえが払え」

「あんたが食べたもんもあるやんか」

　しかし、高山はそのまま裏口から出て行ってしまった。ほぼ入れ替わりのように里

見刑事が入ってきた。少し離れた席にどすんと腰を下ろすと、

「ネエちゃん、大盛りチャーシューメン」

大声で注文した。ゆう子は、見つかりたくなかったが、まだ残っていた焼き飯が惜しくて立ち上がれずにいた。すると、案の定、

「あれーっ？　そこにおるのは交通課の城崎巡査やないか」

見つかった。しかも、警官であることが周囲にバレバレだ。同じ警官なのにどうして気が回らないのだろう。がさつやなあ……。

「城崎巡査、そっち行ってええか」

うわー、最悪や。しかし、あかんとも言えない。

「ネエちゃん、こっちのテーブル移るさかい、チャーシューメンできたらここに持ってきて。頼むわ」

里見はお冷やだけを持ってゆう子の席にやってきた。

「なに食べとるん？　ああ、特製中華ランチか。ごっつい食欲やな。それにラーメンと天津飯まで……きみ、太るで」

ほっといて。それに、天津飯は高山が食べたのだ。お冷やがふたつあるのに気付かんか、こいつ。

「たしか、きみてお笑いに詳しいらしいな。交通課の春田《はるだ》巡査に聞いたわ」

春田夏子《なつこ》はゆう子の同期で、以前、しつこく言い寄ってきた里見を手ひどく振ったらしい。

「詳しいゆうほどやないですけど……」

「ちりちりのパーマかけた若手漫才師て知らんかな」

ドキッとした。

「さ、さあ……そんなひといっぱいいてますから」

「そやろなあ」

「なんでそんなこときはるんですか。捜査の関係ですか」

「そやないねん。ほら、うちの刑事課にボッコちゃん……高山ていてるやろ」

その高山が今の今までここで食事をしていたのだ。

「はあ……」

「きのうの夜、なにげなくテレビ見てたらな、『格差社会』ゆう漫才コンビのドキュメントがあって、『N－マン』の二回戦の楽屋風景がちらっと映ったんやけど、そこでメイク落としてるやつの顔が高山によう似とったんや」

ヤバっ……。その番組、一応録画しておいたのだがまだ観ていない……。

「へえ……でも、髪の毛パーマやったんでしょう？」

「そやけど、それを持ち上げるみたいな仕草しとったから、カツラちゃうかなあ」

ゆう子は内心の動揺を押し隠しながら、

「なに言うてはりますのん。刑事が漫才コンクールに出たりできませんよ」

「そうかて、『Nｰマン』は素人でもエントリーできるんやろ。我々に内緒でこっそりだれかと出たんかもしれへんがな」

「そんな非常識なひといてます？　刑事が漫才してるやなんてわかったら、犯罪者になめられますやん」

「そらそやけど、あいつはだいたい非常識なやつや。なにがあろうと定時で帰るし、だれが飲みに誘っても来たことない。刑事はつねに居場所をはっきりさせとかなあかんのに、夜も休みの日もどこにおるか皆目わからん。そや、こないだも聞き込み中に『腹が痛い』ゆうて一時間も帰ってこんかったんや。おかげでこっちはメイド喫茶のはしご……いや、それはともかく、もしかしたら漫才でもやってるんやないかと思てな」

「あはははは。なんぼ高山さんでもそこまでアホやないと思います。ちりちりパーマのカツラかぶって、渦巻き模様の眼鏡かけるやなんて……」

「まあ、そやな……え？　おい、今なんちゅうた。渦巻き模様の眼鏡てなんやねん」

しまった……！

「そんなんひとことも言うてへんぞ。おまえ、なにか知ってるんとちがうか」

ここはごまかすしかない。

「知りませんよ。なんかそういう恰好《かっこう》の若手漫才師おるなあ、て思って……そのひとのことか、て勝手に思っただけです」

「いや、怪しい。その漫才師、なんていう名前か言うてみい」

「えーと……なんやったかなあ。『N－マン』て、四千組もエントリーしてるんですよ。私もいちいち名前とか覚えてないし……」

そう言いながらゆう子は立ち上がり、

「あっ……！　思い出した！」

「漫才師の名前か？」

「いえ、私、一時に歯医者の予約入れてたんです。その歯医者さん怖い先生で、予約時間に一分一秒でも遅れたらめちゃめちゃ怒ってドリルできゅいんきゅいんゆうて脅しますねん。――すいません、あとよろしくお願いします。ほな失礼しまーす！」

適当なことをまくしたてて、ゆう子は出口へ走った。里見が椅子から腰を浮かせ、

「おい、こらあ、待たんかい！」

だれが待つかい。

「ここの支払い、どないすんねん！」

それが狙いや。

「おーい、明日、難波署で払《はろ》うてもらうからなーっ！　覚えとけよーっ」

あちゃー、その手があったか。しかし、途中で止まるわけにもいかず、ゆう子は「居夢貝楼」から飛び出した。

あとに残った里見が椅子に座り直すと、店員の女性がおずおずと近づき、

「お客さま……ほかのお客さまのご迷惑になりますので、あまり大きな声は……」

「わかってる！　それよりネエちゃん、チャーシューメンどないなっとんねん」

「あ、はい、ただいま……」

しばらくしてようやく運ばれてきたチャーシューメンを啜《すす》りながら、

（怪しい。どう考えても怪しい。あいつらグルかもわからんな。――それにしてもちりちりのパーマに渦巻き模様の眼鏡て、どこかで……）

その瞬間、里見は思い出した。

「あーっ！」

箸を取り落としたことにも気づかず絶叫した。

「お客さま、ほかのお客さまの……」

「やかましい！　大事なことなんや！」

「あまりお騒ぎになられると警察をお呼びすることになりますが……」

「俺が警察や！」

里見は、一段と声を張り上げながら、

（あいつや……あのガキや。こしもとお笑い劇場でびっくり太郎《たろう》ゆうピン芸人が首絞められたときにしゃしゃりでてきよったやつや。いや……そのあとも会うたことあるぞ。なんばキング座でスリムドッカンブラザーズのかたわれが殺されたときも、ついこないだ、腹話術師がテレビ局の楽屋で殺されたときもあいつがおったやないか）

里見は興奮のあまりチャーシューメンのかわりに紙ナプキンを箸でつまんで口に入れていることにも気が付かなかった。

「なにかある。これはなにかある」

そうつぶやきながら紙ナプキンを食べている警察官を、店員が気味悪そうに見つめていた。

◇

電話での会話である。

「えらいことしてしもた」

ゆう子が言った。

「えらいことしてくれたなあ」

高山が言った。

「ほんまにえらいことしてしもた」

「ほんまにえらいことしてくれたなあ」

「ほんまにほんまにえらいことしてしもた」

「ほんまにほんまに……おい、いつまで続けるねん」

ふたりは同時にため息をついた。

「けど、まだ完全にはバレてないと思うで。疑《うたご》うてる段階や」

「かなんなあ……やりにくいわ」

「なんとかうまいこと切り抜けて。私もなんかきかれたらごまかしとくし」

「うーん……」

「それはそうと三回戦、どないなん？」

「ああ、それはばっちりや。ネタ合わせもしっかりやってるし、ブンくんも俺も気合い十分や」

「なあ、あんた……今回の『N－マン』でもし準決勝ぐらいまで行ったら、もう警察辞めて、芸人に徹したらどない？　それやったら里見さんにバレたかてええやろ」

「おい、準決勝てどういうことや。俺は決勝目指してるで」

「面倒くさいわあ、あんた。そういうこと言うてるんとちがうやろ」

「とにかく今は目のまえの三回戦に集中するわ。これをクリアせんと、準決勝も決勝もないからな」

「そやね。その日のBグループって、ほかはだれがおるん？」

「えーと……『バツロケ』『おじさんおばさん』『テクノカット』『ポリ塩ビ』『サブロク』『まぐろ党』『働きアリ』『カピバラン・アルパカン』……」

「知らん名前ばっかりやな」

「俺もほとんど知らんのや」

「三回戦ぐらいになったら、かなりの有名どころでも落ちるんやで。なんでそんな、よう知らんコンビが残ってるんやろ」

「さあな……。あと『格差社会』もおるで」

「それは知ってる。こないだテレビで密着あったコンビやろ。あのあと録画してたん観たけど、あんたが映ってたのは一秒の半分ぐらいやったで。里見さん、ようわかったな。さすが刑事や」

「俺はよう知らんけど、金持ちのほうの澄川徹《すみかわとおる》ゆうやつ、とにかくめちゃくちゃ頭えらしい」

「密着番組でも言うとった。ほんまは東大でも楽勝で受かるて言われてたのに、東大卒やと客に引かれて芸人としてマイナスやからて京大にしたらしいわ。なんか腹立つやろ。京大のひとら怒ってるんちゃうかな」

「ネタもそいつが書いてるんやろな」

「もちろん。なんか、ものすごいメソッドに基づいて書いてるらしいわ。私にはまるで理解でけへんかったけど、数式がぶわーって並んどった」

「はあ？　漫才を数式で書くんか？」

「そやねんて。古今の名作漫才を全部分析して、絶対ウケる漫才の黄金方程式ゆうのを発見したんやて。開始何秒でこう笑わして、そのあと何秒後にこういうネタを放り込んで、こうやって展開して、最後はこう落とす……ゆうのをその方程式どおりに作ったら、かならずウケるらしいわ」

「分秒単位で決めてある漫才なんか、やりにくうてしゃあないやろ。その場その場の息と間でやるもんや。それに、最初に思いついたネタによってそのあとの展開はちがうやろ。毎回おんなじ方程式にはあてはめられんはずや」

「けど、本人はそう言うとった。——あんた、二回戦で『格差社会』のネタ、聞いたやろ。どやった？」

「——おもろかった」

「やっぱりな。相方の貧乏なほうのツッコミはどうなん？　塩沢《しおざわ》ゆう名前やったっけ。親の借金背負ってしもて、えらいことになってるらしいけど……」

「上手《うま》いな。あのコンビやったら三回戦通過の可能性もあるで」

「あんたとことおんなじグループやろ？　『くるぶよ』、危ないんとちがうか」

そうなのだ。危ないのだ。去年まで、三回戦は一、二回戦と同じく、審査員が点数をつけて、それがあるラインを越えたら通過、というシステムだった。だから、あるグループは全員落選とか、別のグループはほぼ全員通過、みたいなこともあった。つまり、実力だけの勝負だったのだが、今年からルールが変わった。点数がつけられるのは同じなのだが、一グループからの通過は三組まで、という規定がつけ加わった。全体のバランスをみるためらしい。準決勝に、あまりに大勢が残っていても困るし、あまりに少なくても困る、というわけだ。ということは、実力者ばかりが集まったグループがあると、ほかのグループなら通るかもしれないコンビも落ちてしまうことになる。もちろん、準決勝、決勝……と進むにつれ、最終的にはちゃんと淘汰《とうた》されるはずではあるが……。

「やっぱりひとつのグループで飛びぬけてめっちゃ上手いとこが一組おったら、あとに出るコンビはやりにくいんとちがう？」

「そらそうや。なんぼ上位三組に入ればええゆうたかて、あまりにめちゃウケするとこがあったらおたおたしてしもて、いつもの力が出されへんかもしれん。できれば、一緒に出るほかの漫才師は下手《へた》くそのほうがありがたいし、上手いとこも、スベってくれたら……とか思うわな。よそがウケへんかったら、その分自分とこがウケたように見えるし、審査員の心証もええ。通過する確率も上がる……と思うのは人情やろ。ほんまは実力があるもんは通る、ないもんは落ちる……それだけやねんけどな」

「なるほどなあ」

「まあ、だれと同じグループでもうちは大丈夫や……と言いたいけど、これぱっかりは時の運や。全力でやるだけや」

「対戦相手のこともちょっとはリサーチしといたほうがええで。ビデオでネタを観とくとか……」

「アホか。受験勉強やあるまいし、そんな小賢《こざか》しいことできるかい。相手に合わせてこっちのネタ変える、ゆうんか?」

「そやないけど……まあ、がんばり」

電話は切れた。ケンはしばらく考えていたが、

「一理あるな……」

とつぶやいた。敵を知りおのれを知れば百戦危うからず、という。相手の手の内を知ろうとするのは決して恥ずかしいことではない……ということにしておこう。彼はまず、「格差社会」の密着番組のビデオを観た。金持ちで学歴が高いことを売りにしている漫才師はけっこういるが、ボケの澄川徹の親は大企業「澄川電器産業」の会長

で、本人も京大の理学部を首席で卒業したらしく、雑学に詳しい程度ではなくて本当に頭がいいようだ。彼によると、古今の「面白い漫才」のほとんどはある一定の法則に基づいて作られているらしい。その法則について黒板に数式を延々と書き連ねて説明していたが、ケンにはさっぱり理解できなかった。ただ、澄川の書く漫才は、一本が百から二百のパーツに分解される。パーツのひとつひとつには意味と役割があり、たがいに関連しあっている。それらは「法則」どおりの順番に並べられ、ひとつひとつの時間も決められている。作品をパーツに分けるのは、芝居や映画の脚本の手法にもあるが……。

（そんなやりかたで「笑い」が作れるか）

ケンは反感を覚えた。「笑い」とは計算を超えたものだと思うし、そうであってほしいとも思う。また、漫才師はロボットではない。しかし、実際に彼らのネタを観て、すごく面白かったたし、客にもウケまくっていたのは事実である。もやもやする気持ちを抱えながら、ケンは続いて、ほかのBグループ出場者のネタもチェックした。今はたいがいの漫才師をYouTubeで観ることができる。よほどマイナーなコンビでも、どこかのだれかが映像をアップしている。ほとんどテレビに出たことのない「くるぶよ」ですら、どこかのスーパーの営業のときの映像をはじめ何本かが載っていた。驚いたのはこないだの二回戦のときの映像もあったことで、客席からスマホで撮られたものようだ。そして、幸いかどうかわからないが、「バッロケ」「おじさんおばさん」「テクノカット」……といったBグループ出場者たちの映像もあった。同じく、二回戦のときのものだ。もちろん建前上は撮影・録音禁止ということになっているが、スマホでの隠し撮りは防ぎようがないし、有名どころならともかく、無数といっていいぐらいいる若手たちの動画を会社もいちいちチェックしていられない。野放し状態と言っていい。

（ふーん……）

ケンは眉根を寄せた。まったく眼中になかった彼らの漫才だが、

（おもろい……）

たしかに三回戦に勝ち上がってくるだけのことはある。技術的にはまだ未熟なところはあるが、とにかくどのコンビもネタがよくできている。

（これは……まずいな……）

ようやくケンにも、状況が呑《の》み込めてきた。

（点数をクリアしたうえでこいつらのなかで三位までにならなあかんのか……）

三回戦はよほど気合いを入れないと通過するのは難しそうだ。だが、順番に観ていくにつれ、ひとつの疑問が頭のなかに湧き上がってきた。

（いや……まさか、そんなことが……）

ケンはすべての漫才をもう一度最初から観ることにした。

◇

そして、とうとう三回戦の当日となった。高山はひたすら、

(今日、事件が起こりませんように……)

と神や仏に祈り続けていた。その甲斐《かい》あってか、難波署管内ではとりたてて急を要する緊急案件もなく、平穏無事であった。高山は朝から相変わらず「『ぐりとぐら』発砲事件」の聞き込みに出ていた。相棒は津貝《つがい》刑事である。会話に「ガキ」というフレーズをやたら挟み込むので、「ガキの津貝」と呼ばれている、これまた鬱陶しい先輩だったが、里見刑事でないだけまし……そう思うしかなかった。

「よし、つぎはこのガキや」

津貝は一軒の古い電子部品屋を指差した。絵本カフェの周辺ではほとんど収穫がなかったので、すでに捜査範囲は日本橋の南の端にまで及んでいた。このあたりはもう浪速《なにわ》警察の管轄である。

「邪魔するで」

なかに入ると店番をしていた中年男に警察手帳を示し、

「難波署のもんや。こないだ裏難波のカフェのシャッターに弾丸ぶちこまれたの知っとるな」

てっぺんが禿《は》げた白髪の男は読んでいたスポーツ新聞から顔を上げ、のろのろと立ち上がった。

「ああ、小耳に挟んだわ」

このあたりは昔からちょいちょい抗争があるので、古くからある店の主たちは皆、そういう動向には詳しかった。

「それに関してなんぞ見聞きしたことないか？ 白鞘組のしわざやないか、ていう話もあるんやけど」

「さあ……ほんまかどうかようわからんけど、近頃、白鞘組は縄張りを戸倉組に取られるんやないかと戦々恐々で、アホのチンピラが勇み足した、ゆう噂《うわさ》は聞いたで」

「なんやと？ それほんまか。そのチンピラのガキの名前、知ってるか」

「えーと……丸本《まるもと》とかいうやつや。アホすぎて組でももてあましとるらしい。アホ本ゆうあだ名の……知ってるやろ」

「わしらは刑事課やからヤクザのガキには詳しいないのや」

「なんでマル暴が来んのや」

「向こうは向こうで動いとるが、まだヤクザの抗争とは決まってない。そいつが犯人てはっきりすれば、わしらは手を引ける」

「ほほう、お役御免ゆうことか」

「そういうこっちゃ。そのアホ本ゆうガキがやったて、だれから聞いたんや」

「ただの噂やからな。けど、白鞘組の事務所に乗り込んで、アホ本締め上げたら一発で吐くんとちがうか」

「証拠もないのに、そこまではむずかしいな。――おおきに、よう教えてくれた。またなにかあったら頼むわ」

ふたりは店を出た。高山は腕時計をちら見する。五時だ。

「そろそろ署に戻りますか」

「いや、このまま白鞘組の事務所に行こ」

まえを歩く津貝に声をかけると、

「――えっ？　今、それはむずかしいて……」

「と思たんやけどな、せっかくのネタや。マル暴に持っていかれるのも癪《しゃく》やないか。うまいことといったらわしらだけで挙げられるかもしれん」

「令状もないのに？」

「世間話しにいくだけやがな」

困った。今からそんなところへ行っていたら、間に合わなくなる。といって、組事務所に津貝だけで行かせるわけにもいかない。

「なに下向いとんねん。行くで」

「あの……せめて片筒さんに連絡してからのほうが……」

「アホ。そんなこと言うたら、あのカタブツのこっちゃ、情報の共有とか言い出して、マル暴に報《しら》せるやろ。そうなったらおじゃんやないか。ここは流れで、わしらがふらっと行ったらええねん」

「トラブルになるかもしれませんよ」

「なんや、おまえ、ビビッてるんか。ヤクザが怖いんか」

そうではない。時間がないのだ。しかし、それは口に出せず、山田は津貝に引きずられるような恰好で白鞘組の大阪事務所に向かうことになった。

（しゃあない。なんかあって長引きそうやったら、また腹痛起こしたろ……）

だが、状況は高山に微笑《ほほえ》んだ。

「なんじゃい、警察か。見慣れん顔やのう」

チャイムを押すと、丸坊主に口髭《くちひげ》、アロハシャツに数珠《じゅず》をかけた男が応対に出た。

「難波署の刑事課や」

「刑事課がなにしにきたんじゃ。それに、なんで難波署やねん」

「どこが来ようとかまへんやろ」

「令状あるんかい」

「令状はない。――丸本ゆう若いガキがおるやろ。ちょっと顔出させてくれ」

男の顔がぴくりと動いた。

「アホ本か。あいつは……おらん」

「嘘《うそ》をつけ」

「ほんまや。アホなことばっかりしよるから、若頭がしばらく謹慎せえ！　て怒りはったんや。ほな、事務所の奥の部屋で一日中テレビ観とったから、これでええわと思てたら、今日の昼頃から姿が見えんようになった。わしらも探しとるんや」

高山には、男が嘘をついているようには見えなかった。

「なんやったら家探《やさが》ししてもろてもええで。令状のうてもかまへん」

「ふーん、どうやらおらんのはほんまらしいな。そのガキ、戻ってきたら、知らせてくれよ。刑事課の津貝や」

「ああ、わかった。――ほんまの話、あいつは警察に捕まえてもろたほうがええねん。わしらも安心できる」

男は真顔で言った。

事務所を出たとき、津貝の携帯が鳴った。

「おお、里見か。なんや。――え？　高山？　おるで、横に。おお、今日はずっと一緒やった。替わろか？　いらんのか」

津貝は携帯をポケットにしまいながら、

「なんじゃ、あいつ。おまえが横におるて聞いて、おかしいなあ、そんなはずないんやが……て抜かしよった。おまえ、あいつになんぞしたんか？」

里見は、今日が「くるぶよ」の三回戦の日だと知り、高山がちゃんと聞き込みをしているかどうか確認の電話をかけてきたのだろう。危ねー。

「さあ……里見さんは最近おかしいですねえ。妙に疑り深くなって……」

「そうなんか。あいつもそろそろええ嫁はん見つけたほうがええな。俺の妹が独身なんやけど、どやろなあ。顔はそこそこやけど気立てはええで。里見も顔はそこそこやから、ちょうど釣り合い取れると思うねんけど、おまえ、どう思う？」

知らんがな……と内心でツッコミつつ、時計を見る。六時二十五分。こらいかん。

「あちゃーっ！」

高山は叫んだ。

「どないした」

「えらいこと思い出しました。ここで失礼します」

高山は路上で身を翻すと、上り坂を駆け出した。あっけにとられた津貝が、

「なんや。なにを思い出したんや」

「えーと……アレです」

高山は走りながら、

「アレてなんや！」

「えーとえーと……そう、腹痛です！」

津貝の姿が見えなくなるまで猛ダッシュすると、高山はタクシーをとめた。

◇

テンジンホールの裏手に到着したのは六時四十五分ぴったりだった。小さな公園があり、それを横切るのが近道なのだ。すでに、あたりは暗い。集合場所はホール三階の楽屋だ。急がねばならない。もう少し早く着くつもりだったのだが、途中で駅のロッカーから荷物を出し、トイレで着替えていた分だけ遅くなったのだ。いくら時間がなくても、もう楽屋で着替える愚は犯せない。どこに隠しカメラがあるかわかったものではないからだ。

（――あれ？）

公園に入ったケンは、一番端のベンチに数人の男が座って缶コーヒーを飲んでいるのを見かけた。立ち止まって、じっと見つめるが、暗くてよくわからない。

（いや……そんなはずはないな。人違いやろ）

そんなことはどうでもいい。自分が遅れそう……というか、すでに遅れているのだ。ケンはそのままダッシュで公園を抜け、ホールの裏口に駆け込んだ。じりじりしてエレベーターを待ち、三階へ向かう。

「すまん。ちょっと遅れたな。でも、ギリセーフやろ」

エレベーターの扉が開いた瞬間に飛び出して、楽屋まえの廊下に立っていたブンに声をかけた。時計は、三分遅れの六時四十八分を示していた。

「いや……」

ブンはかぶりを振った。

「え？　アウトか？」

「そやない。ギリセーフどころか、余裕でセーフやねん」

「どういうことや」

「それがやな……」

ブンは声をひそめて、

「Bグループ、ぼくら入れてまだ二組しか来てないねん」

わけがわからない。もう集合時間は過ぎているのだ。

「このままやったら、あとの組は棄権ゆうことになるらしいわ。というても、来てる二組が合格するとはかぎらんけど」

一グループの通過は三組まで、というのは、三組は合格させるという意味ではない。点数が低ければ落ちてしまう。しかし、合格する確率はぐっと上がるが……。

「なんで来てないねん」

「わからんのや。事務局も怒ってるわ。会社のマネージャーもずっと電話かけてるけど、だれともつながらんらしい」

そう言えば、今日のBグループは全員が腰元興業所属のコンビなのだ。ケンは、

（事件か……？）

反射的にそう思った。漫才師大量消失事件……かなりおもしろそうなタイトルだが。

「どうなるんやろ」

「さあ……まあ、とりあえず楽屋で待機しとこ。Bグループの出番は七時半からや。それまでには来るんとちがうか」

ふたりが楽屋に入ると、椅子に座ったふたりの男がこちらをじろりと見た。「格差社会」だ。

「おはようございます」

ケンが挨拶すると、

「なんや、来たんか」

澄川徹が鼻を鳴らした。

「おまえが来んかったら、俺らの独り勝ちやったのにな」

ムッとしたが、向こうのほうが先輩なのである。

「ほかのひとらは遅いですね」

「そやなあ。『N－マン』に遅刻するやなんて、欲のない連中やな」

「一組か二組ならともかく八組もやなんて、なにか事故やないでしょうか」

「事故？　ちゃうちゃう。どうせしょうもない理由やろ。あいつら、『N－マン』をなめとんねん」

「どうなるんでしょうか」

「知らん。俺、主催者やないからな。えらいさんが決めるんとちゃうか。ま、相手が九組でもおまえら一組でも、どうせ俺らがトップ通過やからどっちでもええねんけどな。おまえらも、わしらに一対一でボコボコにされるの嫌やったら、棄権してもええねんぞ。――なあ、塩沢」

「お、おう……そやな」

彼が声をかけると、相方はきょときょとしながら、

「聞いてるんかい」

「お、おう……」

「頼りないやっちゃな。今日が俺らの正念場やねんぞ。わかっとるんか」

「わかってる……」

澄川はこちらに向き直り、

「おまえらもどうせカスみたいなネタなんやろ。やるだけ時間の無駄やぞ」

ケンは澄川に近づき、

「やってみんとわかりませんよ。それに俺は方程式で笑いが作れるとは思てません」

「あの番組見たんか。ははは……それでビビッとんねんな」

「ビビッてなんかいません。というか我々、兄さんたちは眼中にないんでね」

「な、なんやと！」

澄川が立ち上がった。ブンがあわてて、

「本番まえやぞ。やめとけて」

ケンはやめなかった。

「兄さんたちが通過しようが失格しようが関係ない。俺たちが気にしてるのは決勝戦の相手だけやけど、それがあなたたちやないことはたしかです」

「こいつ……後輩のくせに生意気やぞ」

「喧嘩《けんか》売ってきたのはそっちやろ」

そのときドアが開き、事務局長で腰元興業の社員でもある伊丹毅夫《いたみたけお》が入ってきた。

うしろに数名のスタッフを引き連れている。

「どないなっとんねん！　まだ来てへんのか！」

ブンが、

「うちは揃《そろ》いました」

「これでようやく二組か。一グループで八組欠席て……わけわからん。――定岡《さだおか》！」

「はいっ」

若いマネージャーが大きな返事をした。

「電話に出えへんのか」

「全員、切ってるみたいですわ」

「うう……どうしようもないな」

伊丹は壁掛け時計に目をやり、

「七時十五分か……。あと十五分やな。Ｃグループの集まりはどや」

スタッフのひとりが、

「まだ、ぽつぽつです」

「ふーん、入れ替えるわけにもいかんな」

「Ｂグループだけ後日に改めて、ということにしましょうか」

「アホ！　これまでも正当な理由なく集合時間に来んかった場合は失格にしとったや

ないか。人数が多いゆうだけで特別扱いするのはおかしいやろ」

「そ、そうですね。そうですよねえ」

「よし、七時半まで待と。Bグループの開始時間を十五分遅らせて七時四十五分にする。そう発表せえ」

「理由はどうしましょ」

「機材トラブルやて言うとけ」

しばらくすると館内アナウンスで、機材故障のため、Bグループの開始時間を七時四十五分にする旨が告げられた。しかし、本来の開始時間の七時半を過ぎてもだれも来る気配がない。伊丹は苦虫を嚙《か》み潰したような顔で、

「集合時間を四十五分もオーバーした。八組は失格。Cグループは来とるか」

「全員集まって、廊下に待たせてます」

「七時四十五分から『格差社会』と『くるぶよ』の二組がやったあと、十分ほど休憩を取って、Cグループは予定通り八時からスタートする。それでええな」

これで八組の失格は確定したわけである。

「あの……話がややこしくなると思て黙ってたんですけど、みんなの居場所、思い当たることがあるんですが……」

「格差社会」の澄川が伊丹に言った。

「なんや」

「もしかしたらテムジンホールやないでしょうか」

「テムジンホール？　美章園《びしょうえん》のジンギス汗《カン》記念館にあるテムジンホールか？」

「去年まで、三回戦はずっとそこやったから、間違えてるんとちがいますか。メンバーのなかに、『テクノカット』のテク男《お》ゆう、めちゃくちゃ方向音痴のくせに仕切りたがるアホなやつがおるんで、心配してたんです」

「なんやと……？」

伊丹は目を剝《む》き、マネージャーに向かって顎をしゃくった。マネージャーはあわてて携帯で電話をかけはじめた。

「あ、わたくし、腰元興業の……はいはい、そうです。もしかしたらそちらにうちの芸人が間違ってうかがってませんか。あ……ああ、そうですか。わかりました、すいません。もしですね、そういうやつが来たら、現場はテンジンホールだと、そう伝えてもらえますか。ははは……そうなんですわ。今日、『N-マン』の三回戦で……来てないやつがかなりいとるんです。はい……はい……また、よろしく」

電話を切るとマネージャーは伊丹に言った。

「向こうは『Lサイズの腹』ゆうミュージカルを上演しとる最中で、今のところだれも来てないらしいですわ」

「看板見て間違いに気づいてこっちに向かう最中やろ。これだけ大勢がいっぺんに間違うゆうのは、それにちがいないわ。テムジンとテンジンか、無理ないけどな」

「着いたらどないします？」

「どやしつけて放り出せ。会社に迷惑かけさらしよって……ええクスリじゃ」

伊丹は吐き捨てるようにそう言った。

「けど、六時四十五分にテムジンホールを出てたら、タクやったらとうにこっちに着いてるんとちがいますか」

別のスタッフが言った。

「そやなあ……ちょっと遅すぎるなあ」

伊丹がさすがに心配そうな声を出したとき、

「すんませーん！」

「遅うなりましたっ」

「うわー、えらいことした。失格やがな」

「大恥かいてしもたわ」

どやどやと入ってきたのはBグループのほかのメンバーたちだった。伊丹は彼らのまえに立ちはだかって、

「おまえら、どこ行っとったんじゃ。全員失格に決まったから、もう帰ってええぞ」

「そんな殺生な。やる気まんまんでしたのに……なんとかなりまへんか」

先頭にいたテクノカットにサングラスをかけた若い男が言った。先日、YouTubeで見たからわかる。「テクノカット」のテク男だ。

「知るか！　謝るんやったらわしやのうて客に謝れ。入場料払《はろ》て観にきとるんや。おまえらのネタも入場料のうちやないか。それを八組も……」

「すんません。じつは俺ら……」

「言い訳は聞きたあない。なんで電話に出んかったんや」

「焦ってたもんで気ぃつきませんでした」

伊丹はその男をにらみつけ、

「おまえがテク男やな。わかっとんねん。間違《まちご》うてテムジンホールに行っとったんやろ、このボケが！　今年から場所変わっとんじゃ。プロなら、よう確認せんかい、ドアホ！　おまえら当分、給料なしじゃ！」

「それがその……なんと申しましょうか、つまり……」

テク男が言い掛けたとき、ノックの音がして、放送作家の雪山《ゆきやま》なだれが顔を出した。

彼は三回戦の審査員なのだ。

「おお、やっと来たんか」

伊丹がぶすっとして、

「もう失格にした。ホールを間違えたらしいんや」

　雪山は怪訝《けげん》そうな顔で、

「いや、そんなことないでしょ。ずいぶんまえに下の公園でこいつらいてましたよ」

「なんやと！」

　ケンもハッとした。そうなのだ。さっき公園を横切るときに、一番端のベンチにたむろしていたなかのひとりはテクノカットだったように見えたのだ。急いでいたし、暗かったから、見間違えかと思っていたのだが……。

「ネタ合わせでもしてるんかなあ、と思ってましたんや。せやから、ホールを間違えたはずがないです」

　テク男が素っ頓狂な声を上げ、

「あ……ああ、みみ見てましたんかあ！　そうですねん、公園におりました」

　その場に妙な緊張が走った。

「なんぼ我々でも、会場を間違うたりはしませんわ。ちゃんとアクセスも確認して、時間まえに来てましたんや」

　伊丹が、

「それやったら、なんで楽屋まで来んかったんじゃ！」

「せ、せやから……ネタ合わせしてましてん」

「八組ともか」

「はい、そうです」

「嘘つくな！　それやったらすぐに来れるやろ。だーれも時間気にしてなかったはずないやろが！」

皆の視線がテク男に注がれた。テク男は蒼白《そうはく》になり、

「そっそっそっそっそれはそれそらりるれろら……」

たいへんな汗の量だ。唇を舐《な》めまわし、直立不動で震えている。

「なにがそらりるれろらじゃ。ほんまのこと言え。まさか睡眠薬でも飲まされて、公園で寝てしもてた、ゆうわけでもないやろ」

テク男は両目を大きく見開き、

「そ、そ、そ、それです！」

「——え？」

「そうですねん。まだ時間あるから、言うて、公園でみんなでネタ合わせしてたんです。そのうちに、缶コーヒーでも飲もか、ゆうことになって……」

「その缶コーヒー、自販機で買うたんか、それとも差し入れのやつか」

「さ、差し入れです。えーと……こいつが持ってきたんです」

テク男は「まぐろ党」のかたわれを指差した。

「えっ？　俺？」

「おまえやがな。ファンが差し入れてくれたから、ゆうて箱ごと持ってきたやつ」

「そやったかな。そ……そやったそやった。俺が持っていったんや、バドワイザーの缶ビール」

「缶コーヒーやろ」

「そうそう、バドワイザーの缶コーヒー」

伊丹が腕組みをして、

「ほんまか？」

テク男は伊丹に顔を近づけて、

「ぼくは嘘はついてません。信じてください」

「ということは、何者かがそのコーヒーに睡眠薬を入れておまえらを眠らせようとした、ゆうんか」

「それはわかりません。けど、その可能性はありますね」

「もしそうなら警察沙汰やで」

「け、警察？」

「そらそうや。事件やないか」

「いや、そんなたいそうなことでは……」

澄川が割って入り、

「失格になったんですから、もうええんとちがいますか。それよりそろそろ七時四十五分になりますけど」

「あ、ほんまや」

伊丹はスタッフたちを引き連れて楽屋を出て行った。「格差社会」がそれに続き、しんがりをケンとブンがつとめた。ブンが小声で、

「あいつらの言うてること、どう思う?」

「嘘に決まってるやろ」

「なんでそんな嘘ついたんや」

「それはわからんけど……とにかく今はネタに集中しよ」

そう言ったものの、ケン自身も「どうしてテク男はすぐにバレるような嘘をついたのか」という疑問にとらわれていた。どう考えても嘘なのだ。

（こんなやつ、よう三回戦まで上がってこれたな……）

そんなことを思っているうちに、舞台袖下手《しもて》側に着いた。出番は「格差社会」が先で、二番目が「くるぶよ」である。舞台の両袖には、二枚ずつ背の高い木製パネルがあり、そこに「N－マン」のロゴが派手に描かれている。出演者はそのパネルのあいだを通って舞台に出るのだ。

「長らくお待たせしました。機械の調子が悪くなりまして……もうだいじょうぶです。それではBグループをはじめたいと思いますが……残念ながらこのグループはどういうわけか遅刻による失格者が多くて、二組しか出場いたしません。皆さんも、もし来年、『N－マン』に出るときは時間厳守でお願いしますよ。では、最初のコンビ、エントリーナンバー1105、腰元興業所属『格差社会』です。どうぞ！」

司会者の紹介に続いて出囃子が鳴り、澄川と塩沢は舞台に向かっていった。そのときケンの耳に、歩きながらの彼らの会話が聞こえた。

「おい……いてるわ」

「ヤバいな。舞台めちゃくちゃにされるかもしれん」

「どうする？」

「よし……あのネタで行こ」

「わかった」

だれが「いてる」のだろう。ケンがひょいと袖から客席を見ると、最前列の真ん中に見覚えのある男が陣取っていた。あのシーサーみたいな顔つきの、笑わない客だ。しかし、「格差社会」のふたりは立ち止まることなくパネルのあいだを進んでいく。

事件はその直後起こった。すぐ後ろにいたケンにはふたりが袖から歩き出したのはよく見えたが、中央のサンパチマイクのところに立ったのは澄川ひとりだったのだ。

（――えっ？）

一瞬、なにがあったのかわからず、ケンは目をぱちくりさせた。ブンも同じだったらしく、

「き、消えた……」

一緒に出て行った塩沢の姿がない。しかし、澄川は落ち着いてしゃべりはじめた。

「どーもー、『格差社会』です。がんばっていかなあかんと思とるわけですが……世の中、なんやかんや言うても学歴です。ええ会社に入ろうと思ったらええ大学を出んとあきません。会社員だけやないですよ。芸人でもそうです。私はこう見えても京都大学理学部ゆうとこを首席で出てるんです。首席ですよ。あの『ロダン』の雲丹原《うにはら》さんでも首席ではございませんからね。ところが、うちの相方の塩沢くん、これがもうまったく勉強ができません。中卒……と言いたいとこですが、家が貧乏で小学校出たらもう働いてました。中学はほとんど行ってません。――なあ、そやな、塩沢。――あれ？　塩沢、おれへんやないか。どこ行ったんや。おーい、塩沢」

ここでもうかなりの笑いが起こっているが、ケンも「塩沢」がどこに行ったのかわからず、きょろきょろとあたりを見回した。すぐそこから出て行って、舞台に行くまでのほんの短い距離だ。消えるわけがない。足もとに奈落へ通じる穴やセリでもあるのだろうか。目を凝らしたがそのようなものはなさそうだ。

「おーい、澄川。俺はここや」

　どこからか塩沢の声がした。ケンは仰天した。それはマイクを使ってのもので、スピーカーから流れていた。ちゃんとした仕込みなのだ。

「塩沢、ここて……どこにおるんや」

「ここやここや。見えへんのか」

「見えへん。おまえ……俺と一緒に『どーも』ゆうて出てきたんとちがうんか」

「そうや。けど、その途中で車にはねられて、俺、幽霊になったんや」

「車て……そこからここに来るまでのあいだに車なんか走ってないやろ」

「車やなかったかな。イノシシやったかもしれん」

　ケンはその場を離れて、舞台袖を少し歩き回った。しかし、ワイヤレスマイクを使っているらしく、塩沢は見当たらない。もうそろそろネタが終わるころだ。あまり遠くまで探しにもいけず、ケンはふたたびブンのところに戻った。澄川はたったひとりで漫才を進めている。オチを言ったとき、

「ええかげんにせえ」

　塩沢は、最後のツッコミも影マイクで行った。つまり、最後まで舞台に姿を見せなかったのだ。観客は爆笑している。澄川は頭を下げ、袖に戻ってきた。ケンたちに向かってニヤリと笑うと、すたすたと楽屋のほうへ去っていった。

ブンがぼんやりした顔で、

「わけわからん。あいつ、ほんまに幽霊になったみたいや」

「そんなはずはないけど……」

ケンも首をひねるしかなかった。

「いやー、変わった漫才でしたね。もうひとり、どこにおったんでしょうか。ほんまにいてたんかな。腹話術やないやろな。——審査の結果が楽しみです。さあ、それではBグループ最後のコンビ、て二組しかないんですが、エントリーナンバー2389、腰元興業所属、『くるぶよ』です。どうぞ！」

ケンは出囃子とともに舞台に向かったが、今の塩沢が消えた件が頭のなかをぐるぐる回っていて、心ここにあらずという状態だった。しかし、途中でブンが振り返り、

「切り替えろよ」

そう……切り替えるのだ。切り替えられなくても切り替えるのだ。

「どーもー」

拍手のなかをマイクのまえに立つ。最前列中央には例のシーサー顔の老人がしかめっ面で座っている。その後ろの列に目をやって、ケンは絶句した。腕組みをしてこちらを見つめているのは里見刑事ではないか。

（な、な、なんで来てるんや）

ケンは激しく動揺した。帰りたい……そう思った。しかし、帰るわけにはいかない。もう舞台に出てしまっているのだ。

（消えたい……）

ケンは、自分が今出てきた下手袖のほうを見た。そして、気づいた。

（そうか……そういうことか）

彼には、塩沢が消えた方法がわかったのだ。それは、馬鹿馬鹿しいぐらい単純なことだった。そして同時に、「格差社会」がこの三回戦でいったいなにをしようとしたのかも、なんとなくわかった。ケンは落ち着きを取り戻し、その後はネタに専念できた。

「ええかげんにせえ。――どうもありがとうございました」

ふたりが頭を下げて、袖にハケようとしたとき、最前列の端に座っていた若い、キャップをかぶった男が立ち上がった。

「こらあ、塩沢！　やっと捕まえたぞ」

ケンはステージ上から、

「俺らはケンとブンや。塩沢とはちがう」

「嘘つけ！　わしはBグループの最初に塩沢が出てくるて聞いとるんじゃ。おまえが塩沢やろ」

「塩沢は、まえに出たコンビや」

「ひとりしか出てこんかったやないか。あいつは塩沢やなかった。わしもそれぐらいわかるわい」

司会者が、

「すいません。お静かにお願いします」

「じゃかましいっ！　塩沢、借金返せや！」

男はポケットから拳銃を取り出した。周囲の客が潮が引くように離れていった。司会者は蒼白になってその場にしゃがみ込んだ。ケンが、

（警察だと名乗ってこの場を収めるしかないのか……）

そう覚悟を決めたとき、「格差社会」の澄川が袖から走り出てきて、客席に飛び降り、男に摑《つか》みかかった。

「危ない！」

そう叫んで、里見刑事が横合いから男に飛びかかった。揉み合ったのは一瞬で、男はすぐに拳銃を叩《たた》き落とされ、手錠を掛けられた。里見は男の顔をじっと見つめたあと、

「白鞘組のアホ本、いや、丸本やな。銃刀法違反の現行犯で逮捕する」

里見は行きがかり上、丸本を連行していかざるをえず、舞台上のケンをちらちら振り返りながらホールから出ていった。ようよう立ち上がった司会者が、

「しばらく休憩して、八時からCグループをはじめます」

一時は騒然とした客席もその一言でなんとなく落ち着いた。澄川もいつのまにかいなくなっていた。ケンはホッとして舞台を降りた。

◇

楽屋に戻ると、「格差社会」のふたりがいた。澄川はケンをにらみつけると、

「おまえ……いらんこと言うなよ」

「いらんこと、てたとえばどういうことですかね」

「いらんことはいらんことや」

「兄さんがほかの八組に金を渡して、三回戦に遅刻してわざと失格になるようしむけた、というようなことでしょうか」

「なんでそんなことせなあかんのや」

「もちろん、三回戦を通過するためです。今年から、合格するのは一グループ三組までと決まりましたから、失格者が大量に出たほうが有利です」

「あのな、『N－マン』は若手漫才師の夢やで。もし、優勝したらつぎの日から全国的な大スターや。山のような金が入ってくる。多少の金もろたかて、その夢と引き換

えにするやなんてありえんやろ」

「それがありうるんです」

「アホか。自分らで考えたネタで勝負して、一回戦、二回戦、三回戦……とここまで勝ち上がってきたんやぞ。俺らが脅そうがすかそうが言うことなんかきくかいな」

「自分らで考えたネタやなかったらどないです」

「――なに？」

「これは俺の想像ですから、ちごたらちがうて言うてください。――そもそもこれまで無名やった若手が八組も三回戦まで残るのがおかしいでしょう」

「おまえらかて無名の若手やないか」

「はい。けど、俺らのことはこっちへ置いといて……失格した八組が急に上手《うま》くなったのも変やし、それがBグループにばっかり集まったのも変です」

「な、なんにも変なことない。たまたまやろ」

「二回戦ならともかく、三回戦まで来るのはよほどの実力者でないと無理です」

「あいつらに実力があったんやろ」

「それがまとめて遅刻したんですよ。まるで、『格差社会』を合格させるため……みたいですよね」

「………」

「あの八組のネタ、全部、兄さんが書いたんでしょう。あいつらはそれを必死で練習して、なんとかやりこなした。それで一回戦から勝ち進んできたのとちがいますか」

「証拠がどこにある」

「証拠はないけど、俺はこないだあいつらのネタをYouTubeで全部観ました。それぞれ上手いし、おもろいけど、どこか引っかかる。観てててもやもやする。なんでかな……と思って考えたんですけど、その謎がついさっき解けました。個性が一色しかないんです。兄さんの例の方程式……全部を理解できたわけやないけど、あの連中のネタ、どれもあの方程式にきっちり当てはまるんとちがいますか。全体が何百かの小さなパーツに分けられて、その役割も配列も秒数も全部決められているそうですね」

「さあな……」

「もし、あいつらのネタがどれもそうなっていることを証明できたら、兄さんがネタを書いたという証拠になるんとちがいますか」

「なんで俺がそんなことをせなあかん。ライバルを増やすだけやないか」

「兄さんは、理由はようわかりませんが、どうしても今回の『N－マン』三回戦に合格する必要があった。自信はあるけど、勝負は時の運。合格する可能性を百パーセントは無理でも九十パーセントにはしておきたかった。申し込んだグループにどんなコンビが集まってくるかによっても合否が変わってくる。実力のあるコンビ、人気のあるコンビと一緒になるのは不利だ。そこで兄さんが考えたのは、無名の後輩たちに自分のネタをやらせて、一、二回戦を通過させる。そこまではわざとばらばらの日時でエントリーしておき、三回戦の申し込みだけ、全員今日のBグループを希望させる。うまい具合に計画どおり、俺たち以外は全部自分の息のかかったコンビで占めることができた。あとは、そいつらが失格になれば自分たちが合格する可能性はぐっと上がる」

「おもろいことを言うやないか。——まあ、座れや」

「ありがとうございます」

「けど、それやったら、その連中にわざと下手くそにネタをやらせればええやろ。遅刻させたりしたら騒ぎになるやないか」

「たぶん、兄さんはこう思ったんでしょう。わざと下手にやれ、て言うても、あいつらアホやから稽古したとおりにしかでけへん。そしたら、俺が書いたネタの力で合格してしまうかもしれん。それに、めちゃくちゃ下手にやりすぎたらそれはそれで怪しまれる。舞台に上がらんのが一番や……」

「おまえ……何者や。かなり頭ええな。俺ほどやないにしても」

「兄さんは、伊丹さんが彼らを失格だと断言したあと、去年までの会場とまちがえたのでは、と言い出しました。名前も似てるし、間違えるのも無理ないと思えるからです。みんなが納得しそうだった。ところが、何人かが公園でうっかり姿を見られてしまっていた。こうなるとその言い訳は使えない。そのうえひとりが『缶コーヒーに睡眠薬が……』みたいな馬鹿なことを言い出したのでよけいにややこしくなった」

澄川は咳払《せきばら》いをして、目のうえの骨をぐりぐりと指で押さえたあと、

「そういうこっちゃ。あのアホどものせいでワヤになってしもたわ」

「さっき、舞台に出ていくときに塩沢さんが消えたのは、塩沢さんの両親が借金をしていた白鞘組のヤクザが来ているとわかったからですね」

「あれはな、こないだテレビで俺らのことが報道されてしもたから、そういうこともあるんとちがうかと思て、万一そうなったら……て前もって示し合せといたんや」

「このステージの構造は、袖から二枚のパネルが出ていて、そのあいだを通って舞台へ出ていくわけですが、下手から出た瞬間に左に折れて、後ろのパネルと壁のあいだの隙間から袖に引き返した……それだけですよね。俺たちはパネルのあいだからセンターマイクのあたりを凝視していましたから、塩沢さんが別のルートから戻ってきただけで『消えた』ように思うわけです。たぶんその足で、ワイヤレスマイクを持って、楽屋に向かう通路あたりに行って、スピーカーから聞こえる兄さんの声を頼りに漫才を続けたんでしょう」

「そや。ミキシングの担当にもそういうネタをするかもしれん、て言うてあったから

なんとかなった」

「俺は、ど真ん中でこないだから舞台をにらんでるシーサーみたいな怖い顔のおっさんが借金取りかと思てたんですが、ちがいましたね」

「ああ、あれは俺の親父《おやじ》や」

「――えっ？」

さすがのケンも驚いて、

「あのシーサー……やない、獅子頭《ししがしら》、いや、ご立派な顔のかたが澄川電器の会長ですか……」

それでわかった。丸本が拳銃を取り出したとき澄川が摑みかかったのは、父親を守ろうとしたのだ。

「ああ、俺はこどものころから、あの会社の跡取りになれ、て言われて育ったんや。けど、どうしてもお笑いをやりたくなって、大学卒業するときに親父と談判した。親父も、俺のはじめてのわがままやったから、リサーチしたうえでいろいろ考えよったらしい。それで出した結論が、二十九歳までに『N－マン』の三回戦に合格できんかったら芸人を辞めて会社に入れ、ていうもんやった。俺はその条件を承諾して、腰元興業の養成所へ入った。はじめはなかなかうまいことといかんかったけど、俺には『方程式』がある。今の相方に出会《でお》うてからは万事がスムーズに行きはじめた。もうちょっとでブレイクできそうな気がする。けど、親父は約束を忘れてへんかった。今回の『N－ワン』、一回戦からずっと観にきとんねん」

「暇なんですか」

「アホ、それぐらい真剣ちゅうことや。――約束は約束やから、俺はどうしても今回、三回戦を突破せなあかん。そこで……申し訳ないけど汚い手も使《つこ》たゆうことや。鳴かず飛ばずでネタも満足に書けんやつらに俺がネタを提供する。少々、金も渡した。プロの芸人に、わざと三回戦で失格になってもらうやなんて、良心が痛んだけど、普段なら二回戦敗退が関の山の連中や。事情を言うたらこころよく引き受けてくれた」

「なるほど……そんなことかなあとは思てましたけど、よくわかりました」

ケンは久々に、捜査して謎を解いていく「刑事」としての手応えを味わっていた。これも捨てがたい喜びなのだ。

「うまいこと行くと思たんやけど、おまえに見破られたらしゃあない。神聖なコンクールで不正をしたのは芸人として最低のことやった。事務局に全部ばらして、失格にしてもろてくれ」

それまで黙って聞いていた相方の塩沢が、

「おい、俺らが世に出る機会やぞ。自分で潰すことないやろ。おまえが会社継いでしもたら、俺はどうなるねん。やっと親の借金返せるわ、て思とったのに……」

「すまん、塩沢。けどな……」

ケンが彼の言葉を遮った。

「俺は事務局にチクるつもりはありません。というか、兄さんがなにをしたんです」

「――?」

「兄さんがしたのは、後輩たちにネタを書いてあげただけです。ひとが作ったネタで出場したらあかん、という規定はありません。彼らは納得ずくで三回戦に遅刻して失格になったんやから、それは兄さんの責任やありません。それに、たとえBグループに二組しか出場しなくても、自動的に合格するわけやない。審査員の点数が低かったら落ちるんやから、実力で勝負してることには変わりありません」

「ま、そうやけど……」

「俺は、兄さんの方程式理論には正直納得していません。ネタは生き物やから、計算だけでは作れないと思います。けど、実際に兄さんが提供したネタは全部面白かったし、あいつらも勝ち進んだ。その全部を兄さんが書いた、ゆうことは無条件で尊敬します。漫才作家としてすごい力があると思います」

「ま、まあな……」

澄川は照れて、頭皮をぼりぼり掻《か》いた。

「今晩の発表が楽しみですね。もし、兄さんが万が一準決勝に行けなくて、会社を継ぐことになっても、二足の草鞋《わらじ》というのもアリだと思いますよ」

「澄川電器で働きながらアマチュアとして漫才を続けるゆうことか？」

「いえ……プロとして、です」

「あははは……そんなことできるかいな」

「できます。やろうと思えばなんとかなります。現に……」

言い掛けてケンはやめたが、澄川はなにかを汲《く》み取った様子で大きくうなずいた。

「ケンくん、ほな行こか」

ブンが立ち上がった。ふたりは挨拶して楽屋を出た。

「みんな、いろいろあるな」

ブンが言った。

「いろいろあるな」

ケンもそう応えた。

「このあと、なんかあるんか。ちょっと行かへんか」

「わかった。――メイク落としてくるわ」

ケンはそう言ってトイレへ向かった。ふたりで飲みに行くというのは本当に久しぶりである。

◇

その夜遅く、「N－マン」三回戦の結果がホームページに掲載された。「格差社会」は合格、「くるぶよ」は不合格だった。翌日、出勤したときに里見刑事に、

「おまえ、昨日、七時頃、どこにおった」

「津貝さんと聞き込みしたあと、友だちに飲みに行こうと誘われたので直帰しました。船場《せんば》の居酒屋で飲んでましたけど？」

「ほんまか、おまえを妙なところで見かけた、ゆうやつがおったんやけどな」

「その友だちに確認してもろてもいいですよ。電話番号言いましょか」

「いや……ええわ。どうせ口裏合わせて……」

「なんです？」

「なんでもない！　こいつ、そのうち化けの皮……」

「それより発砲事件の犯人、現行犯逮捕されたそうですね。おめでとうございます」

「やっぱり白鞘組の丸本やったわ。間違えて、関係ない堅気の店に迷惑かけたから、組でもさんざん怒鳴られて、その名誉挽回《ばんかい》をせなあかんて焦りよってな、組に無断で勝手に借金の取り立てに行ったらしいわ」

「よく、そいつが漫才コンテストの会場にいる、てわかりましたね」

「たまたまや」

手柄をあげて、里見も悪い気はしていないようだった。

「里見さん、そんなにお笑い好きでしたっけ」

「まあな……また観にいくつもりやで」

里見はにやりと笑うと、高山の肩をぽんと叩いた。

第六話　漫才刑事最後の事件

「結婚してくれ」

ケンはそう言った。場所は、「ウナギとアナゴとドジョウとハモのひつまぶし」や「外がべちゃっとして中がカリッとしたタコ焼き」や「辛すぎる甘納豆」や「本当に腐った豆で作った豆腐」……といったトリッキーな料理で有名な格安居酒屋「トリッキー族」の個室である。城崎《しろさき》ゆう子《こ》は困り顔で、

「かなんなあ。だれかほかのひとに頼んだほうがええんちゃう？」

「それがそうはいかんねん。もう言うてしもたんや」

「ふーん、うちも随分と見込まれたもんやな。まあ、あんたもどうせ結婚するんやったら、へちゃっとしたのよりは別嬪《べっぴん》のほうがええからな」

「そういうわけやない」

ケンは即座に否定した。

「たまたま口から出ただけや。けど、まあええチョイスやったかもわからんな。ほか

のだれに頼んでも、あとでそのひとに迷惑がかかる。あの結婚は嘘でした、てネタばらししても、陰で『破談になったんやて』『一旦籍は入れたらしいから、戸籍に傷が残ったなあ』『隠してるけど、つまりはバツイチや』……とか言われるやろ。だれも引き受けてくれへんで」

「ほな、私はなんでええの？」

「おまえやったら、あの結婚は嘘でした、てネタばらししても、みんな、そうですか、そらよかった、ははは……て言われるぐらいで済むやろ」

「アホか！　私も迷惑かかるわ！　ひとをなんやと思てるねん」

「そう言うなよ。俺がなんばキング座に出られるかどうかの瀬戸際やぞ」

「うーん……そらそうやけどなあ……」

ゆう子は考え込んだ。つまり、こういうことなのだ。「くるぶよ」は、先日の「N－マン」において初参加で二回戦突破という快挙を成し遂げた。それによってケンも久々に、リアルタイムの漫才師としての高揚感を味わうことができた。正直、かなりの手応えがあったのだ。次回はかならず……という決意さえ自分のなかに生まれた。そして、相方のブンとの絆《きずな》も強くなった、と思った。そんな時に降って湧いたような話がマネージャーからもたらされた。くるぶよになんばキング座の出番をやろう、というのだ。

なんばキング座はミナミのど真ん中にある腰元《こしもと》興業最大の劇場で、総座席数は一階二階をあわせて約九百。出演できるのは山のようにいる腰元所属の芸人のなかでもほんの一握りだ。テレビなどでだれにでも顔が知られまくっているような人気者中の人気者のみ出演が許される。ほとんどは大ベテランばかりだが、ときにはなにかの新人賞を獲得したような若手のホープが抜擢《ばってき》されることもある。なんばキング座に出ることは腰元所属の漫才師のステイタスであり、若手だけでなくベテランもここの出番を虎視眈々《こしたんたん》と狙っている。ギャラは安いが、キング座でトリを取るイコール漫才の世界で天下を取ったことを意味するのだ。

そんな大劇場に、テレビに出ていない、受賞歴はない、とくに人気もないくるぶよになぜ声がかかったのかというと、「N－マン」事務局長でもある伊丹毅夫《いたみたけお》が、三回戦でのくるぶよのネタを観《み》て、キング座の支配人阿波毘智治《あわびともはる》に猛烈に推薦したのだ。

「あいつらはこれから来るで。ちょっとマニアックなネタやったから通過はできんかったけど青田買いしといたらどないや」

漫才の出来だけでなく、コンテスト中に客席で拳銃を持ったヤクザが騒ぎ出したときに落ち着いて対応したことも高評価につながったらしい。また、若手ライヴの編成担当部長甲斐柱良作《かいばしらりょうさく》からも、

「彼らは実力はあるのになぜか賞レースに出るのをかたくなに拒んでたんです。小さ

な演芸場と営業、あとはラジオしかやらん妙なコンビでした。それが『N－マン』に出たゆうのは、ようやくやる気になったんとちがいますか。今が売りどきですわ」

そうプッシュされていた。阿波毘は考えた。ぶよぶよのブンのほうは深夜番組で披露した「ぶよよんツイスト」というピン芸が小中学生を中心に一瞬ブレイクしたため、それなりに知名度はある。それと、

(たしか、まえにうちでスリムドッカンブラザーズの事件があったときも、ケンゆうほうが見事に解決した……とか言うとったな)

あれはキング座で起きた殺人事件だった。そんなこんながあって、阿波毘支配人は思い切ってくるぶよにオファーをかけることにしたのだ。ブンはもちろんのこと、ケンも喜んだ。大勢の客のまえで漫才ができる。有名芸人目当ての客に、くるぶよの名前を覚えて帰ってもらえるチャンスだ。しかも、彼らにとって雲のうえのひとである一流漫才師や落語家とも交流できる。なにより、キング座のステージに立てるということが単純にうれしい。彼らよりがんばっている若手でも、キング座に出たことがない連中は掃いて捨てるほどいるのだ。

「がんばろな！」

楽屋でその話を聞いたとき、ブンはやる気まんまんで拳を突き出した。

「そ、そやな……」

ケンもそう言ったが、内心は困り果てていた。昼間の仕事である「刑事」との両立を図るため、これまでは「大きな劇場には出ない」「テレビの仕事はしない」「賞レースには参加しない」……などなどのポリシーを掲げていたケンだったが、「N－マン」に出て以来、そういう考えは捨てていた。

（やっぱり、やれるときにやっとかなあかん。世の中にはおもろい漫才師がいっぱいいる。そういうやつらに混じって自分のネタができるのはすごいことや。自分から、あれには出ない、これはできない……とか動く範囲を制限するのはアホや……）

自分で自分の世界を狭めていた愚にやっと気づいたのだ。だから、今は、できることはなんでもしたい。多くのひとに自分たちの漫才を観てほしい。そういう気持ちで舞台に立っている。

とはいうものの、刑事を辞めたいというわけではない。それどころか逆であった。「N－マン」三回戦の会場で、大きな謎を解き明かしたとき、彼はそれまでになかった手応えを得たのだ。父親の遺言のままに就いた刑事という職業が「面白い」とはじめて思えたのだ。

なので、漫才師と刑事をなんとかして両立したいという思いは変わらない。いや、以前よりも強く望んでいるのだが、それが通用しない世の中である。とくに警察組織はそんなことを認めないだろう。

つまり、ケンは警察に内緒でキング座に出る方法を見つけ出さねばならないわけだが、キング座は火曜日から翌週月曜日まで一週間ごとの週替わり公演である。平日は二回、土日は三～四回公演なので、ここにブッキングされるということは一週間朝から夕方まで拘束されることになる。一日や二日なら忌引きでごまかせるかもしれないが、一週間は無理だ。ブンのにこにこ顔を見るたびに、

（なんとかしなければ……）

という焦りがつのった。そして、

「来週休みを取るものは……」

班長の片筒《かたづつ》が朝礼のときに言った瞬間、ケンこと高山一郎《たかやまいちろう》は反射的に手を挙げていた。

「ボッコちゃんか。何日から何日までだ」

「一日から七日までです」

出勤簿をつけようとしていた片筒の手が止まった。

「――なんだと？　まるまる一週間か」

「はい」

同僚刑事たちが、こいつ馬鹿かという目でにらんでくる。刑事は、よほどの事情がないかぎり、三日以上の連続休暇は取れない。いくら有給休暇が溜《た》まっていても、班

の全員に根回ししておかないとむずかしい。

「理由はなんだ」

片筒がまっすぐに見つめてくる。

「えーと……」

「理由はなんだときいているんだ。言いたくないのか」

「いえ、そういうわけでは……」

「では言ってみろ。正当な理由ならば認めないこともない」

同僚たちは、湯呑《ゆの》みやボールペンなどを置こうともせず、じっと固まった状態で高山を凝視している。とくに里見《さとみ》刑事の眼光がすごい。

「正当な理由というのは、たとえばどんなものですか」

「そうだな。一週間連続の休みとなると……」

片筒はしばらく考えたあと、

「結婚ぐらいかな」

皆は笑った。

「結婚です」

高山がそう言うと、笑いが止まった。

「だれと?」

「休暇をいただくのに、結婚相手を言う必要があるんですか」

「そんなことはないが……言えない相手か」

また笑いが起きた。

「言えます」

「だれだ」

「城崎ゆう子です」

「ええええっ！」

全員が声を合わせた。里見が代表するように、

「交通課の城崎か」

「はい」

なぜゆう子の名前が出たのかわからない。結婚すると嘘をつくのだから、皆の知らない人間にしておくべきだった、とあとになってから思ったが、なぜかその名前が口から出てしまったのだ。たぶんさっき廊下ですれちがったときに、

「あーあ、今日の楽しみはお昼ご飯とおやつと晩御飯と夜食しかないなあ……」

とつぶやいていたのが耳に入り、強烈に印象づけられたせいだろう。しかし、一旦口にしてしまったことは撤回できない。

「結婚ならしかたないな。ただし、大きな事件がうちの管轄で起きたら、そのときは

あきらめろよ。――おめでとう。それで式はいつなんだ」

「それがですね……彼女にこどものころからの夢がありまして……」

さあ、なんとかでまかせでこの場を乗り切らなければならないぞ。

「彼女、どうしても北極に行きたいって言うんです。せっかくなのでその夢を叶《かな》えてあげようと思いまして、すべての結婚資金を北極旅行に費やすことになって、結婚式や披露宴に使えるお金が一円も残っていない……というわけなんです。皆さんにはまことに申し訳ありませんが……」

里見が疑いの眼差《まなざ》しで、

「だいたい北極て一週間で行って帰ってこれるんか」

「超スピードツアーがあるんです。ダーッと行ってダーッと帰ってこれる……」

片筒がたくましい両腕を組み、

「気をつけてな。独身寮は出ないといかんから、帰ったらすぐ警務課に行って官舎に移る手続きなどを行うように」

高山はもう一度ぺこりと頭を下げ、難波《なんば》署を出たのだった。

「なあ、頼むわ。おまえもお笑いファンやったら、なんばキング座に出るゆうのがどれだけ大事なことかわかるやろ」

ゆう子はじっと考え込んでいたが、

「よっしゃ決めた。結婚したげるわ」

その瞬間、隣の席にいた初老のカップルが、笑顔でぱっかんぱっかんとゆるやかに拍手をした。プロポーズの場に居合わせたと思ったのだろう。

「いや、ちがうんです」

ケンが言おうとすると、

「ええやん。これからはそういう関係でいかんと、どこでバレるかわからんで」

ゆう子はちょっと腰を上げると、隣のカップルににっこり微笑《ほほえ》んで会釈した。ケンもあわてて頭を下げた。ゆう子はケンに小声で、

「ほな、契約内容の確認しよか」

「え？　なんのことや」

「偽装結婚と引き換えにどういう便宜を図ってもらうか、ゆう契約のことや。毎日私に晩御飯をおごること。店もメニューも私が決める。嫌やったら婚約破棄や！」

「ま、待て。わかった。なんとかするわ」

というような会話をしているとき、ケンもゆう子もこのあと前代未聞の大事件が彼らの身に降りかかってこようとは夢にも思っていなかったのである。

「明日から一週間休ませていただきます。よろしくお願いします」

刑事部屋を出るとき、高山は同僚たちに向かって一礼した。片筒警部補は、

「ゆっくり楽しんでこい。北極で風邪《かぜ》を引くなよ」

そう言ったがほかの刑事たちはうらやましそうな顔つきだった。高山が署の玄関階段を降りていると、追いかけてきたらしい里見刑事が彼を呼びとめた。

「おい、ボッコちゃん。おまえ、ほんまに城崎と結婚して北極に行くんやろな」

「なんで俺が里見さんに嘘をつかなあかんのです」

「おまえとよう似たくるくるのケンとかいう芸人がおるんや」

「へえ、そうですか」

「びっくり太郎ゆうピン芸人が暴行された事件のときも、スリムドッカンブラザーズのかたわれが殺された事件のときも、こないだ俺が『N－マン』の三回戦の会場で白鞘《しらさや》組のチンピラ捕まえたときも……とにかくお笑いがらみの事件のときに、なんでかそこにいとるんや」

「なんでか、てそりゃあ芸人だからでしょう」

◇

「おりすぎるんや」

「はあ……」

「あれ、おまえとちがうか？」

「――は？」

「ぶっちゃけてきくけど、おまえ、刑事と芸人の二足の草鞋《わらじ》履いてるんとちがうやろな」

　高山はきょとんとした顔で里見の顔を見つめたあと、間を置いて、身体《からだ》を曲げ、腹を押さえて、

「あーっはっはっはっはっはっ！　な、な、なにを言い出すのかと思ったら、け、け、刑事と芸人……あっはっはっはっ……はははははは……きゃはははははは……そんなの無理に決まってるでしょう！　どうやって両立させるんですか。物理的に不可能でしょう。ひーっひっひっひっひっ……」

　一世一代のクサい演技である。

「いや……まあ、俺もそうは思うたけどな……」

「里見さん、おもしろい冗談を言いますね。そもそも公務員は副業できませんし、バレたらクビやないですか。苦労して試験に合格して講習受けてようやくなれた刑事ですよ。そんな馬鹿なこと、するわけないですよ」

「だまされへんぞ。平日は刑事として働いて、休みの日だけ芸人しとるゆうことも考えられる。おまえ、仕事中にときどきおらんようになるし、終わったらダッシュで帰るし……いろいろ怪しいねん。一週間の休みのための偽装結婚やないやろな」

「そう言われても……」

そのとき、里見はふっと顔をまえに向け、

「おい、あれ、その彼女やないか」

見ると、前方の道を城崎ゆう子が歩いている。

「声かけたれや」

「よろしいわ。路上やし」

「かまへんやないか。嫁はんやろ」

仕方ない。高山は口に手を当てると、

「おーい、嫁はーん」

さすがに「ゆう子」とは呼べん。ゆう子は振り返り、すぐに高山とその隣にいる里見に気づくと、満面の笑みを浮かべた。

「いやーん、ダーリン！」

そう叫ぶとゆう子は走り寄ってきて、高山と腕を組もうとしたので、

「なにすんねん。気持ち悪いなあ」

高山が小声で言うと、

「アホやな。これぐらいせんとバレるで」

仕方なく高山はゆう子と腕を組んだ。ゆう子は旅館の若女将《わかおかみ》のような笑みを里見に向け、

「ほな、私ら今からご飯食べにいきますから、これで失礼します」

高山もあわてて、

「失礼します」

そう言ってふたりは、あっけにとられている里見を残してずんずん先へ進んだ。

「おい、里見さん、まだこっち見てるで」

「かまへん。無視してどんどん進むんや」

「あ、尾《つ》けてきてるで」

「ほっとき。どっかご飯屋入ってしもたらそれ以上追いかけてけえへんわ。――よし、ここにしよ」

ゆう子が指差したのは目のまえにあった高級フランス料理店だった。

◇

翌日から、くるぶよの勝負が始まった。もちろん出演順はトップだが、出番の二時間もまえに劇場入りした。ほかの出演者は全員彼らより先輩、それもかなりうえのひとたちなのだ。楽屋も用意されてはいるが、エレベーターを降りたところにあるソファーの横で待機することにした。もちろんソファーに座るわけではない。立って、先輩方を迎えるのだ。家にいてもしょうがない、という理由で無意味に早く劇場入りする師匠連中もいる。ソファーに座ってテレビを観ることができるのは師匠クラスに限られており、それも、どの場所はどの師匠……と座る位置もだいたい決まっている。若手が座ろうものなら、

「百年早いわ！」

と怒鳴られるのがオチだ。

まずやってきたのは、ベテラン漫才師「ザ・パイン」のパインしげるだった。もう六十五歳だが、異常に元気だ。ジョギングスタイルで、エレベーターの扉が開いた途端走り出てきた。エレベーターのなかでもずっと足踏みをしているらしい。毎朝四時に起き、長居《ながい》公園を十周、大阪城を十周してから楽屋入りするのだ。長居公園を二十周すればいいのに、とだれもが内心思っていたが、本人に言うものはいない。

「師匠、おはようございます」

「おはーよーっ！」

汗だくの顔を近づけてきた。その場で足踏みしながら、

「きみら、だれやったかいな」

「若手のくるぶよと申します。今日、こちらではじめて出番をいただいて……」

「きみらも走りや！　走るのは元気のもとやで！」

そう言うと楽屋のほうに走っていった。

先輩全員に挨拶し、スタッフにも挨拶し、ふたりは出番まえにへとへとになった。舞台袖から客席を見る。満員だ。補助席まで出ている。さすがのケンも緊張で口のなかの水分がなくなった。そして、幕が上がった。

「行くで」

「おう」

ふたりは自分で拍手をしながら飛び出し、センターマイクのまえに立った。

「どーも、くるぶよです。ぼくがぶよぶよのブンで、こっちが……」

「ぶよぶよのブンです」

「そうそう、ふたり合わせてぶよぶよぶよぶよ……ってちがうやろ」

「名前だけでも覚えて帰ってくださいね」

「間違《まちご》うた名前覚えてもろたらあかんやろ。ちゃんと訂正しなさい。ぼくがぶよぶよのブンで、こっちが……」

「くるくるのケンといいます。携帯電話の番号は０９０－〇〇〇－〇〇〇です。番号だけでも覚えて帰ってくださいね」

「あかんて。きみ、今日、家帰ったら知らんひとからいっぱい電話かかってくるで」

「今言うたん、おまえの番号やで」

「よけいあかんやろ。皆さん、今聞いた番号は忘れてくださいね」

「０９０－〇〇〇－〇〇〇！　覚え方はオクレオレハ……」

「言うたらあかんて」

けっこうウケた。まだ午前中なので年配の客や地方からのツアー客が多いが、トップでしかもまるで知られていない若手にしては笑ってくれたほうだと思われた。ふたりともよほどあがっていたらしく、

「もうええわ。ありがとうございました」

と頭を下げたときブンが額をサンパチマイクにぶつけたし、ケンはハケる方向を間違えた。袖に入ると、つぎの出番のコンビ「ヨガフケタ」の木村《きむら》が腕組みして彼らのまえに立ちはだかり、

「おい、おまえら……」

ケンはびくっとした。「ヨガフケタ」は結成十二年目で、先日、大阪お笑いコンクールの優秀賞を受賞したばかりだ。木村は元プロボクサーで、腕は競走馬の脚ぐらい

太い。げじげじ眉毛を片方だけ上げてケンとブンをにらみ、

「俺らとネタがかぶってるわ。――行くで」

彼は相方の氷川《ひかわ》に声をかけ、舞台へと出ていった。それからはじまった彼らの漫才は、たしかにくるぶよのネタと少し似通っていた。終わって戻ってきた「ヨガフケタ」にケンとブンは謝った。氷川は、

「かまへんで」

と言ったが、木村はなにも言わずに通り過ぎていった。

ケンとブンはその後も楽屋に戻らず、舞台袖で先輩たちの芸を見た。勉強にもなるし、先輩たちと会話するときに備えて情報としても仕入れておく必要がある。

（やっぱりたいしたもんやなあ……）

ネタがどうこうというより、これだけ大勢の観客をまえにして動ずることなく冷静に、貪欲に笑いを取っていく漫才師、コント師、ピン芸人たち。長年この世界でさまざまな修羅場をくぐり抜けてきた猛者《もさ》ばかりだ。客のちょっとした反応を見逃さず、臨機応変にネタを変えていく。最初は多少客席が重くても、最後にはごっそりと笑いを引き出し、颯爽《さっそう》と帰っていく。

（この劇場に出てるひとらはちがうな）

ケンには得るものが多かった。

二回目の舞台では「ヨガフケタ」に気を使ってネタを変えた。それもうまく行き、ケンはブンとひそかに握手をかわした。メイクを落としてカツラを外したケンはダッシュで劇場の一階に降りた。テナントとして入っているたこ焼き屋のまえのベンチに腰掛け、四十個入りのたこ焼きを頬張っているのはやはり城崎ゆう子だった。ケンはこっそり近づき、耳打ちした。

「なんでおまえが来てるねん。ネタとちりそうになったわ」

「ええやないの。どこでたこ焼き食べようと私の自由やろ」

「そやない。なんでキング座に来てるんや、てきいてんねん。仕事はどうしたんや」

「なに言うてんの。私、あんたと新婚旅行で今北極に行ってることになってるんやで。仕事なんか行ったらおかしいやん」

「そらまあそうやけど、昼間っから劇場に観にくるな」

「あ、そういうことを言う？　あんたのために有給使《つこ》て休んであげてんのに……」

「とにかく関係者がおまえをここで見かけたら、それだけで結婚の嘘がバレてしまうやないか。観にくるのはかまへんから、バレへんようにしてくれ」

「うん、わかった」

ゆう子は素直にうなずくと、

「ほんで、今日はどこに食べにいく？」

「おまえ、食うことしか頭にないんか」

「それがこの結婚の交換条件やないの」

「ほな、後片付けとか済ませたら行くから、黒門《くろもん》市場の手前にある『愚か者』ゆう喫茶店で待っといてくれ」

ケンはふたたび楽屋に戻ると、先輩やスタッフに挨拶したあと劇場を出た。道具屋筋にある立ち飲み屋でブンとささやかな祝杯をあげながら、今日の出番について話をしていると、まえを走ってきたジョギングスタイルの男が足をとめて、

「よおっ、おまえらか」

「ザ・パイン」のパインしげるだった。

「よーしっ、今日はちょっとだけ連れてったる」

「ありがとうございます」

大先輩の誘いを断るわけにはいかない。ふたりが立ち飲み屋の代金を精算しようとすると、さっと財布を出し、

「これで払《はろ》とけ。――行くぞ」

ふたりはパインしげるのあとに続いた。ケンは、ゆう子にメールを入れ、

「悪いけどパインしげる師匠に飲みに誘われた。ちょっとだけ付き合うから遅くなる。どうする？」

すぐに返信が来た。

「待っとく。はよしてや」

しかし、なかなか思うとおりにいかないのが先輩との酒である。パインしげるの馴《な》染《じ》みの店だという「歌える割烹《かっぽう》・明日理糸」という小料理屋に連れていかれ、さんざん飲まされた。そのあいだずっとスマホにはゆう子からの、「まだかいな」「はよしてや」「待ちくたびれた」「店変える。隣の焼肉屋におる」「焼肉食べてる」「どないなってんねん」「なめとんか」「遅いねん」「店変える。その隣のラーメン屋におる」「ラーメン食べてる」「あんたの『ちょっとだけ付き合う』ゆうのは二時間以上のことか」「店変える。その隣のサンドイッチハウスにおる」「全種類頼んでしもた。あんたのせいや」「店変える。串カツ屋におる」「串カツ食うてる」といったメールががんがん入ってくる。

「すまん。今日は無理みたいや。悪いけど先帰ってくれ」

そう返信しても、

「嫌や。待っとく」

三時間ほどしたとき、

「金なくなった。はよ来てくれんと無銭飲食になる」

というメールが来たので、パインしげるが「無法松の一生」を機嫌よく歌っている

とき、ブンにこっそりと、

「悪い。俺、待たしてるんや」

その一言でブンはすべてを悟ったらしく、

「わかった。師匠の相手はぼくに任せろ」

「すまん」

ブンは指でOKサインを作り、ぱっかんぱっかんと大きな拍手をした。

ケンは「明日理糸」を出ると猛烈な勢いでゆう子がいるはずの串カツ屋に向かった。ただの串カツ屋ではない。ワインなどを飲ませる超高級創作串カツ店である。階段を駆け上り、店に入ると、ゆう子がぶすっとした顔でテーブルについていた。シャンパンをはじめ数本のボトルが並び、食べたあとの串を入れる容器に串が隙間なく刺さっている。なんぼほど食べたんや……。

「遅かったやないか。もう来てくれへんかと思た」

泣きそうになっている顔を見て思わず、すまん、と頭を下げた。

「はい」

「なんや、この手は」

「お金」

「なんぼや」

「ご、ご、五万？　食い過ぎや！　まあ、喫茶店、焼肉屋、ラーメン屋、サンドイッチ屋と合わせてやからしゃあないかもしれんけど……」

「ちがうで。この店だけで五万や。ここまでの四軒の分は私が立て替えてるからそれはあとで返してもらうで」

「な、な、なんやて？　ほな全部で……」

「八万五千円。たこ焼き屋の分はまけといたるわ」

そう言うとゆう子は立ち上がり、店を出て行った。ケンが追いかけようとすると、店員がにこやかな顔で立ちふさがり、

「お会計をお願いします」

ケンは泣く泣く支払いながら、

（これが一週間続いたら破産する……）

そう思った。

堺筋《さかいすじ》に出たところでゆう子に追いついた。

「すまんすまん。わかるやろ。大先輩からの飲みの誘いで……」

「わかってる。——今日の漫才ごっつ良かったで」

「ほ、ほんまか」

「二回目のネタのほうがゆとりがあったな。私もちょっとうるうるしたわ。知り合いがキング座の舞台に立ってるんやもんなあ。とうとうここまで来たかと思た。でも、これが出発点やで。今からや」

「二回とも観てくれたんか。それはうれし……おい、まさかその金も……」

「もちろん請求するで。全公演、前売り買うたから」

ケンは銀行預金の残高を思い浮かべた。キング座はいちばん安い席でも四千円以上するうえ、出演者の家族であっても招待扱いしてくれない。それが腰元興業という会社なのだ。

◇

毎日のキング座での漫才はとにかく刺激的で、正直、ケンはふわふわしていた。ブンも同じだろう。客の反応は日に日によくなっていくし、先輩とはどんどん打ち解けていくし、飲みには連れて行ってもらえるし、

（漫才師になってよかったなあ……）

とつくづく思った。支配人の阿波毘にも気に入ってもらえたらしく、

「伊丹さんや甲斐柱くんが言うたとおりやった。きみら、なかなか使えるなあ。また

「今度出番作るから頼むで」

そう言われたし、先輩芸人たちからも、

「おもろいコンビがおる」

と評判になっていた。

ゆう子はあれ以来毎日劇場に来る。それも、変装して、だ。しかも、二回公演の日は二回、四回公演の日は四回、公演毎《ごと》に異なった変装をしなければならないから、衣装や変装用キットを大量に持ってくる。金髪のカツラをかぶり、黒燕尾《くろえんび》を着て、「我が名はオスカル」を歌いながら……というときもあったし、純白のドレスにひらひらのついた日傘を持ち、おほほほほ……と高笑いしてくるときもあった。腰を曲げて老婆になってきたときもあったし、肉襦袢《にくじゅばん》を着込んでものすごく太ったおばさんに変装してきたときもあった。それがまたよく似合ったのだ。

「あのな、そこまでやらんでもええねん」

「あんたがバレへんように、て言うたからそないしとんねん。文句ある?」

それではよけいに目立つ、と言おうと思ったが、本人が楽しんでいるようなのでやめた。ケンも、舞台のうえから、今日はどんな変装してきてるんや……と探すのが日課になっていた。

五日目の終演後、「ヨガフケタ」の木村に呼び出された。

「ちょっとおまえらに話あるねん。今から空いてるか」

「は、はい」

ケンはゆう子にメールを入れた。

「今日、ヨガフケタ木村さんと飲みにいくことになった。飯、十二時まわるかも。またメールする」

向こうも慣れたもので、

「了解。遅うまでやってるイタ飯予約入れとく。遅うにご飯食べたら肥えるけど、まあしゃあない」

あれだけ食べてたら遅かろうが早かろうが一緒だろう。

「なあ、ケンくん。ぼくら叱られるんとちがうかなあ」

ブンが不安そうに言った。ケンも同感であった。初日にネタかぶりを指摘されて以来、木村は話しかけてくれない。毎回、彼らが舞台を降りるとき、入れ替わりに出ていくわけだが、その際に鋭い目でにらまれるのだ。

木村は、ふたりを日本橋《にっぽんばし》の焼き鳥屋に案内した。席に着いて、生ビールを三人分頼むと、彼は太い腕を組んだ。

「初日からずっとおまえらの漫才観てきたけど……」

来た……と思ったが仕方がない。

「はい……」

「今度、単独（ライヴ）あるんやけど、おまえらゲストで出てくれへんか」

「えーっ！」

ケンとブンはひっくり返りそうになった。

「そんなに驚かんでもええやろ。最初のネタ観たときから気に入ってな、氷川ともずっと、こいつらおもろいなーて言うとったんや。○月○日、空いてるか」

「夜ですか？」

ケンはききかえした。

「そらそや。八時からや。その日、昼はなんか入ってるんか」

「いえ、昼は警察……」

ホッとしたあまり、思わずそう口走ってしまった。

「なんやと！」

木村がゲジゲジ眉毛を吊《つ》り上げた。

「おまえ、その日、警察行かなあかんのか。ポリ公にパクられたんか」

「いや、その……スピード違反で呼び出し食らってまして、その日の四時までに警察に行かなあかんのです」

「なんやと！」

木村は飲んでいたジョッキをテーブルに叩《たた》きつけると、

「そんなもん無視せえ。国家権力に媚《こ》びるな！　警察なんか全員どつきまわしたったらええねん」

「兄さん、警察嫌いですか」

「あったりまえじゃあ！　あいつら公僕のくせに俺ら一般市民を馬鹿にしやがって。絶対に許さんのじゃ」

「なにかあったんですか」

「まえにスーパーで買い物した帰りにタカシマヤの前で選挙演説聴いとったら、立候補者に卵ぶつけたやつがおってな、警備しとった難波署の辰吉《たつよし》ゆう警官が『おまえがやったんやろ！』ゆうて俺をどついて、警察に連れていきよったんや」

　辰吉ならケンも知っていた。検挙率が良いため上司ウケはするが、思い込みで捜査するので評判の悪い男だった。

「卵なんか投げてない、パック見てくれ、ちゃんと十個揃《そろ》てるやろ、て言うたんやけど、どつかれた拍子に全部割れてしもて確認できん。さんざん怒鳴られて、胸倉摑《つか》まれて、あげくの果てに一晩保護室ゆうところに入れられた。朝になって、べつのやつがやったことがわかって解放されたけど、すまんもごめんもない。めちゃくちゃ腹立って、辰吉ゆう警官に文句言うたら、卵持ってそんなとこにおるから悪いんや、だいたい芸人風情が選挙演説なんか聴くな、て言われた。俺はそれ以来、ポリ公が大大大大大っ嫌いなんや！」

もし刑事だとバレたら殺されるな、とケンは思った。

「警察が嫌いなことはわかりましたけど、好きなものはなんですか」

「アイスキャンデーや」

「俺も警察は大嫌いです」

「アイスキャンデーは？」

「好きです」

「そうか、俺ら気ぃ合うなあ」

酔っ払った木村はケンの肩をばしばし叩いた。

◇

事件が起きたのは最終日を明日に控えた、翌日の日曜日である。土日は四回公演なので、出演者もスタッフも朝から大忙しだ。お笑いブームを反映して、家族連れが大勢詰めかける。なんばキング座の一階は大阪を代表する飲食店がテナントで入っており、土産物屋《みやげものや》もある。よそに行かなくても、キング座のなかだけで、食事も晩酌もシヨッピングも済むようになっているのだ。

「あと二日や。気合い入れて行こな」

ブンが言った。ケンももちろんそのつもりだ。明後日《あさって》からまた、刑事の仕事に戻らなければならない。そう考えるとさみしいが、あと二日間、六回の出番を充実したものにしていこうと思った。

朝九時四十五分から一発目の漫才。日曜のそんな早い時間帯から満席である。いつもより客席の熱気が五度ほど高いように思える。一言一言に食らいつくように笑う。笑いが笑いを呼び、トップバッターからたいへんな爆笑となった。

（今日は、ゆう子がどこにおるかわからんかったな……）

キング座の舞台にもだいぶん慣れてきたものの、やはり大きな劇場である。いつもなら後ろのほうの席でもなんとなくわかるのだが、今日はよほど凝った変装をしているのだろうか……そんなことを思いつつ舞台を降りる。

「あ、ドノバン師匠、おはようございます！」

スタッフの声に顔を上げると、漫才コンビ「車中泊」の青海《あおみ》ドノバンが通路を歩いていた。リュックを肩にかけ、手にはボストンバッグを持っている。ケンとブンも立ち止まって道を譲り、

「おはようございます！」

と頭を下げたがドノバンは彼らをまったく無視して歩き去った。

「今日、ドノバン師匠、ピンで出はるんやったっけ？」

ブンが言ったが、ケンもそんな話は聞いていなかった。

「えらい怖《こわ》い顔してはったなあ。なにか思いつめたような顔つきで……」

ブンの言葉にケンも同感だった。まっすぐにまえを見つめ、心なしか蒼《あお》ざめているようにも見えた。劇場スタッフのひとりが、

「いつもは愛想いい師匠なんですけど、なんか変でしたね。まあ、無理ないか……」

とブンに言った。

青海ドノバンは、普通ならケンやブンが会うこともむずかしいほどの大物芸人である。相方でボケ担当の三田村《みたむら》ギャラリーとともに「車中泊」というコンビで活躍していた。あの「漫才ブーム」を牽引《けんいん》した人気者のひとりであり、その後もずっと腰元興業の重鎮として第一線で活躍を続けてきた。

そんなドノバンは、相方のギャラリーの素行に長いあいだ悩まされてきた。真面目人間のドノバンの頭には六十歳になっても「いかに面白い漫才をするか」だけしかない。芸一筋の頑固な芸人だ。妻のみちえも腰元興業の社員で、京都の「河原町花月《かわらまちかげつ》」という劇場の売店に勤めていた。子供はいない。

一方、相方のギャラリーは、飲む打つ買うの三拍子そろった遊び人で、趣味もゴル

フ、クルーザー、トローリング、ビンテージワインや高価な時計の収集……と金のかかることばかりだった。競走馬の馬主でもあり、自身の草野球チームも持っていた。趣味に打ち込み過ぎて劇場出番やテレビ収録に遅刻あるいは欠席することも多く、そのたびにドノバンは周囲に謝りまくり、ピンで仕事を務めていた。ギャラリーは酒に酔うとおのれを失うタイプで、何度か暴力事件を起こし、逮捕・略式起訴されたこともある。また、違法賭博で検挙されたことも四、五回にのぼった。しかし、ドノバンはけっして相方を見捨てることなく、毎回、世間からの誹謗中傷《ひぼうちゅうしょう》に耐えながらギャラリーの復帰を待った。腰元興業は出来高制なので、仕事がなくなるとどんな大物も途端に貧乏になる。

「あいつと組んでたらあんたがつぶれてしまう。ほかの相方を見つけたほうがええ。俺がぴったりのやつ世話したろか」

親切ごかしに言ってくるものもいたが、ドノバンは頑として聞かなかった。

「ギャラリーくんの代わりはおらん」

それが、ドノバンの主張だった。ギャラリーは、奔放な私生活同様芸風も自由気まで、舞台でもどんどんアドリブを入れてくる。アドリブというより、ネタの進行方向がまるっきり変わってしまうような展開を放り込んでくる。そのためにドノバンは、自分たちの漫才がどうなるのか、毎回、やってみないとわからない状況に立たされるのだった。だが、そのことで漫才にいきいきした魅力が生まれ、大きな劇場が揺れ動くほどの爆笑をかっさらうことになるのだ。もちろんドノバンの鋭いツッコミが的確に炸裂《さくれつ》することによって、ボケが笑いへと昇華するのだが。

「ぼくらはいつもちがう漫才をやってます。この先どうなるかわからん、尺もオチも読まれへん……そういうドキドキ感がぼくらの漫才をぼくらだけにしかできんものにしています。それは全部、ギャラリーくんのお蔭《かげ》なんです。彼は天才です。ぼくはギャラリーくんが投げてくるボールを必死で打ち返してるだけなんです。謙虚……？ ちがいます。これぱっかりはあんたらにはわからんと思います。舞台に立って、あの男と漫才をやってみた人間にしかわからんのです」

あるインタビューで、ドノバンはそう語っている。

そんなドノバンの姿勢がある意味仇《あだ》となったのだろう。なにをやっても相方は待っていてくれる、俺は天才なんや……そんなおごりがギャラリーに生まれ、いつしか彼は破滅型芸人の道を歩むようになっていた。

今年はコンビ結成三十年という節目の年だった。腰元興業も盛大に記念イベントを開き、テレビでの特番も決まっていた。そんな矢先、ギャラリーは麻薬不法所持で逮捕されたのだ。しかも、逮捕時に警官を殴ったことで公務執行妨害にも問われることになった。また、麻薬の入手先ルートの解明によって、黒い勢力との付き合いも明らかになってしまった。三田村ギャラリーは腰元興業を解雇され、懲役二年という実刑判決が下されて、塀のなかのひととなった。これまでの逮捕歴のせいで執行猶予はつかなかったのだ。

判決を聞いてギャラリーは涙を流し、家族のためにもぜったいに更生すると言った。しかし、マスコミは冷たかった。

「あいつは嘘つきだ。これまでも何度も更生すると誓ったのにその約束を反故《ほご》にしてきた。信用できない」

「どうせ出てきても、また事件を起こして逆戻りする。同じことの繰り返しだ。ドノバンにも責任がある。彼が甘やかすからこんなことになったのだ」

ドノバンはそういう声に対して沈黙を守った。いつものように「ぼくは彼がいないとダメなんです。彼の出所を待ちます」という台詞《せりふ》も聞かれることはなかった。

「さすがのドノバンも愛想が尽きたんやで。裏切られてばっかりやもんな」

ギャラリーが刑務所から出てくるのは二年先だ。とても待ってはいられない。それに、ギャラリーは腰元を解雇されたのだから、もし出所してきても公の場で一緒に漫才はできない。ドノバンが会社を辞めたら再結成の可能性もなきにしもあらずだが、真面目で律儀なドノバンは長年世話になった腰元を離れることはないだろうと思われた。

ドノバンは会社の勧めもあってピンの活動をはじめた。漫談やお笑いイベントの司会、街歩きをして素人《しろうと》と触れ合う番組など、さまざまなことを試みた。しかし、ピンでのドノバンは、漫才のときとはうってかわって精彩を欠いた。ひとりでは彼の持ち味である「押さえつけるような強烈なツッコミ」が効果を発揮しない。また、素人相手では強すぎて向こうが受け止められず、いじめているように見えるのだ。

腰元興業は、稼ぎ頭である彼を放っておかなかった。ギャラリーの物真似《ものまね》が得意な芸人と組ませて、「車中泊」を再現させたのだ。これはウケた。やはり観客は「車中泊」を求めていたのだ。営業の仕事がどんどん入ってきた。しかし、ドノバンは鬱々として楽しまなかったようだ。

「これは『車中泊』のコピーや。漫才でもなんでもない。まえにやったことをなぞってるだけや。ぼくがやりたいのは、その場で作っていく、はらはらしながら仕上げていく漫才なんや」

そう公言して、結局、そのコンビを解消してしまった。そのころからドノバンは仕事を減らしはじめ、ついにはほとんどひとまえに出ないようになってしまった。だから、ここキング座で見かけることもなくなっていたのだが……。

「ドノバン師匠、なにしに来はったんやろ」

「さあなあ……」

ケンとブンがそんなことを言いながら楽屋へ戻ろうとすると、落語家の桂渋珍《かつらしぶちん》が通りがかり、

「おう、わし、今から長野蕎麦《ながのそば》に出前頼むけど、きみらも一緒にどうや」

若手におごってやろうというのだ。

「ありがとうございます！」

長野蕎麦の出前は迅速である。五分後には岡持ちを持った店員がやってきた。渋珍師匠の楽屋でその付き人とともに肉うどんを食べていると、ドアが開いて、青海ドノバンが顔をのぞかせた。

「ドノバン師匠、お久しぶりです。今日は打ち合わせかなにかですか」

渋珍は腰を浮かして挨拶したが、ドノバンは無言でドアを閉めて、行ってしまった。座り直した渋珍にブンが、

「ドノバン師匠てちょっと変わってはりますね」

と言うと、渋珍はうどんの汁を啜《すす》りながら、

「うーん……まあ、アレかな」

「アレ？　アレとは？」

「先月、会社の健康診断があったやろ。あれでドノバン師匠、再検査食らいはったんや。それでこないだ、井戸《いど》先生に診てもらいはったらしい」

なんばキング座の四階からうえは腰元興業の本社事務所になっている。井戸先生というのはそこの医務室の専属の医師である。社員だけでなく、大阪腰元に所属する数百人の芸人たちが頻繁に医務室を訪れ、診察してもらう。井戸医師は大酒飲みで、しょっちゅう芸人たちと飲み歩き、二日酔いで診療することもしばしばだったが、ドノバンはそんな井戸と気が合うらしい。健康管理には人一倍気を使っているドノバンだが、総合病院よりもここの医務室を信頼しているらしかった。

「胃カメラ飲まなあかんのや、て言うてはったから、もしかしたらそのあと井戸先生からなにか言われたんかもわからんな」

ありそうな話だ、とケンは思った。

「芸人は飲むのも仕事のうちやけど、身体壊したらなんにもならんからな。きみらも気ぃつけや」

渋珍はそう言うと、肉うどんの汁を一滴残らず飲み干した。

ケンは新喜劇のあいだに外出し、劇場近くの店でアイスキャンデーを買った。もちろん「ヨガフケタ」の木村に食べてもらうためだ。

キング座に戻るとすぐに、二回目の公演がはじまった。またしても立錐《りっすい》の余地もないほどの入りだ。

（ゆう子はいてるかな……）

漫才中に一階席から二階席……と客席を見まわしていると、

（――えええええっ？）

一階席の真ん中あたりに、でん、と座ってこちらを見ているのは、里見刑事ではないか。

（しつこいな……まだ疑《うたご》うてるんか。まるで俺が嘘つきみたいやないか）

嘘つきなのだが。

（ここまでするとは思っていなかったなあ……）

途端、テンションが落ちた。滑舌が悪くなり、台詞を嚙《か》んでしまった。ぐだぐだになりかけたが、それではバレると思い、必死で建て直した。最後はかなりの笑いを取って、舞台を降りた。

「どないしたんや、ケンくん。きみらしくもないとこで間違えたな」

「すまん。――ちょっと気が逸《そ》れたんや」

「明日入れてあと四回や。気ぃ引き締めて行こ」

「わかってる」

そう言いながらも、

（ヤバいなあ……楽屋に来られたりしたらえらいことや。なんとか出会わんようにせんと……）

ケンはかなり焦っていた。そうだ、楽屋に戻らなければいいのだ。まさか舞台袖まで押しかけては来るまい。

「俺、今日はここでずっとネタ見てるわ」

「そうか、勉強やもんな。ぼくもそうするわ」

というわけでふたりはスタッフに許可を得て、袖から舞台を拝見することになった。初日に続き、二度目である。こういう大きな劇場では皆、おなじみの鉄板ネタをかけるものだが、それでも初日に比べると少しずつ変化する。たとえベテランでも、ウケた部分を強く押したり、ウケなかった部分を削ったりと微調整を繰り返し、その結果、どんどんネタは良くなっていき、財産となる。だから、客のまえでやることがネタを育てるのだ。家や公園でいくら練習しても、それは単なる練習にすぎない。「ヨガフケタ」も桂渋珍も、同じネタでも初日とはずいぶん違ってきている。それを見るのも芸人の勉強なのだ。

トリを務めるのは「ザ・パイン」だが、その膝代わり（トリのひとつまえに出演する芸人）は色物で、マジックの「ミスター・マジルカ」である。マジルカは鳥打帽にトレンチコートを着た一見古風なスタイルのマジシャンだが、そのセンスは現代的で、テレビでも営業でも引っ張りだこの人気者だ。客席からはおろか、こうして真横から見ていてもそのタネも仕掛けもまるでわからない。いくつかマジックを披露したあと、

「さあ、今日はせっかくの日曜日なので特別大サービス。お客さんにひとり、舞台に上がっていただきまショーかね！」

これは嘘である。毎日、かならず客をひとり選んで、手品を手伝わせるのだ。

「どのひとにしまショーか。えーと……そちらにいらっしゃる、私とよく似たサングラスのおじさん、お願いできますか」

彼が指名したのは、まえから七列目の端のほうにいた、トレンチコートに縞模様《しまもよう》のハンチングをかぶった、ちょび髭《ひげ》の中年男だった。男は無理無理という風に手を振っていたが、マジルカは許さなかった。わざわざ舞台から降りてきて男の手を取り、

「ノンノン、遠慮なさらないで。一緒にマジックショーを楽しみまショーよ」

ほかの観客の拍手に押されるようにして、男はしぶしぶ舞台へ上がってきた。

「さあ、お兄さん……お父さんかな。まずはお名前をおききしまショーか」

「え、えーとお……しゃばらざきゆうばろうです」

「しゃ、しゃばらざきゆうばろうさんですか。変わった名前ですね」

「そ、そうですか。うちの近所には多いですよ」

「どんな字を書くんでショーか」

「字、ですか？　字……そう、娑婆羅崎弓場朗です」

偽名にしても無茶苦茶だ。観客は大爆笑している。

「おい、ちょっと貸せ！」

低い、ドスの利いた声が聞こえた。

「あ、ドノバン師匠……な、なにするんですか！　やめてくださいよっ」

ケンたちのすぐ後ろにコンソールがあり、照明、電動幕、音響などの調整をスタッフが行っているのだが、インカムをつけたそのスタッフに「車中泊」の青海ドノバンが覆いかぶさり、無線マイクをもぎとったのだ。マイクのフェーダーをテンパイまで上げると、

「チェック……チェック・ワン・ツー……」

自分の声が客席に大きく響き渡っているのを確認すると、ドノバンは大股で舞台に出ていった。

「どうされたんですか、ドノバン師匠……」

呆然《ぼうぜん》としたミスター・マジルカのまえで、ドノバンはリュックをその場に下ろし、なかから取り出したのは拳銃だった。

「ひえええええっ！」

ミスター・マジルカはあわてふためいて舞台から客席へ飛び降りた。客たちはざわついたが、まだこれがマジックの演出なのか本物の事件なのか半信半疑でいるようだった。ドノバンは、立ち尽くしていた娑婆羅崎弓場朗の腕を摑んで引き寄せ、

「これはお笑いやない。ぼくは本気や」

　そう言うと、銃口を天井に向けて引き金を引いた。パーン！　という発射音がして火薬の匂いが漂った。客たちは悲鳴を上げながらわれ先にと逃げ出し、いくつかある出口へと殺到した。あわてて倒れるもの、そのうえに乗っかるもの、衝突するもの、階段を踏み外すもの、まえにいるものを突き飛ばすもの、髪の毛を引っ張るもの、襟首を摑んで引き倒すもの……。

「こらあ、はよ行かんかい！」

「まえがつかえとるんじゃ」

「知るか。撃たれたらどうすんねん」

「どかんかい、わしが先や！」

　パニックが九百人の観客のうえに訪れた。

「逃げんとってもらえますか。逃げたもんは撃ちますよ」

　舞台のうえのドノバンは落ち着いた口調でそう言った。客たちはぴたりと足を止めた。

「安心してください。皆さんを撃つつもりはありません。ぼくはある要求をするためにここに来ました。皆さんには今から、お客さんとしてその一部始終を観てもらいたいんです。席へ戻ってもらえますか」

外へ逃れた客もかなりいるようだが、残った客たちはおそるおそる元の席に着いた。数は六百人ほどに減ってはいたが、それでもかなりの人数である。

支配人の阿波毘がスタッフたちとともに袖に駆けつけ、

「ドノバン師匠……なにしてくれとんねん！」

吐き出すようにそう言うと、スタッフのひとりに、

「警察を呼べ」

「はいっ」

阿波毘は一本のマイクを手にすると、

「ドノバン師匠、聞こえてますか。支配人の阿波毘です」

「おお、阿波毘くん、ごきげんさん」

「挨拶してる場合やないですよ。なにを考えてるんです。こんなことしたら芸人人生おしまいですよ」

「それはようわかってる。芸人人生どころか、ぼくの人生、終わりなんや」

「は？　どういうことです？」

「どうでもええ。ぼくの要求を伝える。もし、それが却下されたら、この人質を殺してぼくも死ぬ」

「我々が飲めるようなことでしたらなんとかさせていただきます」

「それは、警察のかたが来られてから言うわ。警察のかたは来られとるかいな」

「いや、それはまだ……」

そのとき、客席からひとりの男が挙手をした。里見刑事だ。

「ぼくは警察官です。たまたまお笑いを観にきてました。ぼくではどないですか」

いつものがさつな声ではない。緊張でか細くなっているのだ。ドノバンは穴の開くほどじっと里見の顔を見つめていたが、

「悪いけど、あんたではあかんわ」

里見はずっこけた。

「なんでや！」

「あんた、下っ端やろ。もっとうえのひとを連れてきてもらいたいねん」

「し、下っ端やと？　言うたらなんやけど、ぼくはこれでも巡査長や」

「ははは……巡査長かいな。あんたの権限では無理やな。せめて警部ぐらいでないと聞いてもらえん頼みなんや」

里見が真っ赤になって下を向いたとき、サイレンの音が聞こえてきた。大阪府警が到着したらしい。しばらくすると舞台袖に七、八人の警察関係者がやってきた。先頭に立っているのは片筒だ。彼は阿波毘支配人に、

「難波署の片筒です。人質は無事ですか」

「今のところ無事ですが、このままやとお客さん全員が人質みたいなもんです。だれかひとりでも怪我《けが》したら、うちの劇場の大失態になります。なんとかしてください」

「最善を尽くします」

腰元の若い社員が、

「SATかなにかにドノバン師匠を狙撃してもろたらどうです」

阿波毘は顔をしかめ、

「アホなことを言うな！ ドノバン師匠がうちの会社にどれだけ貢献してはると思とんねん。ドノバン師匠は腰元の宝やぞ」

叱ってから片筒に向き直り、

「警察になにか要求があるらしいですが、まえのほうの席にいる警察のかたでは階級不足らしくて、せめて警部クラスをよこしてくれ、と言うてはります」

黙っていられず、ケンがまえに出た。

「片筒さん、くるぶよのケンです」

「おお、きみか。よく会うなあ」

「階級不足と言われたのは里見刑事さんです。よろしくお願いします」

片筒はうなずくと、支配人に言った。

「私は警部補です。もうじき府警本部の捜査一課長も来るはずですが、彼は警視です。

とりあえず犯人と話をさせてもらえますか」

「わかりました。このマイクをお使いください」

支配人は、自分が持っていたマイクを片筒に手渡した。片筒は咳払《せきばら》いをすると、

「えー、青海ドノバンこと青海壮太郎《そうたろう》。私は大阪府警の片筒警部補だ。ただちに人質を解放しなさい」

「ぼくの要求を叶えてくれたら解放させてもらいます。ぼくもこのひとを傷つける気は毛頭ありません。けど、もしあかんかったら……そのときは知りまへんで」

「わかった。言ってみたまえ」

ドノバンは少し間を置いてから、はっきりした声で言った。

「大阪刑務所に収監されているぼくの相方、三田村ギャラリーくんを即時釈放してもらいたい」

かすかなどよめきが客席から起こった。ケンは驚いた。ギャラリーはあと一年もすれば釈放されるのだ。ここでこんな大事件を起こして犯罪者になる意味がわからない。

「それは警察の一存では回答できない。刑の執行は法務省の権限なので、そちらと相談してから……」

「ぼくにはそんな暇はないんです！」

悲痛な声でドノバンは叫んだ。

「とにかく今から一時間以内にギャラリーくんを釈放すること。これがこの人質を解放する唯一の条件です。警察で埒《らち》があかんのやったら法務大臣にでも総理大臣にでも最高裁の長官にでも頼んだらええ。ギャラリーくんをここへ連れてこい。一秒でも遅れてみい。この男を……」

ドノバンが拳銃の銃口を人質の胸にぐいと押し当てた途端、

「なにすんねん、このどスケベ！」

人質はドノバンの頬を思い切り張り飛ばした。ケンは仰天した。

（ゆ、ゆう子や……！　あいつ、なにやっとんねん……）

おっさんに変装してたんか。わからんはずや……。

「おまえ……女やったんか！」

ドノバンも驚いたようだった。すこしうろたえていたが、

「女を人質にするつもりはなかったが、これも運命や。今さらほかのやつと交換できん。あきらめてくれ」

ケンは動揺した。彼を観にきたためにあんな目にあっているのだ。なんとかしないと……思い切って飛びだしてゆう子を助けられないかを考えた。しかし、拳銃の銃口はゆう子の身体に密着しており、万が一のことを考えると無謀な行動には出られなかった。引き金にかかった指がちょっと動くだけで、ゆう子の命は奪われるのだ。

「きみの相方は罪を犯し、その償いのために服役している。なぜ彼を釈放させねばならないのかね」

片筒がそう言うと、

「ギャラリーくんが罪を償うのは当然のことやと思てる。ほんまはぼくも、あと一年、きっちり勤め上げてほしい。けど……それを待ってられん事情がぼくのほうにできてしもたんや」

「どういうことだ」

「ぼくは……癌《がん》やねん。余命三カ月や」

場内は静まり返った。

「漫才はぼくのすべてや。ぼくの人生や。ギャラリーくんと漫才をしているときだけ、ぼくは、生きているゆう実感を味わえた。なんやかんやでコンビ結成三十年……充実した三十年やったけど、まだまだこれからや、そう思てた。節目のイベントをやって、再スタートや。そういう気持ちでいたんやけど……ギャラリーくんの逮捕でなにもかもパーになってしもた。出所まで待ったらええ。イベントは楽しみにしてたけど、ちょっとぐらい遅れてもかまへん。そう考えよう、と自分に言い聞かせた。腰元はギャラリーくんをクビにしよったけど、まだ手はある。きちんと罪を償って反省したら、また再契約もありうるやろ。ぼくも口添えしよう。それに、事務所の壁を越えたイベントなんかなんぼでもあるやないか。そう思ってた。でも……こないだぼくは知ってしもたんや」

ドノバンはしゃべり続けた。

「会社の健康診断で引っかかって再検査て言われた。それで、井戸先生のところで、いろいろ調べてもろた。その結果が出る、ゆう日、マネージャーの坂巻《さかまき》とふたりで聞きにいったんや。先生、ぼくには、なんでもない、喉にちょっとポリープがあるだけや、て言いはったんやけど、ぼくがトイレに行って戻ってきたとき、先生と坂巻が話してるのを聞いてしもた……」

その会話というのは、ざっとつぎのようなものだったそうだ。

「先生、どう思いますか」

「十中八九、喉の癌以外のなにものでもない」

「治りませんか」

「あいつの癌は治らん」

「どないかなりませんか」

「神頼みしかないやろ。まあ、癌家系かな」

「痩《や》せてきて、体調も悪いらしいんです」

「食事に気をつけたほうがええ。胃・食道癌やからな」

「これ、つまらないものですが」

「もってふた月か……」

「ふた月でしたか」

「あいつの余命三カ月やろ」

ドノバンは愕然《がくぜん》とした。足が震えた。そこからどうやって家に帰ったのか覚えていない。あとで坂巻マネージャーから電話があって、どうして先に帰ってしまったんですかと言われたが、なにも答えられなかった。仕事から戻ってきた妻が、遅なってすんまへん、すぐにご飯の支度しますわ、と言うのにも、食欲がない、なんもいらん、と言って布団を引っかぶって寝てしまった。翌日、坂巻を呼び出し、

「頼む、ほんまのこと教えてくれ。ぼくは癌なんやろ」

「なにを言うてはるんです。違いますよ。井戸先生も言うてはったでしょう、喉にポリープができてるだけや、て」

「ぼくは聞いてしもたんや。きみと先生がしゃべってるのをな。ぼくは、食道と胃の癌なんや」

「いいかげんにしてください、ぼくらそんなこと一言も言うてません」

「嘘つけ！」

マネージャーは信用できない、と思ったドノバンは、会社にマネージャーの交替を

要請したあと、妻を問いただした。

「私、そんなん坂巻さんからも井戸先生からも聞いてません」

「そんなはずない。家族には真実を話すはずだ。おまえはぼくをだますのか。頼むから本当のことを言ってくれ」

しかし、妻は、医者からはなにも聞いていないと繰り返したので、ドノバンはカッとして手を上げそうになったが、なんとか思いとどまった。その後、喉と胃の調子はしだいに悪くなっていき、ドノバンは新しいマネージャーに、井戸医師から診断書のコピーをもらってくるよう命じた。しかし、井戸医師は新喜劇の海外公演に同行しており、しばらく帰国しないという。しかたなく看護師に頼むと、井戸先生の許可がないと見せられないとのことだった。ドノバンは、そのマネージャーも遠ざけ、家に引きこもると、ギャラリーとの漫才のビデオを朝から晩まで観まくった。

（ぼくの人生はあと少しで終わる。もう一度、ギャラリーくんとあの熱い漫才をしたい。お客さんのまえで、やりながらどきどきはらはらするような漫才をして、大爆笑を巻き起こしたい……）

ドノバンはそう思うようになっていった。あと一回だけでいい。ギャラリーと火の出るような漫才ができたら、自分は死ねる。本当は、三十周年の記念イベントがそうなるはずだったが、今となっては不可能だ。

（このまま死ぬのは嫌だ。なんとしてでもギャラリーくんと漫才がしたい。でも……彼の出所を待っている時間がぼくにはない！）

絶望が襲ってきた。酒を飲んでも、どうにもならなかった。彼は会社を通じて、刑務所からギャラリーを一時釈放してもらうおうとした。しかし、腰元興業の重役は、

「そんなアホなこと頼めません。ぜったい無理ですわ」

そう言って首を縦に振らなかった。

「ギャラリーさんはうちの芸人やないし、腰元が頼むのは筋違いやないですか。あと一年やないですか。ゆっくり待ったらよろしいがな」

その一年が待てないのだ、と思ったが、また水掛け論になりそうなのでそれ以上の説明はしなかった。

やむなくドノバンは個人で、ギャラリーが収監されている大阪刑務所に掛け合った。

「お願いします。ぼくの一生の頼みです。きいてください」

すべての事情を話したうえで、所長室で土下座までしたのだが、所長は困惑した顔で、

「なんぼ師匠の頼みでもこればっかりは無理ですわ。だいたいうちには受刑者を一時釈放するような権限はおませんのや。法務省に申請しとくなはれ。向こうの指示があれば、うちとしては釈放してもよろしいけど……まず無理とちがいますか」

「なんでですねん。法律には『刑の一時執行停止』ゆう項目がある、て聞いてます」

「あるにはありますけど、これは受刑者の命にかかわるような病気とか大怪我があって、うちの医務では手に負えん、という場合にかぎって、外部の病院に入院させられる、ゆうことです。漫才をしたいから、ゆうのはちょっと理由には……」

「ぼくが、命にかかわる病気なんです。それでもあきませんか」

「残念ですが……刑務所ゆうところは、親や子が死んでも釈放できませんのや」

「仮釈放ゆうのもあるはずです。ギャラリーくんは仮釈放扱いにはならんのですか」

「仮釈放ゆうのは、刑務所内での態度がよほどちゃんとしてて、反省の色が濃い収監者を、刑期の終了を待たずに釈放するゆうことですねん。認められるのはほとんどが初犯の場合です。ギャラリーさんは、賭博やらなにやらで度重なる逮捕歴がありますさかい、どう考えても仮釈放にはなりません」

「こないだニュース見てたら、どこぞのヤクザの親分が、娘さんの結婚式に参加するために五時間半だけ刑務所を出るのを許された、ていうてました。漫才は五時間半もかかりません。ほんの一時間……いや、三十分もあったらよろしいねん。ヤクザの親分がいけるんやったら、ギャラリーくんでもなんとかなるんとちがいますか」

「師匠、間違《まちご》うてますわ。あれは刑務所やのうて拘置所です。あの親分はまだ裁判中で勾留されてるときやったので、情状酌量が認められたんです。裁判が終わって刑が確定して、刑務所に入ってしもたら、どうにもなりません」

「刑務所も拘置所もおんなじようなもんですやん。刑務所に人情はおまへんのか」

「それはひどい言い方ですな。受刑者ひとりひとりに事情があり、それをいちいち汲《く》んではおられません。刑務所というのは、罪を犯した人間が世間から隔絶されて罪を償うための施設です。我々は、受刑者が刑期のあいだ健康に過ごし、また世間に戻っていくことに全力を尽くしています。親の死に目、奥さんや子の死に目に会えない受刑者も多いのに、漫才をするために釈放しろというのは、正直、ありえんことです」

「そうですか……」

ドノバンはがっくりと肩を落とした。万策尽きた、と思った。

「せっかくですからギャラリーさんと会《お》うていかれますか」

「はい……」

彼はギャラリーと面会した。

「よう、ドノバン。久し振りやなあ！」

「おまえは元気そうやな」

「あったりまえよ。ここにおると酒も飲まんし煙草《たばこ》も吸わんから健康そのものや。本も読めるし、楽しいわ」

「そうか……。あと一年やなあ」

「一年なんかあっという間や。もっと長いことおりたいぐらいや」

「今すぐここを出たいとは思わんのか」

「思わん思わん。わし、何遍も失敗したけど、今度こそ真っ当になれるような気がしてるねん。そのためにも刑期はきっちり勤めて、真っ白な身体になって娑婆に出たいと思とる。——おまえは元気なさそうやな。えらいしょぼくれとるやないか」

「ああ……体調悪いねん」

「アホ！　元気出さんかい！」

ドッと疲れが出た。ドノバンは家に帰ると、妻のみちえに一枚の書類を渡した。

「なんやのん、これ」

「見ての通り、離婚届や。ぼくの判はもう押してある。おまえがハンコついたら離婚成立や」

「ちょっと待ってえな。勝手に決めて、なんやのん？　滅茶苦茶や」

「ギャラリーくんを釈放してもらうのは現状では不可能らしいんや。それでぼくは最後の手段を取ることにした」

「最後の手段……？」

「そうや。おまえに迷惑がかかることになる。せやさかい他人になるんや。長いこと世話になった。礼言うで」

「あんた、なにしでかすつもり？」

「それは言えん」

「ギャラリーさんと漫才したいんやったら、あと一年辛抱し。それしかないがな」

「ぼくかてそうしたいわい。けど、ぼくはあと三カ月の命なんや」

「まだそんなこと言うてるんか？　ほんま、アホとちがう？」

「なんとでも言え。とにかく判つけよ。わかったな」

「アホらし。あんたの言うことまともに聞いてたら頭おかしなるわ。私、河原町花月に仕事に行ってくるさかい、どこにも行かんと家でおとなしゅうしときなはれや」

妻が出ていったあと、ドノバンは金庫から拳銃を取り出してリュックに入れ、勝手知ったるなんばキング座へとやってきたのだ……。

「事情はほぼわかった」

片筒は言った。

「それはよかった。ぼくもしゃべり疲れたわ」

ドノバンはにっこりした。

「ほな、ぼくの要求の意味もわかってくれたやろ。普通のやり方でギャラリーくんを釈放してくれへんのやったら、法律を超えた手段を取るしかない。——よろしゅう頼むで」

そのとき府警本部の刑事たちが到着した。彼らのうち、長身のひとりが片筒のところへ来た。捜査一課長の桐山尚太郎《きりやまなおたろう》だ。彼は小声で、

「狙撃隊がスタンバっている。話しかけて、犯人の気を逸らせるんだ。私が合図したら撃つ手筈《てはず》だ」

「まだ、説得の余地があります」

「甘いな。きみは知らんのか。これだけの客を巻き込んでの立て籠もり事件だ。なかにはスマホで動画をSNSに流しているものもいる。しかも、犯人は有名な漫才師だ。テレビもネットも、この事件の話題で持ちきりなんだ。早く解決しないと大阪府警の威信にかかわる」

「一時的な保釈も無理ですか。法務省は検討していただいたんですか」

桐山は片筒になにやら耳打ちした。片筒の顔色が変わった。

「そうですか……」

「だから、選択肢は狙撃しかない。犯人の疲労を待つという手もあるが、不眠が続くと苛立《いらだ》ちが増して、人質を殺して自分も死ぬ……という最悪の結果を招きかねない。勝負は早いほうがいい」

ケンが進み出て、

「狙撃はやめてください」

「だれだ、おまえは」

片筒が、

「くるくるのケンという漫才師です。これまでもたびたびうちの事件を……」

「素人の出る幕ではない！　芸人だのお笑いだのがこういう場にいるのは不謹慎だ。楽屋にでも引っ込んでろ」

ブンが後ろから、

「おい、ケンくん……」

ケンはブンを無視して、

「犯人は人質に危害を加えていません。殺すのはやりすぎです。それに、狙撃した弾が外れてゆう……人質に当たったらどうするんですか」

「殺しはしない。拳銃を持っているほうの手を狙うように指示してある。それに、狙撃手は人質に当てるようなへまはしない」

「犯人の手に弾が当たった拍子に引き金が引かれたらどうするんです」

「うるさい！　片筒くん、こいつをここから追い出せ。この緊急事態に、警察関係者以外のものは邪魔になる」

ケンはカツラを脱ぎ捨て、くるくる眼鏡《めがね》を外した。

「自分は警察関係者です。難波署刑事課の高山一郎巡査長です」

一同はその場にひっくり返った。もっとも驚いたのは片筒とブンだったろう。

「お、おまえ……ボッコちゃん……」

「ケンくん……きみって刑事……」

そのとき、ドノバンが彼らに向かって、

「なにをごちゃごちゃしとんねん。釈放のだんどりはできたんか！」

桐山が片筒に、長くしゃべるようにと手で知らせた。

「それがその……」

マイクを手にしたものの、片筒は口ごもった。

「やっぱりできんとか抜かすんやないやろな。このおっさ……女がどうなってもええんか。ぼくはマジやで。どうせ死ぬんや。なにをやっても怖いことないんやで！」

「府警本部のほうから大阪刑務所に服役中の三田村ギャラリーさんに連絡を取り、きみの要求について伝えたのだが……」

「うん、それで？」

「ギャラリーさんは、釈放されたくない、と言っておられるのだ」

「な、なんやて？」

「ギャラリーさんからの伝言だ。『刑期を真面目に勤め上げて出所したいのに、途中で無理矢理出されるのは迷惑や。きみが起こした事件に巻き込まれるのもご免やねん。

悪いけど、きみの言うことは聞けんわ。ほな、さいなら』……だそうだ」

　ドノバンはしばらく絶句していたが、

「人質を取ってることも伝えたんやろな。ギャラリーくんが出てこんかったら、ぼくはこのひとを殺すかもしらんのやで！」

「それも伝えた。人質になったひとには申し訳ない。アホなことせんと、人質を解放して、真人間になることを願っています……ギャラリーさんはそう言っておられる。私も同感だ。すぐに人質を解放したまえ。今ならまだ間に合う」

「う、う、うるさい！」

　ドノバンはおろおろ声で、

「こんな事件まで起こしたのに、肝心のギャラリーくんが出てこんやなんて……ぼくはいったいどうしたらええんや！　くそっ、こうなったら……」

　ドノバンは拳銃をゆう子の額に押し当てた。

「いかん、やつはヤケクソになっているぞ」

　片筒は言ったが、ケンは動けなかった。彼が飛び出したことをきっかけに引き金を引いてしまう……そういうこともありうるからだ。胃が口から飛び出しそうだ。

（くそっ……どうしたらええんや……！）

　ケンは頭を抱えた。

（俺は刑事や。刑事はこういうときにどうするべきなのか……）

彼は、捜査専科講習で習ったはずの「刑事のいろは」を思い出そうとしたが、頭はただ真っ白だった。

「人質が危ない。よし……」

桐山捜査一課長が、どこかにいるらしい狙撃手に合図をしようとしたとき、ケンの身体が勝手に動いた。気がつくと、舞台のうえを走っていた。

「く、く、く、来るなああっ！」

ドノバンは拳銃の銃口をケンに向けたが、引き金を引かなかった。ケンは叫んだ。

「漫才してください！」

「——なんやて？」

混乱したドノバンが拳銃を下ろした。舞台袖では桐山が、

「今だ。狙撃班……」

指示を出そうとしたのを、片筒がさえぎった。

「待ってください。あいつになにか考えがあるようです。撃つのはそれが失敗してからでも遅くはない」

「な、な、なんだと！　きみは責任が取れるのかね。だいたい刑事で芸人なんて許されることではない。それに気づかなかったことも含めて、きみの責任は重大だぞ」

「わかっています。あいつを信じて、やらせてやってほしいんです」

　そんな舞台袖のやりとりも知らず、ケンはドノバンに言った。

「ドノバン師匠、くるぶよというコンビのボケのケンといいます。師匠は、この世の名残《なご》りに手応えのある漫才をやりたくて、こんな騒ぎを起こしたんですよね」

「そや。ギャラリーくんと最後の漫才をするためや」

「それやったら、俺とやってください。ギャラリー師匠が出てこないことは決定しました。ほかの相手を見つけるしかないんとちがいますか。手応えのある漫才ができたらそれでええんでしょう？」

「そ、そういうこっちゃ。けど、きみはぼくと組んでそれだけの漫才ができるゆう自信があるんか」

「――はい」

「刑事のいろは」が使えなかったら、「お笑いのいろは」を使えばいいのだ……ケンはそう思った。

　ドノバンはケンの目をじっと見つめていたが、

「わかった。きみとやってみよ。ギャラリーくんにふられてしもたんや。ダメでもともとやさかいな」

「ありがとうございます！」

ドノバンは拳銃を床に置き、ゆう子を解放した。

「今だ！　取り押さえろ！」

桐山が叫んだが、片筒が大きな手で彼の口をふさいだ。

「ひゃ、ひゃにをひゅる」

「だから、待ってくださいと言ったでしょう。黙って見ててください」

ドノバンはサンパチマイクに向かって言った。

「お客さん、えろう怖い目に遭わせて申し訳ありませんでした。今からこの子と漫才させていただきます。たぶん青海ドノバン、生涯最後の漫才になると思います。ぼくはこの子との漫才が終わったらおとなしく逮捕してもらうつもりです。あとちょっとだけ……十分だけおつきあいください。嫌やとおっしゃるかたはどうぞ今のうちにお帰りください。引き留めはいたしません。——あ、それとこの拳銃ですが、ただのモデルガンです。火薬で大きな音は出るんですが、弾は出ません。どうぞご安心を」

客はだれひとり立ち上がろうとしなかった。

「モデルガンならすぐにでも逮捕……ひゅるひょひょひょ……」

また騒ぎ出した桐山の口を、片筒が面倒くさそうに封じた。

「お客さんのお許しが出たようや。ほな、ケンくんやったな、はじめよか」

「はい」

ふたりは頭を下げた。

「どーもー、『車中泊』のドノバンと……」

「くるくるのケンと申します。どうぞよろしくお願いします」

拍手が来た。

「きみら若いもんは知らんけど、ぼくらみたいな歳になると、遺産相続のことが気になってくるもんや」

来た……とケンは思った。このネタは聞いたことがある。たしか、財産を奥さんではなく不倫相手に全額譲るにはどうしたらええか……というやつだ。これならなんとかなる……。

「あんたぐらい有名やとさぞかしぎょうさん財産もあるんやろな」

「まあ、きみとは比べものにならんわな。きみが一生かけてもぼくの足もとにも及ばんやろ」

「馬鹿にしたらあかんで。ぼくかてそれなりの貯《たくわ》えはある」

「ほう、えらいなあ。どれぐらいある」

「自慢するようで悪いけど、きみの財産をあべのハルカスとすると、ぼくの財産は……」

「きみの財産は？」

「ハルカスのまえにある小さなビル……」

「でも、一応はビルやな」

「のまえにあるたこ焼き屋の屋台……」

「屋台でもないよりましや」

「のたこ焼き……」

「た、たこ焼き！」

「のうえにかかってる青のりぐらいやな」

「そんな、ふーっと吹いたら飛んでしまうような財産やったら捨ててしまえ」

「無茶苦茶言うなあ」

さすがに小気味良い間とテンポである。ケンは、豪華客船に乗っているような贅沢《ぜいたく》感を味わっていた。

「ぼくはそのあべのハルカスぐらいの財産のせいで、毎日悩んでるんや。ええなあ、きみみたいな貧乏人は遺産で悩む必要ないから……」

たしか、ここから不倫相手に残したい、という展開になるのだ。しかし、それではドノバンは満足しないだろう。舞台のうえで作られていくのが「車中泊」の漫才だ。ここからが勝負なのだ。ギャラリーの即興のボケとドノバンのツッコミが丁々発止とぶつかり合うのが、ドノバンのいう「手応えのある漫才」のはずなのだ。

「失礼やな。ぼくにも悩みはあるで。ぼくはその青のりほどの財産をな……」

「こどもに譲るんか？　きみはだいたいこどもどころか結婚もしてないやないか。だれに譲るねん」

「ベンツに譲りたいねん」

とりあえずぶっこんでみた。

「べ、ベンツ……？」

ドノバンはニヤリとして、

「ベンツゆうたら車かいな。そんなもんに相続権ないやろ」

「車やない。カメや。うちのペットのカメの名前がベンツゆうねん」

「カメかいな。まあ、飼い猫に全財産譲るひともおるらしいから、動物やったらいけるんかもな」

「ところがそのカメやないねん。水を入れるカメやねん」

「ペットのカメて言うたやないか」

「うちは水を入れるカメをペットにしてるんや」

「水を入れるカメはペットにならんやろ」

「ペットボトルにはなるやろ」

ここで観客から笑いが起きた。今の今まで拳銃で脅され、軟禁に近い状態にされていたのに、だ。

「つまり、きみは、ベンツゆう名前の水瓶《みずがめ》に青のりほどの財産を譲りたい、とこう言うんやな」

「青のりほどの財産やないねん。青のりを譲りたいねん」

「きみ、頭おかしいんとちがうか」

「頭お菓子とちがうか、て、頭はお菓子やないねん。見たらわかるやろ」

客は一度笑い出すと止まらなかった。暴走するケンのボケに軽々とツッコんでいくドノバン……ふたりはまるで長年のコンビのようにぴったりと息が合っていた。

「せやない。よほどどんくさい、て言うこっちゃ」

「遊歩道の独裁？ そんなしょうもないことしてどうすんねん」

「なんぼほど聞き間違うねん。頭に虫湧いてるんとちがうか」

「頭に牛湧いたら牧場できるわ。乳搾りしてその乳でバターとアイスクリームとチーズとヨーグルト作ってボロもうけするわ」

「そうせえ、そうせえ。きみはそうやってずっと牛のおっぱい搾っとけ。ぼくはひとのおっぱいのほうがええわ」

「ああ、それでひと乳を取ったんか」

「もうええわ。ありがとうございました」

ふたりは頭を下げた。大きな拍手が起こった。舞台上でドノバンはケンに握手を求めた。ケンはしっかり握り返した。

「最後の漫才をきみとできてよかった。ギャラリーくんとやってるときと同じぐらい手応えあったわ。ありがとう……」

「俺も、身体が熱くて熱くて……最高でした」

ドノバンは客に深々と頭を下げると、拳銃を拾い、舞台袖に戻ってきた。片筒たちも拍手でそれを迎えた。桐山が拳銃をひったくり、

「本当にモデルガンか？」

「はい、調べてみてください」

ケンはゆう子に歩み寄り、

「怪我してへんか」

ゆう子はけろっとした顔で、

「なんともない」

「怖なかったか」

「全然。私も警官やで。それに、ドノバンさん、私の耳もとでずっと、悪いけどしばらくつきおうてくれ、あんたを傷つけたりすることぜったいないから安心してや、て言うてはった」

「そやったんか」

「漫才おもろかったわ。けど……」

「けど、なんや？」

「おなか減ったなあ」

桐山が刑事のひとりに、

「では、連れていってくれ。手錠は掛けなくてもいいだろう」

ドノバンは桐山に一礼して、

「はい。お騒がせしました。そこのおっさ……おねえさんとお客さんにはほんまに悪いことした。すんまへん……」

「詳しいことは署で聞くとして……どうしてこんなことをしでかしたんだね」

「さっきも舞台のうえで言いましたやろ。ぼくは余命三カ月です。せやさかい、最後にどうしてもギャラリーくんと漫才したかったんです。でも、この子のおかげで夢が叶いました。もう思い残すことはありません」

「しかし、きみを診察した医師の診断書を確認してみたが、喉に軽いポリープ、その他は再検査の結果問題なし、となっていたぞ」

「ぼくは井戸先生とマネージャーがしゃべってるのを聞いてしもたんです。医者が、ひとの生き死にのことであんな冗談言いますか？」

そこまで聞いて、ケンはふと思った。

「師匠、それ、師匠の聞き間違いとちがいますか」

「アホなこと言うな。ぼくは耳は達者やで」

「でも、今の漫才のネタみたいなことが起きたのかもしれませんよ」

ドノバンはかぶりを振り、

「自分のことは自分がいちばんようわかる。ここんとこずっと体調悪いんや」

「あの……」

刑事たちを掻《か》き分けるようにして、ひとりの男がおずおずとまえに出てきた。

「師匠、ぼくです」

元マネージャーの坂巻だった。

「おお、こいつに聞いてもろたらわかります。おまえが井戸先生と話してたのは、

『先生、どう思いますか』

『十中八九、喉の癌以外のなにものでもない』

『治りませんか』

『あいつの癌は治らん』

『どないかなりませんか』

『神頼みしかないやろ。まあ、癌家系かな』

『痩せてきて、体調も悪いらしいんです』

『食事に気をつけたほうがええ。胃・食道癌やからな』

『これ、つまらないものですが』

『もってふた月か……』

『ふた月でしたか』

『あいつの余命三カ月やろ』

　こんな感じやったよな」

「はあ……よう覚えてはりますね。さすがですわ」

「そやろ」

「でも、はずれ」

「なんやと！」

「よう似てますけど、違いますわ。ぼくは、長年、腰元の芸人を診てきてはる井戸先生に、芸人としてのドノバンさんについての感想をお聞きしてたんです。ほんまはですね……、

『先生、（ドノバンという芸人を）どう思いますか』

『『車中泊』のドノバン以外のなにものでもない』

『治りませんか』

『あいつの頑固は治らん』

『どないかなりませんか』

『神頼みしかないやろ。まあ、願掛けかな』

『痩せてきて、体調も悪いらしいんです』

『食事に気をつけたほうがええ。医食同源やからな』

『これ、つまらないものですが（と言って、腰元興業の売店で販売しているみやげ用のコップを差し出す）』

『取っ手蓋付きか……』

『蓋付きでしたか』

『あいつの嫁さん、花月やろ』

　という感じでした」

「ほ、ほんまかいな……」

　ショックを受けてドノバンはふらふらと倒れそうになり、片筒にしがみついた。

「ほな、ぼくは……そんなしょうもない聞き間違いのために大勢に迷惑かけたゆうんか……あかん、これはあかん。ぼくの芸人人生の幕引きとしては、アホすぎる……。せっかくギャラリーくんとふたりで作ってきた『車中泊』の漫才を、自分の手でめちゃくちゃにしてしもたなあ……」

　すると、支配人の阿波毘が言った。

「師匠、そんなことはありません。罪を償って、また漫才してください。それまで我々は待ってます」

「ほ、ほんまか……」

「はい。師匠はうちの宝やと思てます。もちろんギャラリー師匠も……」

「おおきに……おおきに……おおきに」

「裁判がどうなるかわかりませんけど、きっと執行猶予がつきますよ」

「いや……ぼくは実刑のほうがええねん」

「なんでです」

「刑務所に入ったら、ほら、ギャラリーくんと漫才できるやろ。今気づいたんやけど、こんな事件起こしてギャラリーくんを出所させるより、ぼくが塀のなかに入るほうがずっと簡単やったかもわからんな」

　連行されていくドノバンの背中に向かってケンは言った。

「師匠、体調はいかがですか」

「それがなあ……」

　ドノバンは胃のあたりを撫《な》でると、

「すこぶるええねん。やっぱり自分の身体のことは自分ではわからんもんやな」

そう言うと、元気な足取りで刑事の先に立って歩いていった。

ケンは、長い息を吐き出した。いろいろなことが短時間に起こり過ぎた……そう思ったとき、

「きみが漫才師だったとはなあ」

片筒が言った。ブンも、

「きみが刑事やったとはなあ」

そして、ふたりが同時に、

「これからどうする？」

そう言われても、ケンにも答えようがなかった。

「ぼくは、これからもケンくんと漫才を続けたい」

「俺も続けたい」

「私も、きみの刑事としての能力を高く評価している」

「自分も刑事を続けたいです」

片筒とブンはにらみ合った。

「こらあ、高山！」

髪の毛を振り乱した里見刑事が現れた。彼はケンを指差すと、

「やっぱり思たとおりや！　班長、こいつ、警察に内緒で漫才師してましたんや」

「わかっている」

「とんでもないやつでっせ！　すぐにクビにしてください」

「どうしてクビにする必要がある」

「どうして……公務員の副業は禁止されてるはずです。それに、やるにことかいて漫才師やなんて話にもなにも……」

「漫才師は立派な職業だ。私はお笑いのことはわからんが、先ほどの彼らの漫才を観てそう確信した」

「そ、そうですか？」

「桐山さん、どうでしょう。公務員の副業禁止の理由は、本業に支障が生じる、守秘義務違反になる、公序良俗に反して信頼失墜につながる……などの可能性があるからです。漫才師と刑事なら、まるで職種が異なりますし、捜査で知り得た情報を漫才のネタにさえしなければいいのではないでしょうか。きちんと時間を分ければ、両立させることは可能です」

「そうだな……」

考え込む桐山に里見が、

「考えるまでもない。芸人なんて公序良俗違反やないですか」

「いや……違う」

「ええっ?」

「私も、さっきの漫才には感動させられた。私が聞いたところでは、公務員でも実家の農業を手伝うとか、不動産取引をするとか、アパートの管理人をするとかいった副業は許可される場合もあるらしい。公務員をしながら小説家としても活動している有名作家もいるそうだ。地方公務員法第三十八条によれば、要は『任命権者』の許可を取れば問題ないのだ。今回の場合の任命権者は、大阪府警察本部長ということになるが……」

「そんなもんあかんに決まってますがな」

「そう決めつけるものではないぞ。今の本部長の樋山《ひやま》さんは私の高校の先輩だがさばけたひとだ。話してみる価値はある。ふたつのことに秀でたものがいて、片方の才能を生かすためにもう片方の才能を殺すのはもったいないとは思わんかね」

「そ、そらまあそうですが……けど、こいつは大嘘つきですよ! しかも、我々をぺてんにかけたんです。警察に奉職するものとして、嘘は許されないんとちがいますか」

「俺がいつどんな嘘をついたんです」

「お、お、おまえ、俺らを馬鹿にするのもええかげんにせえよ。ここにおる城崎ゆう子と結婚して、新婚旅行に北極行ってペンギン見る、て言うたやないか! よう考えたら、ペンギンは南極にしかおらんのじゃ！」

ケンはふと思いついて、

「嘘やないです。北極、行きましたよ、今日。ペンギンもいてました」

そう言うと、「ヨガフケタ」の木村に買ってきたアイスキャンデーの箱を里見に見せた。

「これ、戎橋《えびすばし》の『北極』のアイスキャンデーやないか！」

その箱には、ペンギンのイラストが印刷されていた。里見は怒りに震えながら、

「ほな、こいつと結婚した、ゆうのもほんまなんやろなあ。まさか偽装結婚ではないやろなあ」

ケンは、かたわらの城崎ゆう子にちらと視線を向けた。

「こいつは俺の嫁さんです。でないと、あんな風にあとさき考えんと飛び出しませんし」

「――えっ？」

ゆう子がぽかんとした顔でケンを見つめた。

「結婚してくれ」

ケンはそう言った。

「もうしてるやん」

　ゆう子はにっこりと笑った。

「そやったな」

　ケンは頭を掻いた。

（追記）

　こうしてくるくるのケンこと高山一郎は、城崎ゆう子と結婚した。くるぶよは徐々に人気が上がってきた。そして、高山は免職されることも戒告・減給・停職処分などになることもなく、いまだ刑事を続けている。なぜなら、彼に関する副業許可申請は大阪府警察本部長が握り潰したまま、審査もなにもされていないからなのだ。

あとがき

昼間は大阪府警の刑事、夜は漫才師というふたつの顔を持つ男の物語である。最初の発想では、クラーク・ケントとスーパーマンの関係のようなものを想定していたので、もちろん主人公の「くるくるのケン」という名前もクラーク・ケントから来ているのだが（わかりませんよね）、結局、スーパーマンとは縁もゆかりもない話になった。

そもそも刑事とプロの漫才師が職業として両立するはずがないので、現実的ではないめちゃくちゃな設定であることはわかっていたが、そこをあえてチャレンジしてみたのである。なぜ、そんなことをチャレンジしてみたのかは自分でもわからない。ふとした気の迷いでしょう。

かつて落語家の世界を舞台にした連作を書いたときは、噺家の皆さんに綿密な取材を行い、さまざまな落語会の打ち上げに図々しく参加してはゴシップに聞き耳を立てたり、プロの噺家に監修を頼んだりして、ある程度のリアルさを出したつもりだ。今回、漫才という、より規模のでかい笑芸の世界を舞台にするにあたって、同じようなスタンスで行こうと思い、まず十冊ほどの資料（漫才師志望者への案内本とか、漫才師が書いた自伝とか、興行会社のひとが書いた内幕本とか……）を読んだのだが、これが見事に内容がバラバラで、漫才コンビ一組一組言ってることもやってることもちがうし、所属事務所によってもまったくちがう。さっきも書いたように、もともとありえない設定なので、「もうええか」と思い、取材や漫才師によるチェック等はやめ、好き勝手に書くことにした。

というわけで、本作は私の頭のなかにある空想・妄想の漫才界での出来事である。現実に似ている部分もあれば、まるでちがう部分もあると思うが、そういうところも含めて、この大阪の漫才界を舞台にした本格ミステリ連作をお楽しみください。

◉初出
文芸WEBマガジン「ジェイノベル・プラス」
2015年10月15日〜 2016年9月15日連載

本作品はフィクションです。実在の個人
および団体とは、一切関係ありません。

実業之日本社文庫　最新刊

あさのあつこ
花や咲く咲く
「うちらは、非国民やろか」――太平洋戦争下に咲き続けた少女たちの青春と運命をみずみずしい筆致で描いた、まったく新しい戦争文学。（解説・青木千恵）
あ12 1

桜木紫乃
星々たち
昭和から平成へ移りゆく時代、北の大地をさすらう女の数奇な性と生を研ぎ澄まされた筆致で炙り出す。桜木ワールドの魅力を凝縮した傑作！（解説・松田哲夫）
さ5 1

沢里裕二
処女刑事　大阪バイブレーション
急増する外国人売春婦と、謎のペンライト。純情ミニパトガールが事件に巻き込まれる。性活安全課は真実を探り、巨悪に挑む。警察官能小説の大本命！
さ3 3

朱川湊人
遊星小説
怪獣、UFO、幽霊話にしゃべるぬいぐるみ、懐かしき「あの日」を思い出す……。短編の名手が贈る、傑作「超」ショートストーリー集。（解説・小路幸也）
し3 1

知念実希人
時限病棟
目覚めると、ベッドで点滴を受けていた。なぜこんな場所にいるのか？　ピエロからのミッション、ふたつの死の謎…。『仮面病棟』を凌ぐ衝撃、書き下ろし！
ち1 2

実業之日本社文庫 た63

漫才刑事《まんざいデカ》

2016年10月15日　初版第1刷発行

著　者　田中啓文《たなかひろふみ》

発行者　岩野裕一
発行所　株式会社実業之日本社
〒153-0044　東京都目黒区大橋1-5-1
クロスエアタワー8階
電話［編集］03(6809)0473［販売］03(6809)0495
ホームページ　http://www.j-n.co.jp/
DTP　株式会社ラッシュ
印刷所　大日本印刷株式会社
製本所　株式会社ブックアート

フォーマットデザイン　鈴木正道（Suzuki Design）

＊本書の一部あるいは全部を無断で複写・複製（コピー、スキャン、デジタル化等）・転載することは、法律で認められた場合を除き、禁じられています。
また、購入者以外の第三者による本書のいかなる電子複製も一切認められておりません。
＊落丁・乱丁（ページ順序の間違いや抜け落ち）の場合は、ご面倒でも購入された書店名を明記して、小社販売部あてにお送りください。送料小社負担でお取り替えいたします。
ただし、古書店等で購入したものについてはお取り替えできません。
＊定価はカバーに表示してあります。
＊小社のプライバシーポリシー（個人情報の取り扱い）は上記ホームページをご覧ください。

©Hirofumi Tanaka 2016　Printed in Japan
ISBN978-4-408-55321-4（第二文芸）